Maldosas
Impecáveis
Perfeitas
Inacreditáveis
   Os segredos mais secretos
   das Pretty Little Liars
Perversas
Destruidoras
Impiedosas
Perigosas
Traiçoeiras
Implacáveis
Estonteantes
Devastadoras
   Os segredos de Ali
Arrasadoras
Letais

Venenosas
PRETTY LITTLE LIARS
DE

SARA SHEPARD

Tradução
FAL AZEVEDO

Título original
TOXIC
A PRETTY LITTLE LIARS NOVEL

Copyright © 2014 by Alloy Entertainment e Sara Shepard

Todos os direitos reservados. Nenhuma parte desta obra pode ser reproduzida ou transmitida por qualquer forma ou meio eletrônico ou mecânico, inclusive fotocópia, gravação ou sistema de armazenagem e recuperação de informação, sem a permissão escrita do editor.

"Edição brasileira publicada mediante acordo com Rights People, London."

Direitos para a língua portuguesa reservados
com exclusividade para o Brasil à
EDITORA ROCCO LTDA.
Av. Presidente Wilson, 231 – 8º andar
20030-021 – Rio de Janeiro – RJ
Tel.: (21) 3525-2000 – Fax: (21) 3525-2001
rocco@rocco.com.br | www.rocco.com.br

Printed in Brazil/Impresso no Brasil

preparação de originais
SOPHIA LANG
VIVIANE MAUREY

CIP-Brasil. Catalogação na Fonte.
Sindicato Nacional dos Editores de Livros, RJ.

S553v
Shepard, Sara
   Venenosas / Sara Shepard; tradução Fal Azevedo. – Primeira edição.
Rio de Janeiro: Rocco Jovens Leitores, 2016.
   (Pretty Little Liars; 15)

Tradução de: Toxic
ISBN 978-85-7980-266-9

1. Ficção norte-americana. I. Azevedo, Fal. II. Título. III. Série.

15-28625
CDD-813
CDU-821.111(73)-3

O texto deste livro obedece às normas do
Acordo Ortográfico da Língua Portuguesa.

Para Volvo.

*Se você nos envenenar, não morreremos?
E se nos enganar, não buscaremos nossa vingança?*

— WILLIAM SHAKESPEARE

SUA VEZ, ALI

Alguma vez você já jogou xadrez com alguém realmente bom? Talvez com seu primo, em uma tarde chuvosa? Ou com aquele cara bonito no acampamento, depois que as luzes foram apagadas? O jogo parece fácil, mas os bons jogadores de xadrez estabelecem uma estratégia com dezenas de jogadas de antecedência. Assim, eles podem avançar com ataques furtivos que fazem você pensar: *O que aconteceu dessa vez?* No fim da partida, você talvez se sinta manipulada. Pega de surpresa. Como se fosse a figura mais idiota do planeta.

Existe uma pessoa que faz exatamente isso com quatro meninas bonitas de Rosewood. E faz sempre.

Era uma vez, uma menina cuja mente funcionava como uma interminável partida de xadrez. Até quando parecia vencida, seu novo plano virava o jogo. Todo mundo era seu adversário, especialmente aqueles que mais a adoravam. Seu único desejo era que suas peças fossem as únicas no tabuleiro quando o jogo chegasse ao fim.

E ela não pararia até vencer.

Uma semana após o incêndio em Poconos, que quase a matou, Alison DiLaurentis sentou-se com seu namorado, Nicholas Maxwell, no chão de uma casa vazia em Rosewood, Pensilvânia, uma cidade do subúrbio da Filadélfia onde ela passara vários anos de sua vida. O cômodo estava escuro e não contava com nada além de um colchão, cobertores surrados de flanela, uma televisão antiga que alguém havia abandonado e comida que Nick surrupiara de um minimercado Wawa próximo dali. O ar era azedo e cheirava a poeira, o que fez com que Ali se lembrasse da clínica psiquiátrica em que estivera internada por anos. Ainda assim, aquele esconderijo serviria por algum tempo. Estar livre era uma ótima sensação.

– Ligue isso – pediu Ali, apontando para a televisão.

Nick mudou de canal. Estavam roubando energia elétrica e TV a cabo da região, e, para um garoto rico e mimado, até que Nick estava se saindo bem. Na tela apareceu a transmissão ao vivo de policiais revirando uma pilha de escombros no local onde ficava a casa de férias da família de Ali nas montanhas de Poconos. Ali sabia muito bem o que estavam procurando: *ela*. Ou, mais especificamente, seus ossos.

– As buscas continuam – informou o chefe de polícia a um repórter. – Não existe chance alguma de que a srta. DiLaurentis tenha sobrevivido à explosão.

Ali riu. *Idiotas.*

Nick olhou para ela, preocupado.

– Você está bem? – Ele pegou a mão dela. – Podemos ver outra coisa, se quiser.

Ali puxou sobre o rosto o capuz do moletom que Nick tinha roubado para ela, ainda envergonhada de sua aparência depois de tantas queimaduras. Ela ficaria boa – Nick tinha arranjado uma enfermeira para vir uma vez por dia trocar os curativos –, mas nunca seria tão bonita quanto antes.

– Não mude de canal – pediu Ali –, não quero mais surpresas.

Ela já passara por sustos suficientes. Seu plano infalível de transformar as velhas amigas em churrasco, junto com Melissa Hastings e o corpo de Ian Thomas, dentro da casa de campo de sua família e, em seguida, desaparecer nas sombras da noite para nunca mais ser vista, tinha se voltado contra ela. Spencer Hastings, Emily Fields, Aria Montgomery e Hanna Marin haviam escapado praticamente ilesas. E as vacas, ainda por cima, guardaram a carta que ela enfiou por baixo da porta, na qual Ali confessava *tudo*: que ela não era Courtney, sua irmã gêmea, mas a *verdadeira* Ali, uma menina mantida em uma clínica psiquiátrica sob falsos pretextos. Que havia matado Courtney na noite de sua formatura do sétimo ano. Que tinha assassinado Ian Thomas e Jenna Cavanaugh. Que tinha enganado as meninas para que confiassem nela e que agora também iria matá-las.

Como não poderia deixar de ser, uma repórter no noticiário, uma idiota de aparência fútil, usando um batom fúcsia medonho, requentava tudo o que estava escrito na tal carta, o que a mídia vinha chamando de Segredos Sombrios de DiLaurentis.

– Caso *tivesse* sobrevivido, a srta. DiLaurentis seria mandada para a prisão pelo resto de sua vida, por todos os crimes que cometeu – disse a repórter, em um tom grave.

Nick roeu uma unha.

– Eu gostaria que a carta não tivesse sido tão definitiva.

Ali revirou os olhos.

– Eu lhe disse para escrever tudo aquilo. Pare de se preocupar.

Tinha sido Nick quem escrevera a carta para as meninas, e não Ali. Ela implorou dizendo que ele era melhor com palavras e poderia imitar a letra dela. Nick sempre cedia quando era elogiado. A carta escrita por ele era a peça-chave de um plano que Ali esperava nunca precisar pôr em prática, um plano sobre o qual ela nem gostava de pensar a respeito.

Ali olhou para Nick, que devolveu seu olhar com intensidade. Mesmo estando tão feia – além das queimaduras, ela fraturou o nariz, tinha hematomas horríveis e quebrou um dente –, havia amor e devoção nos olhos dele. Ela se lembrou do dia em que se conheceram na clínica psiquiátrica. Não foi muito depois de a irmã dela fazer a troca fatal, a poucos dias do sexto ano, mandando Ali para a nova clínica psiquiátrica em seu lugar. Ali tinha acabado de participar de sua primeira sessão de terapia de grupo, sentada em um círculo com gente louca de verdade.

– Eu não deveria estar aqui – reclamou Ali com o terapeuta, um idiota chamado dr. Brock. – Eu sou Alison, não Courtney. Minha irmã me enganou, e agora ela está vivendo a minha vida.

O dr. Brock olhou para ela com seus olhos tristes e estúpidos.

– Seus médicos de Radley disseram que tinha problemas com isso. Mas você é Courtney. E não há *problema* em ser Courtney. Espero que possamos trabalhar juntos nessa questão.

Ali fechou a cara durante todo o tempo que restou da consulta. Depois que a sessão terminou, alguém tocou a sua mão.

– Eu sei que você está dizendo a verdade – disse uma voz suave atrás dela. – Estou do seu lado.

Nick Maxwell passou a observá-la com fervor. Ali o espiava durante as refeições. Ele era alguns anos mais velho, tinha cabelo ondulado e ombros fortes. Todas as garotas tinham uma queda por ele. Ali também tinha ouvido falar que ele estava no hospital para tratar de seu transtorno de personalidade limítrofe. Ela ficava tão entediada durante as sessões individuais de terapia, que tinha lido partes do *Manual diagnóstico e estatístico de transtornos mentais* no consultório de seu terapeuta; pessoas com tais transtornos eram impulsivas, imprudentes e extremamente inseguras.

Ora, ora, ora. Ali era muito *boa* em explorar inseguranças. Talvez Nick fosse um cara bom de ter ao seu lado.

E assim ela o trouxe para seu rebanho. Eles planejaram tudo, tomando cuidado para não serem vistos juntos, para que ninguém pudesse ligá-los depois que tudo aconteceu. Desenvolveram uma ligação tão profunda e poderosa que Nick os comparou a Romeu e Julieta. Ali achou uma graça esse lado sentimental dele.

E ela devia muito a Nick. Se não fosse por ele, não teria sido capaz de derrubar Ian e Jenna. Não conseguiria perseguir as velhas melhores amigas de sua irmã, apavorando-as enquanto se fazia passar por A. Se Nick não a resgatasse em Poconos, Ali poderia ter morrido naquela explosão, ou ter sido apanhada pela polícia. Ali não teria um teto sobre sua cabeça agora. Aquela casa era uma das muitas propriedades da família de Nick por todo o país, e Ali e Nick a escolheram porque estava desocupada há meses. Quase todas as outras casas na cidade estavam em execução de hipoteca; e outras ainda não tinham sido vendidas. Dias inteiros haviam se passado sem que eles vissem um carro sequer passando por ali.

Apareceram novas imagens na tela da televisão. Primeiro foi um vídeo que tinha visto algumas vezes de seus pais no Aeroporto Internacional da Filadélfia, fugindo dos repórteres que os perseguiam.

– Vocês estiveram em contato com sua filha? – gritavam os repórteres. – Passou pela cabeça de vocês que ela pudesse ser a assassina?

O pai de Ali se virou e olhou para a lente da câmera, os olhos vazios.

– Por favor, deixe-nos em paz – pediu ele com a voz cansada. – Estamos tão horrorizados com essa situação quanto todo mundo. Precisamos de um pouco de paz.

Babacas, pensou Ali. Ela odiava sua família quase tanto quanto odiava as amigas de sua irmã.

Então, bastou falar no diabo, aquelas vacas apareceram. Era uma coletiva de imprensa. Spencer toda aprumada e orgulhosa em frente a um microfone. Emily, com as mãos nos bolsos. Hanna de mãos dadas com o namorado, Mike Montgomery. E Aria bem pertinho de Noel Kahn, como se estivessem unidos por um velcro.

Noel. Ali fixou o olhar nele. Por um longo tempo, Noel compartilhara seu segredo. Agora, não mais.

Ela se virou para Nick, cheia de ódio no coração.

– Precisamos apanhá-las de novo.

Nick se encolheu.

– *Sério?*

Ali baixou os ombros.

– Você acha que vou permitir que elas saiam *ilesas*?

Nick parecia em pânico.

– Mas você quase *morreu* na semana passada. Será que realmente vale a pena? Quero dizer, tenho uma conta bancária não rastreável. Podemos usá-la para escapar para qualquer lugar que quisermos. Você vai se curar, vamos relaxar, e talvez, depois de um tempo, a vingança não seja mais tão importante.

– *Sempre* será importante – retrucou Ali com firmeza, os olhos em chamas. Ela se aproximou de Nick. – Você disse que faria qualquer coisa por mim – choramingou. – Você estava mentindo?

Um olhar apavorado cruzou o rosto de Nick.

– Bem... O que você quer fazer?

Ali se voltou para a coletiva de imprensa. Spencer tinha começado a falar:

– O que desejamos é que isso tudo passe e que possamos continuar com nossas vidas – dizia ela em voz alta e clara. – Há coisas mais importantes acontecendo no mundo para a imprensa cobrir do que nós e nossas vidas. Lamentamos profundamente por Courtney DiLaurentis e sua família. Lamentamos também por Alison; que ela descanse em paz.

Ali revirou os olhos.

– Ah, que *ridículas*.

– O que vocês vão fazer agora? – perguntou uma repórter.

Emily Fields tomou o microfone. Ela parecia enjoada, como se fosse vomitar.

– Temos a oportunidade de viajar para a Jamaica para o recesso de primavera – disse ela com voz trêmula. – Acho que será uma boa ideia sairmos de Rosewood por algum tempo.

Nick deu uma fungadela.

– *Eu* não me importaria de ir para a Jamaica.

Ali teve uma ideia.

– Você consegue nos arrumar passaportes? – perguntou Ali.

Nick franziu as sobrancelhas.

– Provavelmente. *Por quê?*

Ali agarrou as mãos dele enquanto uma ideia se assentava na mente da garota.

– Ninguém estará procurando por nós na Jamaica. Sairemos daqui, como você quer. *E pegaremos aquelas garotas, do jeito que eu quero.*

– Mas... como? – perguntou Nick, cauteloso.

– Ainda não tenho certeza. Mas vou descobrir.

Nick parecia hesitar.

– Você não pode permitir que as meninas a vejam. Há polícia em outros países. Elas ainda poderiam denunciar você.

– Bem, vou arrumar alguém que faça meu papel.

– Quem vai fazer isso?

Os olhos de Ali corriam de um lado para outro enquanto ela pensava em suas opções. De repente a luz se fez.

– *Tabitha*.

Tabitha Clark era outra paciente da clínica, uma doce e atormentada loirinha que idolatrava Ali e que podia imitá-la perfeitamente, tanto sua voz quanto seus gestos. Ela era mais parecida com Ali do que Iris Taylor, que tinha sido colega de quarto dela. E o melhor, Tabitha tinha queimaduras nos braços devido a um incêndio. As meninas veriam as cicatrizes, pensariam em Poconos e ficariam loucas.

– Ela não está mais internada – disse Ali, colocando-se em pé. – E fará qualquer coisa que eu pedir. Entre em contato com ela. Diga-lhe que são férias com todas as despesas pagas. Faça parecer que serão férias divertidas. Você faria isso?

Nick beliscou a ponta de seu nariz.

– Claro, claro que sim. – Ele a encarou. E seu olhar parecia preocupado. – Mas você precisa me prometer que, depois da Jamaica, vamos para as Bahamas. Ou talvez Fiji. Vamos desaparecer... *para sempre.*

— Claro. — Ali abriu os braços para ele. — *Obrigada*. Você é o melhor namorado que existe.

Nick beijou a ponta do nariz dela.

— Depois da Jamaica, você vai ser minha prisioneira – resmungou ele com uma voz profunda. — Não precisarei dividi-la com ninguém. Nem com família. Nem com amigos. Você será só minha... *para sempre.*

— Estou aqui para atender seus desejos – disse Ali com uma voz fingida e aguda. Mas, por dentro, ela riu – *como se um dia você pudesse me controlar.*

Ali *dependia* de Nick. Foram o dinheiro e a astúcia dele que conseguiram passaportes e passagens para que chegassem à Jamaica. E ela sabia que ele ficaria ao seu lado, ainda que as coisas não saíssem como planejado. E quando as coisas *deram* errado e eles tiveram de recomeçar, armar novos planos para apanhar as meninas e se envolveram em segredos *ainda maiores* do que aqueles em que já estavam envolvidos, ele a ajudou em cada passo do caminho. Quando ela e Nick precisaram voltar para Rosewood em vez de fugir para outra ilha do Caribe e colocar Nick em papéis-chave na vida de cada uma das meninas para orquestrar suas quedas, ele se envolveu com boa vontade e dedicação. Ali testou Nick repetidas vezes, até mesmo arrastando-o para a Islândia, convencendo-o a matar um homem inocente e, em seguida, forçando-o a conquistar Aria e roubar um quadro. E Nick – doce e sensível, com seu transtorno de personalidade – cumpriu cada uma de suas tarefas sempre obediente e amoroso. O perfeito soldadinho de Ali.

Nós vamos embora depois que elas forem presas, convenceu-o Ali. E, mais tarde, disse: *Vamos embora depois que elas morrerem. E se não morrerem, bem, vamos afundar juntos.*

No entanto, mesmo isso era uma mentirinha. No fundo, Ali estava bolando um novo plano, que seria posto em prática se todo o restante falhasse. Um plano de que Nick nem sequer tinha conhecimento. Tudo começou com a carta que ele escreveu para as meninas sob as ordens dela e terminou com o vídeo que exibia imagens dele matando Tabitha sozinho. Havia outros fatos, também. Coisas que tinha feito quando Nick não estava olhando, usando um alicate e estremecendo de dor, com a ajuda de tinta de caneta e sua imaginação. Esforços de última hora, que só seriam usados se Ali estivesse desesperada, sem saída.

A ela importava apenas que aquelas vacas morressem.

Só então ela teria realmente completado sua missão.

1

A MAGIA DO CINEMA

Em uma manhã quente de segunda-feira em meados de junho, Hanna Marin entrou na Poole, uma sorveteria antiga no centro de Rosewood. O interior não havia mudado desde que Hanna estivera ali pela última vez – a mesma máquina de doces embaixo da janela, o chão quadriculado preto e branco, bancos e mesas de aço inoxidável e um balcão comprido de mármore. Os proprietários até ofereciam os mesmos sabores de sorvete, incluindo o Phillies Fundae, um sundae em homenagem ao time de beisebol Philadelphia Phillies. Só de sentir o paradisíaco aroma da massa caseira de waffle e do sorvete de biscoito e creme, o estômago vazio de Hanna rugiu.

Suas antigas amigas Aria Montgomery, Spencer Hastings e Emily Fields estavam em uma mesa nos fundos, embaixo de um grande pôster de uma garota dos anos 1950 delicadamente comendo uma banana split. Fazia duas semanas desde que Hanna as tinha visto, mas ela e as outras haviam recebido um recado de Emily perguntando se poderiam conversar hoje, então era óbvio o assunto sobre o qual Emily queria conversar. Hanna não tinha certeza, entretanto, se estava pronta.

– Oi, Han. – Spencer deslizou para o lado para abrir espaço. As outras também disseram oi.

Hanna atirou sua bolsa de couro no banco e se sentou. Por um momento, houve apenas silêncio. Spencer tomou um gole do famoso café torrado na hora, seu cabelo loiro caindo sobre o rosto. Aria mexia em uma tigela de *sorbet*. Emily tirava a embalagem de um Charleston Chew.

– Então – disse Hanna, finalmente –, o que há de *novo*?

As meninas deram risadinhas falsas. Hanna esperava que não houvesse *nada de* novo com elas. Os últimos meses foram um verdadeiro redemoinho de acontecimentos – e de desgraças. Primeiro, uma criatura diabólica que enviava mensagens de texto e que se autointitulava A tinha retornado, atormentando cada uma delas com seus segredos. Depois de tudo *isso*, A as havia incriminado no assassinato de Tabitha Clark, uma garota com quem tiveram uma discussão na Jamaica, durante o recesso de primavera do primeiro ano do ensino médio. A polícia tinha falsas evidências que mostravam as quatro amigas espancando Tabitha até a morte.

Era óbvio quem estava por trás de tudo isso: Alison DiLaurentis, a irmã gêmea da melhor amiga delas. Há duas semanas, as garotas tinham rastreado Ali até uma casa velha e abandonada em Rosewood. Mas Ali e seu namorado, Nick Maxwell, encurralaram as meninas no porão e tentaram matá-las com gás venenoso. A polícia salvou todas bem a tempo, e Nick acabou sendo preso.

E Ali? Ela escapou sem ser vista. Sem deixar rastro.

Aria olhou para Spencer.

– Como foram as suas férias?

Spencer deu de ombros. Sua família tinha ido à casa deles em Longboat Key, na Flórida, por duas semanas, e ela acabara de chegar.

— Venci Amelia no tênis. — Ela olhou para Hanna. — Como foi em Cabo com sua mãe?

— Não foi tão ruim — murmurou Hanna. De maneira totalmente inesperada, depois de Hanna ter sido liberada do hospital, a mãe dela anunciou que as duas viajariam para o México.

— E eu não vou levar trabalho pra viagem — acrescentou Ashley Marin. Uma grande surpresa, já que a mãe de Hanna realizava conferências pela internet até quando estava no banho. Elas passaram a semana se bronzeando, bebendo margaritas sem álcool e dando notas para surfistas bonitos. Na verdade, tinha sido meio que... *divertido*.

Aria suspirou.

— Estou com inveja de vocês, meninas, que puderam ir para algum lugar. Fiquei presa aqui esse tempo todo.

Emily levantou o dedo.

— Eu fiquei presa aqui também. Pensando na Ali — disse, baixando os olhos.

Hanna se encolheu ao ouvir o nome de Ali... Mas era algo de que ela não poderia se esconder. Seriam obrigadas a se aproximar dela em breve.

— Não consigo parar de pensar nela — admitiu Emily. — Como não *havia* evidências de que ela esteve naquela casa? — Equipes de perícia varreram a cena do crime depois de tirarem as garotas e Nick de lá e, apesar de terem achado um monte de *fotos* de Ali — Nick as mantinha grudadas na parede, como um santuário para Ali —, não encontraram uma única impressão digital. Os policiais voltaram à antiga tese de que ela havia morrido no incêndio em Poconos.

— Bem, sabemos o que nós vimos — murmurou Hanna, ainda assombrada por aquela noite. Ali parecia tão... *enlouquecida*. Ela colocou uma arma na cabeça de Emily. Depois, a arma sumiu... E a lembrança seguinte na mente de Hanna era estar em uma cama de hospital, junto das amigas. O que havia acontecido naquele intervalo?

Aria pigarreou.

— Alguém ouviu algo a respeito de Iris?

Todas negaram com a cabeça. Iris Taylor tinha sido colega de quarto de Ali na clínica psiquiátrica, apesar de ter passado, recentemente, algum tempo na casa de Emily, dando a ela as pistas de como funcionava a cabeça de Ali e com quem ela estava envolvida. Depois do baile de formatura de Rosewood, Iris voltou ao hospital, mas, quando Emily ligou para saber dela, a enfermeira disse que Iris não tinha voltado para lá. As amigas temiam que Ali tivesse feito algo horrível com a garota.

— E isto aqui? — perguntou Emily, empurrando a edição daquele dia do jornal *Philadelphia Sentinel* para o meio da mesa. Nick, com um macacão laranja de presidiário, era o destaque da primeira página. M<small>AXWELL ALEGA TER FEITO TUDO SOZINHO</small>, dizia a manchete.

— Ele está sendo julgado por matar Tabitha — explicou Emily. — E mais: a polícia encontrou um Acura sedan, modelo do último ano, estacionado no bosque atrás daquela cabana. As digitais de Nick estavam por todo o carro.

Os olhos de Spencer se arregalaram.

— Havia um chaveiro de Acura na casa-modelo do meu padrasto depois que foi vandalizada. Isso explica *esse fato*, de qualquer modo.

Hanna puxou o jornal.

– O que Nick diz sobre Ali?

– Ele continua insistindo que Ali morreu no incêndio da casa em Poconos – disse Emily. – E nega que Ali teve relação com a morte de Tabitha, ou com nossa perseguição, ou com o fato de estar lá naquela casa, naquela noite.

– Então, ele está assumindo a culpa por tudo? – Hanna fez uma careta. – Que tipo de maluco faria isso?

– Bem, ele *foi* paciente na clínica – relembrou Spencer. – Talvez esteja sob o encanto da Ali.

Aria revirou os olhos.

– Como *alguém* poderia estar sob o encanto dela?

Um olhar desconfortável atravessou o rosto de Spencer. Ela tirou o celular e o posicionou no centro da mesa.

– Nick não é o único.

Hanna olhou para a tela. OS GATOS DE ALI, dizia um banner no topo. UM SITE DEDICADO A APOIAR ALISON DILAURENTIS. ALISON É UMA JOVEM FORTE, DETERMINADA, INCOMPREENDIDA, E NÓS ESPERAMOS QUE ALGUM DIA O MUNDO CONHEÇA SUA VERDADEIRA FACE. OUÇA-NOS RUGIR, ALI!

Os olhos de Aria se arregalaram.

– O que é *isso*?

– Um fã-clube – explicou Spencer, com a voz rouca. – Eu o descobri há uma semana. *Esperava* que já não existisse mais, mas pelo jeito...

– Uma jovem forte, determinada e incompreendida? – Emily fez uma careta. – E 'que algum dia o mundo conheça sua verdadeira face'? Eles acham que Ali está viva?

Spencer balançou a cabeça.

– Parece mais do que uma coisa 'em memória de'. Há posts sobre festas em que todo mundo se veste como Ali e, ouçam isso, *reencenam* o incêndio de Poconos. Só que, na versão deles, Ali sempre escapa com vida. Alguns escrevem *fan fiction* sobre o que a Ali fez em seguida. E estão *vendendo* as histórias na Amazon, se vocês querem saber.

Hanna se encolheu.

– Isso é doentio.

Aria ia dobrando seu guardanapo de papel em triângulos cada vez menores.

– Talvez devêssemos entrar em contato com um deles. Talvez eles *realmente* saibam de algo.

Spencer respirou fundo.

– Eu tentei. Mas todos eles usam nomes falsos. E, de qualquer maneira, por que você acha que nos contariam alguma coisa?

– Essas pessoas podem ser *perigosas* – disse Emily, cautelosa.

Aria olhou para o jornal novamente.

– Eu gostaria de conseguir fazer Nick admitir estar mentindo.

– Como? – Hanna gesticulou dando ênfase a sua pergunta. – Não podemos ir até a prisão e forçá-lo a contar tudo.

– Talvez haja um jeito de convencê-lo a confessar – sugeriu Emily. – Ou...

– *Ou* nós poderíamos deixar isso para lá – interrompeu Spencer.

As meninas ficaram quietas. Hanna fez uma careta.

– Você está falando sério? – Spencer sempre esteve à frente da cruzada "vamos achar a Ali". Ela havia sugerido que fizessem uma reunião para tentar descobrir quem era o ajudante de Ali. Recusou-se a desistir da ideia de procurá-la mesmo quando foram presas.

Spencer brincou com seu chaveiro de prata Tiffany.

— Essa história nos fez perder quase dois anos de nossas vidas. Eu só estou... cansada, sabem? E ainda não recebi nenhum recado da A. Vocês receberam, meninas?

Emily resmungou que não; Aria também. Hanna balançou a cabeça relutantemente. Mas estava o tempo todo esperando que um novo recado surgisse em sua caixa de entrada.

— Isso não significa que deveríamos desistir — disse ela, baixinho. Ali está *por aí em algum lugar.*

— Mas como Ali pode fazer algo sem Nick ao lado? — Spencer pressionou. — Ela provavelmente está se aguentando por um fio.

— Um dos Gatos de Ali poderia ajudá-la — relembrou Emily.

— Imagino que isso seja verdade. — Spencer mexeu no celular. — Mas eles parecem meio pirados, não parecem? — Ela fez uma bola com o guardanapo. — É uma droga que Ali esteja escapando livre dessa. É uma droga que Nick tenha levado toda a culpa, mas, se ele quer apodrecer na cadeia, é a escolha dele. *Nós* precisamos tocar nossas vidas. — Ela encarou Hanna. — E falando nisso... O curso de verão não começa hoje?

Hanna concordou. As meninas tinham sido expulsas do colégio Rosewood Day quando foram acusadas por assassinato, mas então receberam permissão para se formar, caso completassem os créditos de seus cursos. O Instituto de Tecnologia de Moda, a faculdade que havia aceitado Hanna, tinha deixado claro que manteria a vaga dela no outono, desde que suas notas fossem aceitáveis. As outras meninas receberam propostas similares — exceto Aria, que tinha optado por tirar um ano sabático.

— Tenho aula de História em meia hora. — Ela olhou para as outras. — Quando vocês começam?

— Eu preciso repetir Química, mas começa amanhã – respondeu Emily.

— Tudo o que eu preciso fazer é entregar a minha pasta de artes e fazer as provas finais – disse Aria. – A maioria das minhas matérias terminou antes de sermos chutadas da escola.

— O mesmo comigo – disse Spencer. Então, ela ficou em pé. – Bem, vamos lá, Han. Você não deveria se atrasar.

As outras meninas também se levantaram, e todas se abraçaram. Elas enfrentaram a luz do dia, prometendo ligar umas para as outras mais tarde. E então, dessa forma, o encontro terminou, e Hanna estava sozinha na rua. Ela não tinha certeza sobre o que pensar a respeito de tudo o que discutiram. Por mais que quisesse aceitar a proposta de Spencer e deixar Ali de lado, era aterrorizante pensar que Ali estaria em algum lugar... andando livremente. Tendo ideias. Arquitetando planos.

Um caminhão cantou os pneus, virando a esquina. Uma risada ecoou de um beco. Repentinamente, os braços de Hanna se arrepiaram e ela teve aquela velha sensação que não desaparecia, a de que estava sendo observada por alguém.

Não há ninguém aqui, disse a si mesma, determinada.

Ela colocou os óculos escuros e caminhou pelos poucos quarteirões que a separavam da escola Rosewood Day, um conjunto de prédios imponente que havia pertencido a um barão das ferrovias. Era incrível observar como o lugar parecia diferente no verão. A bandeira vermelha e azul-royal de Rosewood Day, ornamentada com a coroa da escola, não estava hasteada no mastro. A fonte de mármore na frente do ginásio estava seca. Os balanços e os brinquedos no playground dos alunos do ensino fundamental não estavam repletos de crianças pequenas berrando, e nenhum dos onipresentes ônibus amarelos estava alinhado junto ao meio-fio.

Hanna empurrou a porta principal para as salas de aula do ensino médio. Os corredores estavam desertos, e os pisos pareciam não terem sido varridos desde que o ano escolar tinha acabado. Todos os pôsteres anunciando as eleições de classe, os bailes que viriam ou as campanhas de caridade foram retirados das paredes, deixando para trás pontos opacos no concreto nu. Nenhuma música clássica que tocava entre as aulas ecoava no sistema de som. Alguns dos armários estavam abertos e vazios como cavernas escuras. Hanna empurrou uma das portas de leve; ela rangeu assustadoramente nas dobradiças.

Uma sombra se moveu no final do corredor, e Hanna congelou. Então uma risada profunda veio de outra direção. Ela se virou bem a tempo de ver um vulto deslizando, como um fantasma, escada acima. O coração dela disparou. *Fique calma. Você está paranoica.*

Andou na ponta dos pés até a ala de História e espiou dentro da sala de aula. O ar cheirava a suor, e apenas as fileiras de trás estavam ocupadas. Um garoto usando um boné sujo dos Phillies riscava a superfície da carteira de madeira com a ponta de uma chave. Uma garota de *dreadlocks* estava de cabeça baixa, roncando. Um rapaz no canto, parecendo quase ausente, lia o que aparentava ser uma *Playboy*.

Então, Hanna ouviu uma tossida e se virou. Um garoto de boné de tricô e com postura ruim, o qual ela não reconheceu, estava parado muito perto. Ele deu um sorriso estranho.

– O-Olá? – balbuciou ela, com o coração novamente disparado. – Posso ajudar?

O garoto sorriu cheio de marra.

– Você é Hanna Marin. – Ele apontou para ela. – Eu *conheço* você.

Então, ele passou por ela e entrou na sala de aula.

O telefone de Hanna começou a tocar, fazendo-a dar um gritinho de susto e levando-a a perder o equilíbrio e se apoiar em um dos armários. Mas era apenas Mike Montgomery, seu namorado.

— Você já está na escola? — perguntou ele.

Hanna fez um som de *arrã*, ainda sentindo seu pulso disparado.

— É como *A noite dos mortos-vivos*, Mike. Quem *são* essas pessoas? Nunca vi nenhuma delas na minha vida.

— Foi a mesma coisa quando fiz o curso de motorista no verão passado. Eles mantêm os garotos da escola de verão escondidos no almoxarifado durante o ano letivo. Gostaria de ir aí mantê-la em segurança. Talvez eu devesse pegar o primeiro ônibus e voltar.

Hanna riu, aflita. Desde que ela dissera a Mike que Ali tinha voltado, ele havia se tornado seu guarda-costas de plantão. Um dia, antes de ele partir para o acampamento de futebol em New Hampshire, Hanna havia gritado ao ver uma aranha em sua porta da frente, e Mike apareceu de repente, como um super-herói. Ele estava hipervigilante também, sempre atento quando ela recebia uma mensagem, conferindo sua expressão em busca de preocupação ou medo. Mike havia perguntado a Hanna um milhão de vezes se ele realmente deveria ir ao acampamento por um mês inteiro. *Você pode precisar de mim* era a desculpa dele.

— Você não vai pegar um ônibus — disse Hanna, observando mais algumas pessoas que passavam. E tudo bem, todas usavam sapatos feios e não eram garotos com quem *ela* andasse, mas não eram como zumbis. — Eu posso lidar com alguns esquisitões.

Em seguida, desligou. Alguns segundos depois, o celular dela tocou. *Boa sorte no seu primeiro dia na escola!*, a mãe dela escrevera. *Vamos jantar hoje para comemorar!*

Hanna sorriu. Por anos, tinha buscado apoio no pai, mas isso mudou de uma vez por todas no dia em que foi presa pelo assassinato de Tabitha e o pai disse que ser associado a ela estava "acabando com sua campanha política". Então, de uma maneira maravilhosa, sua mãe havia tomado as rédeas da situação, realmente tentando estar presente. Na noite anterior, elas tinham ido a Otter, a butique favorita de Hanna, para comprar uma roupa "para o primeiro dia do curso de verão" – o minivestido listrado e as *ankle boots* acinzentadas que Hanna usava naquele momento.

Parece bom, escreveu de volta. Em seguida, encaminhou-se para a classe, os saltos fazendo barulho contra o piso, seu cabelo avermelhado balançando em seus ombros. A luz do sol entrava pelas janelas altas de um jeito tão bonito que Hanna se sentiu feliz de repente, tomada por uma sensação de bem-estar. E daí se precisava repetir as aulas de História com um grupo de perdedores? Pelo menos conseguiria se formar. A imprensa e a cidade não a odiavam mais nem pensavam que ela era uma assassina. E Hanna ainda podia contar com suas amigas, um namorado incrível, e agora, pela primeira vez na vida, tinha uma mãe que realmente se importava. Talvez elas *devessem mesmo* deixar essa coisa sobre a Ali de lado e apenas aproveitarem suas vidas.

As únicas carteiras que sobraram eram as da fileira da frente, então Hanna se sentou, ajeitou o vestido e esperou que o professor chegasse. Seu celular tocou novamente. A ligação era de um código de área que ela não reconheceu, o que sempre a deixava alerta.

— Hanna Marin? — retumbou uma voz quando Hanna disse um alô hesitante. — Meu nome é Felicia Silver. Sou a produtora executiva de *Burn It Down*. É a história real de sua terrível provação com Alison DiLaurentis.

Hanna segurou um gemido. Aquilo parecia outro *Pretty Little Killer*, o filme feito para a televisão que mostrava Hanna e as outras brigando pela *primeira vez* com Ali. Deus, aquele filme era horroroso. Cada parte dele: os cenários, o roteiro, a garota desleixada que havia sido escalada como Hanna. Por um tempo, o filme passava em algum canal toda semana. Hanna tinha de enfrentar colegas de escolas que citavam frases dele no corredor, encostados nos armários ou na cafeteria. Será que o mundo realmente precisava de *outro* filme sobre sua vida?

— Eu sei o que você está pensando; que aquela coisa feita para a televisão foi uma porcaria. — Felicia mascava chiclete enquanto falava. — Mas este vai ser diferente. É um filme feito para o cinema. Com atores de verdade e um bom roteiro. E nós vamos filmá-lo bem aqui em Rosewood, então conseguiremos a ambientação correta.

— Ahn! — disse Hanna, surpresa. Ela não tinha visto nenhum caminhão de filmagem nem equipamentos pela cidade.

— De qualquer maneira, o motivo da minha ligação é por *sua* causa, Hanna — continuou Felicia. — Eu vi você nos comerciais com seu pai. A câmera ama você.

Hanna corou. Antes de seu pai romper com ela, eles tinham filmado juntos alguns anúncios de campanha, incluindo um serviço de utilidade pública chamado "Não beba e dirija". Hanna não quis se gabar, mas ela também achava que tinha mandado bem.

– Quero oferecer a você um papel no filme – continuou Felicia. – Seria uma publicidade *fantástica* para nós e uma experiência divertida para você, creio. Pensamos em você como Naomi Zeigler, alguém com um papel pequeno, mas crucial. Ela tem uma participação grande nas cenas do cruzeiro.

Ah, sim, Hanna quase gritou. Ela havia *vivido* aquelas cenas. Mas então ela percebeu o que Felicia havia oferecido.

– Você quer que eu tenha um papel que realmente tenha falas?

– Isso. Essa é a sua oportunidade de mostrar ao mundo que você deixou essa coisa sem sentido para trás, e agora é uma atriz fabulosa. O que você me diz?

A cabeça de Hanna girou. Queria dizer a Felicia que talvez ela *ainda* não tivesse deixado as coisas sem sentido para trás... mas Felicia provavelmente pensaria que ela era maluca. Ela *deveria* aceitar? Spencer sempre foi a garota da atuação, estrelando todas as peças da escola, decorando os monólogos de Ibsen só por diversão e sempre querendo fazer exercícios de improvisação quando dormiam uma na casa da outra. Mas *era* tentador. Será que esse filme teria uma première com tapete vermelho em Hollywood? Será que ela poderia *ir*?

Ainda assim, ela não tinha certeza.

– Eu não sei – disse ela, vagarosamente. – Preciso pensar sobre isso.

– Na verdade, nós precisamos de uma resposta imediata – insistiu Felicia, repentinamente parecendo impaciente. – Vamos lá, Hanna. Será uma experiência incrível. Hank Ross vai dirigir. E adivinhe quem vai interpretar você? Hailey Blake!

Hanna ficou boquiaberta. Hailey Blake era uma jovem estrela de cinema bonita, brilhante e superfamosa que estava presente na lembrança de Hanna havia anos, desde seu papel de estreia como Quintana em *Abracadabra*, o programa da Disney favorito de Hanna. Depois daquilo, ela fez uma série de filmes legais para adolescentes. Mais recentemente, foi a apresentadora do Teen Choice Awards e deu um beijo ao vivo em seu parceiro, o cara sexy de *Bitten*, um filme sensual de vampiros. E se esse filme era bom o bastante para *Hailey*...

– Acho que eu posso tentar. – Ela se ouviu dizendo.

– Fabuloso! – comemorou Felicia. – Vou mandar um e-mail com os detalhes para você.

Hanna desligou, ainda entorpecida. Ela ia estrelar um filme... *com Hailey Blake.* Um filme *de verdade*, com noite de estreia com tapete vermelho. Noites de estreia com tapetes vermelhos também significavam festivais como Sundance e Cannes, não? E também significavam entrevistas com Ryan Seacrest e todos os apresentadores do canal E!. Talvez pudesse fazer um quadro como convidada no *Fashion Police*! Ela *e* Hailey, juntas!

Tudo de uma vez, seu futuro se desfraldou diante dela, claro e brilhante. Pela primeira vez, algo realmente *positivo* poderia vir do pesadelo de A.

2

ARTISTA ATORMENTADA

Aria Montgomery manobrou o Subaru de sua família – barulhento, que não pegava direito e todo enferrujado – para dentro de uma vaga em Old Hollis, um bairro de artistas com calçadas desniveladas, casas vitorianas desleixadas e cheias de charme e jardins malcuidados (alguns deles dedicados exclusivamente aos pés de maconha). Raios amplos e brilhantes da luz do sol eram filtrados pela rua arborizada. Uma bicicleta infantil estava jogada em um gramado, e do outro lado da rua havia um quiosque de limonada com um cartaz que dizia: INGREDIENTES ORGÂNICOS!

– Ei! – A mãe de Aria, Ella, apareceu enquanto a filha caminhava em direção à porta da Galeria Olde Hollis, na qual ela trabalhava desde que a família tinha voltado da Islândia havia dois anos. O cabelo escuro de Ella estava puxado em um coque bagunçado, e ela usava uma saia longa e meio transparente com uma regata estampada que mostrava seus braços malhados. Pulseiras tilintavam em seus pulsos, e brincos de turquesa imensos balançavam de suas orelhas. Ella abraçou Aria com força, deixando escapar um aroma forte de óleo de patchouli. Ella estava, nos últimos tempos, gostando realmente de abraçar e lançar longos e significativos olhares. Aria tinha a sensação de que o último ataque de A tinha afetado sua mãe de uma forma diferente.

– Você quer me ajudar a arrumar essa exposição? – perguntou Ella, indicando um monte de quadros apoiados contra as paredes em volta da sala. O artista, um cara velho que tinha cabelo nas orelhas e se chamava Franklin Hodgewell, havia aparecido na galeria um zilhão de vezes antes, e seu trabalho de paisagens do leste da Pensilvânia, grupos de gansos e charretes amish vendia muito bem. – Quero dizer, só se você quiser – acrescentou Ella, rapidamente. – Se você tiver outra coisa para fazer, tudo bem, também.

– Não, eu posso ajudar. – Aria pegou um quadro de um celeiro e o pendurou em um gancho. – Posso ajudar com a recepção, também, se você quiser.

– Se *você* quiser – disse Ella, cuidadosamente, dando-lhe um olhar demorado.

Desde o ataque de Nick, Aria tinha passado quase todo o tempo na galeria. Havia boas razões para isso. Em primeiro lugar, ela *realmente* tinha um emprego lá, embora fosse apenas de meio período. Depois, era bom ficar perto de sua mãe, forte, estável e acolhedora. E, por último, bem, não tinha nada melhor para fazer.

Ela sabia que sua mãe achava aquilo esquisito. E sabia a pergunta que Ella estava morrendo para fazer: O *que* Aria ia fazer da vida no verão... e no próximo ano? Suas amigas tinham se candidatado para faculdades e, se completassem os créditos de que precisavam, poderiam se matricular no outono. Aria havia planejado tirar um ano sabático e viajar pela Europa, mas agora a ideia de enfrentar um país estrangeiro parecia apavorante. Talvez porque na última vez em que tinha viajado para fora do país, para a Islândia, acabara envolvida em um escândalo internacional de roubo de arte *e* conhecera Nick, o namorado maluco de Ali, fazendo-se passar por um justiceiro sexy chamado Olaf.

Aria vinha pensando, sem grande paixão, em se candidatar para um retiro de artistas no estado do Oregon, mas o prazo para a inscrição terminara na semana anterior. Então, acalentou a ideia de fazer algumas aulas de arte na Universidade de Artes da Filadélfia, mas perdeu o primeiro dia de aula.

Aria se sentia... presa. E apavorada. Todas as vezes em que fechava os olhos, o rosto de Ali aparecia bem na sua frente. Ela parecia tão assustadora na última vez em que as garotas a viram, como um cadáver oco. A imagem a assombrava tanto que, na tentativa de expurgá-la de seu cérebro, havia pintado a Ali em uma tela imensa nos fundos da galeria. Aria pintou *duas* versões de Ali, na verdade: a Ali recente, a garota que viu no porão daquele prédio abandonado perto do escritório do pai de Hanna; a segunda, a Ali antiga, a inatingível e superpopular garota do começo do 6º ano. Aria tinha usado um velho rascunho que desenhara no dia em que Ali rasgou o pôster da Cápsula do Tempo do lado de fora da escola Rosewood Day e anunciou que ia pegar um pedaço da bandeira da Cápsula. Foi antes de acontecer a troca de gêmeas. Antes de Courtney DiLaurentis ter se aproximado das quatro meninas no evento de caridade e pedido para que fossem melhores amigas.

Depois de ajudar a mãe, Aria entrou na sala dos fundos e tomou coragem para examinar as duas pinturas de Ali mais de perto. Normalmente, tinha problemas com retratos – pintara um zilhão de Noel Kahn, o quase ex-namorado dela, e nenhum havia realmente capturado sua verdadeira natureza. Mas a *essência* de Ali tinha fluído do pincel de Aria em cada traço arrepiante e preciso. Ela podia quase sentir o hálito podre de Ali só de olhar para as telas, e era tomada por um calafrio ao examinar seus olhos arregalados e furiosos. Quando Aria se virou e espiou a Ali do 6º ano, o sorriso condescendente da garota a fez se sentir tão pequena e insignificante quanto naquele dia em que Aria havia se sentado sozinha contra uma parede de Rosewood Day, rascunhando-a.

Aria deixou a sala e fechou a porta. Passar muito tempo até mesmo com os *retratos* de Ali a apavorava.

Ela olhou em volta do espaço da galeria principal à procura de alguma coisa para fazer, mas não era seu turno, e os dois assistentes do período, Bernie e Sierra, já estavam entediados. De repente, uma sombra do lado de fora da janela capturou sua atenção. Seu coração deu um pulo no peito, indo parar na garganta.

Noel.

– Volto em um segundo – murmurou ela para a mãe, disparando pela porta.

Noel estava na metade do quarteirão, subindo a rua, na hora em que Aria o alcançou.

– Ei! – gritou ela. – Noel?

Ele se virou. As manchas roxas em seu rosto, causadas pela armadilha que Ali e Nick fizeram para ele no barracão onde o material esportivo era armazenado atrás de Rosewood Day na noite do baile, tinham desaparecido, e seu cabelo escuro crescera um pouco, cacheando atrás de suas orelhas. Quando ele viu Aria, no entanto, assumiu uma expressão cautelosa.

Aquilo partiu o coração de Aria. Quando estavam juntos, Noel sempre demonstrava ficar feliz em vê-la, mesmo que ela o interrompesse no meio do treino de lacrosse. Ele sempre corria até ela, de braços abertos. Será que Aria *queria* que ele fizesse isso agora? Não. Sim. *Não*. Tinha sido ela a dizer a Noel que não poderiam ficar juntos – ele tinha mentido para ela por anos, pois sabia a verdade sobre Ali e até mesmo a visitava na clínica psiquiátrica. Mas, ultimamente, tinha começado a se perguntar sobre sua decisão. Todos cometiam erros. Talvez ela pudesse perdoar Noel.

E *Deus*, como sentia falta dele.

– E-ei – disse Aria, nervosa, enquanto se aproximava.
– Obrigada pela mensagem. – Ela havia mandado algumas mensagens para ele havia pouco tempo, apenas para dizer oi, esperando que pudesse iniciar uma conversa. Finalmente, Noel tinha escrito de volta, um simples *oi*. Talvez fosse um sinal.

As sobrancelhas de Noel se franziram por um momento.
– Ah. Claro. Sem problemas.

Um silêncio doloroso se seguiu. Aria fingiu estar interessada no adesivo do para-choque traseiro de um Honda Civic que passava.

– O que você está fazendo neste bairro? – perguntou ela, finalmente. *Diga que veio me ver*, desejou.

Noel chutou o chão.

– Estou fazendo aulas extras de inglês em Hollis para me livrar dessa matéria no próximo ano. Vários garotos estão fazendo. Mason, Riley Wolfe...

Aria começou a rir.

– Você se lembra de quando você me disse que você achava Riley parecido com um duende?

Noel pareceu desconfortável.

– Hum, acho que preciso ir.

Aria agarrou-o pelo braço.

– Espere! – pediu ela, odiando soar desesperada. – Ah... Talvez pudéssemos tomar café ou alguma coisa assim, em breve? Ou então... Bem, vai acontecer aquele evento beneficente no Country Clube e... talvez pudéssemos ir juntos, não? – Um grupo de senhoras da sociedade de Rosewood organizou uma festa para levantar fundos em prol dos jovens perturbados e carentes de Rosewood, e toda a cidade foi convidada. Era meio irônico verificar que a Rosewood rica e privilegiada não *tinha* realmente muitos jovens perturbados e carentes. Ali talvez tenha sido uma das únicas.

Noel se virou.

– Vou estar ocupado nessa noite.

– Ah! – Aria odiou como sua voz pareceu aguda. – Bem, talvez um filme algum dia?

Ele manteve os olhos no chão.

– Na verdade, eu acho que preciso de algum espaço agora, Aria. Sinto muito.

Aria piscou.

– Claro. Tudo bem. – Uma dor atravessou o seu peito. Ela pensou na vez em que viu Noel no hospital após ter sido atacada. *Eu acredito em você*, ele tinha dito, referindo-se ao fato de as meninas terem visto Ali. *Eu sempre vou acreditar em você.* Ele parecia tão amoroso e preocupado. Mas tinha sido há duas semanas. Era como se ele tivesse se esquecido do que aconteceu.

– Bem, nós nos vemos por aí – disse ela, lidando com a situação do único jeito que conseguia no momento.

– Isso. Vejo você qualquer hora. – Noel acenou. Alguns passos adiante, ele pegou o celular e bateu um dedo na tela.

Aria contou até dez, mas Noel não se virou. A garganta dela coçou, e ela podia sentir que as lágrimas estavam prestes a cair. Os sinos que Jim, o dono da galeria, havia comprado em uma viagem à Índia tocaram quando ela voltou para dentro.

Ella abaixou a tela em suas mãos.

– Aria? – perguntou a mãe, com uma voz cautelosa. – Aquele era Noel? Você está bem?

– Eu só... – Aria abaixou a cabeça e correu, passando pela mãe. A humilhação, provavelmente, estava estampada em seu rosto, mas ela *não* queria falar sobre isso.

Desapareceu na sala dos fundos, fechou e trancou a porta, e então deixou as lágrimas caírem. Ela olhou novamente as pinturas de Ali. Sua visão estava embaçada. Isso era culpa dela. Tudo isso era culpa dela.

Aria pegou o retrato da Ali do 6º ano, furiosa com a expressão de sarcasmo em seu rosto. *Você nunca vai chegar aos meus pés*, Ali parecia provocar. Com movimentos desajeitados e apressados, Aria colocou a coisa em um cavalete e pegou suas tintas a óleo do peitoril da janela. Colocou um pouco de tinta preta em uma paleta de madeira e fez diagonais amplas e negras com o pincel mais largo que possuía, cobrindo o cabelo brilhante de Ali, sua pele perfeita, e aquele sorriso odioso. Ela pintou e pintou até que a tela inteira estivesse preta, à exceção de um triângulo pequeno em torno do olho de Ali. Um único globo ocular azul observava Aria. Mas até mesmo *aquilo* era muito de Ali. Muito.

Então, Aria pintou por cima dele, também.

3

COISA DE ESCRITOR

Na noite de segunda-feira, um manobrista de camisa branca e calças vermelhas estendeu a mão para Spencer Hastings enquanto ela descia do Range Rover do seu padrasto.

– Bem-vinda ao Four Seasons, senhorita – disse ele, em uma voz suave. – Precisa de ajuda?

Spencer sorriu. Ela *amava* hotéis de luxo.

– Tudo bem – disse ela, virando-se para olhar sua mãe; seu padrasto, o sr. Pennythistle; sua irmã postiça de quinze anos, Amelia; sua irmã mais velha, Melissa; e o namorado dela, Darren Wilden, descerem do carro em seguida. Eles pareciam um comercial do Brooks Brothers, os homens de ternos escuros, as mulheres em vestidos pretos de festa de bom gosto – até Amelia, que normalmente se vestia como uma boneca.

A família se dirigiu ao grande salão de baile, onde compareceriam a uma festa em honra dos Cinquenta Cidadãos mais Proeminentes da Filadélfia. O sr. Pennythistle estava na lista porque a sua empresa de construção de casas havia propiciado grande desenvolvimento nos subúrbios. Spencer não era uma fã das casas pré-fábricas que o padrasto construía, no estilo do filme *Esposas perfeitas*, mas era incrível ver o nome dele em uma grande placa e na revista *Philadelphia*. E depois dos meses infernais que tinha enfrentado, uma festa extravagante com dança e bebidas talvez pudesse ajudá-la a relaxar e esquecer os problemas.

– Coquetel? – uma garçonete segurando uma bandeja de martínis ofereceu ao grupo.

Spencer olhou para sua mãe. A sra. Hastings balançou a cabeça.

– Só um.

Spencer deu um sorriso forçado e pegou uma taça da bandeja. Para seu deleite, o sr. Pennythistle balançou a cabeça, negando, antes mesmo que Amelia pudesse perguntar.

Então Spencer se virou para Melissa, prestes a perguntar se ela gostaria de uma bebida, também. Melissa olhava com desconfiança para alguma coisa em seu celular.

– O que foi? – perguntou Spencer, aproximando-se.

O rosto de Melissa se enrugou de preocupação.

– É uma matéria falando sobre como há uma porção de falsas As por todo o país.

Darren também olhou feio.

– Eu falei para você parar de ler essa porcaria.

Melissa acenou para que ele se afastasse, observando a pequena tela.

– Aqui diz que há um grupo de garotas em Ohio que receberam tantos recados de A que uma delas *matou* a menina que os enviava.

– Oh, Deus! – Spencer também se inclinou para olhar. Havia uma caixa de texto sobre os Gatos de Ali, o fã-clube psicopata de Ali. OS MEMBROS DOS GATOS DE ALI FIZERAM VIGÍLIAS À LUZ DE VELAS EM DIVERSOS LOCAIS, REZANDO PARA QUE ALISON DILAURENTIS AINDA ESTEJA VIVA. "A MÍDIA DIVULGOU A HISTÓRIA DE APENAS UM DOS LADOS ENVOLVIDOS, DO JEITO QUE ELES SEMPRE FAZEM", DISSE UMA MULHER QUE PEDIU PARA PERMANECER ANÔNIMA. "MAS ALISON É UMA PESSOA CORAJOSA E ÚNICA QUE TEM SIDO VÍTIMA DE UM ESTIGMA, DE PRECONCEITO E DE INTOLERÂNCIA. QUEM NÃO ENXERGA ISSO DEVERIA SE ENVERGONHAR."

Um sentimento de desânimo a tomou. *Uma vítima de preconceito e intolerância? O que essa senhora andou fumando?*

Era tão frustrante. Spencer dissera às amigas que desejava deixar Ali para trás – depois de toda aquela história, tinha sido aceita por Princeton, e recebera uma nota do comitê de admissão de lá dizendo que havia uma boa chance de ela ainda poder comparecer à faculdade, desde que passasse em seus exames finais. Mas era mais fácil falar sobre esquecer Ali do que fazer isso; Ali continuava aparecendo. E aquele grupo, aqueles tais Gatos de Ali – isso era uma loucura. Como eles podiam idolatrar alguém que tinha *assassinado* praticamente metade de Rosewood?

Logo que Spencer descobriu os Gatos de Ali, sentiu um desejo enorme de responder àquilo de alguma forma. Acabar com eles não parecia ser uma opção – tinham o direito de formar quaisquer grupos esquisitos que quisessem. Em vez disso, tinha criado uma página para outras pessoas que haviam sofrido bullying, um fórum seguro para garotos e garotas compartilharem suas experiências e sentimentos. Até então, o site tivera uma boa visitação; quase duas mil curtidas na fanpage do blog no Facebook. Cada nova resposta nova sobre bullying que ela recebia pelo Facebook, pelo Twitter ou por e-mail só lhe dava a confirmação de como um site como o dela era necessário. Havia *tantas* pessoas que sofriam bullying, na maioria das vezes bem mais do que Spencer. Talvez publicar essas histórias fizesse tudo aquilo parar, de alguma forma. Ou pelo menos fizesse o bullying diminuir.

– Eu gostaria que as pessoas encontrassem outra coisa para ficarem obcecadas – disse Melissa, nervosa, enfiando o celular de volta na bolsa.

Spencer concordou. Ela gostaria de falar com a irmã sobre o fato de Ali ainda estar viva, mas, até aquele momento, Melissa não parecia estar aberta ao diálogo. Spencer entendia. Melissa também devia estar cansada de pensar naquilo.

Então os olhos de Melissa se acenderam.

– Oh, meu Deus, é a Kim, de Wharton! Precisamos dizer oi!

Ela agarrou a mão de Darren, e eles desapareceram na multidão. Spencer correu os olhos pelo lugar, uma vez mais. Alguém riu atrás dela, e ela repentinamente sentiu um sinistro formigamento nos braços. O lugar estava tão cheio, e quase não havia seguranças. Um lugar perfeito até para Ali se esconder.

Pare de pensar sobre ela, ordenou Spencer silenciosamente a si mesma, alisando o cabelo e tomando outro gole de seu martíni. Ela passou pelo bar. Apenas um lugar estava vago, e Spencer se acomodou nele e encheu a mão com nozes que estavam em uma pequena tigela. Ela relanceou os olhos em seu reflexo no grande espelho atrás do bar. Seu cabelo loiro faiscava, seus olhos azuis estavam brilhantes e sua pele ainda tinha o brilho dourado adquirido da semana que passara na

Flórida. Mas estava muito chato ali – todo mundo parecia ter mais de quarenta anos. Além do mais, Spencer não queria se ver presa em outra relação. Todos aqueles caras só lhe trouxeram problemas e mágoas.

– Com licença, você é Spencer Hastings?

Spencer se virou.

– Sim, mas eu me esqueci do seu nome – disse ela, lembrando que a mulher era uma das parceiras de negócio do sr. Pennythistle. Ele se encontrava com um batalhão de executivos nos coquetéis.

– É porque eu não disse ainda para você. – A mulher sorriu. – Alyssa Bloom. – Ela colocou sua taça de vinho branco no balcão. – Meu Deus, minha querida. Você passou por tanta coisa.

– Bem, você sabe... – Spencer sentiu suas faces se ruborizarem.

– Como você se sente em saber que tudo está realmente *acabado*? – perguntou Alyssa Bloom. – Você deve estar superanimada, imagino.

Spencer mordeu o lábio. *Ainda não acabou*, ela queria dizer.

A srta. Bloom tomou um pequeno gole do seu vinho.

– Suponho que você tenha ouvido falar sobre os fãs de Alison? Como é mesmo que eles se chamam?

– Os Gatos de Ali – resmungou Spencer, automaticamente.

– E os imitadores de A por todo o país? – A mulher deu uma fungadela. – É temerário. Não é a lição que as pessoas deveriam aprender.

Spencer concordou.

– Ninguém mais deveria ter de passar pelo que passei – disse ela. Era a resposta que normalmente dava às crianças que escreviam em seu blog com suas histórias.

O olhar que a mulher lhe deu indicava que esperava que Spencer dissesse mais. Subitamente, Spencer se sentiu paranoica. Quem era esta Alyssa Bloom? Ultimamente, Spencer vinha recebendo muitas ligações de tipos insidiosos que se diziam jornalistas que tentavam iludi-la para que falasse mais, até dizer alguma coisa estúpida.

– Sinto muito, o que é mesmo que você faz? – irrompeu Spencer.

Bloom colocou a mão no bolso de seu casaco e entregou um cartão a ela. Spencer olhou fixamente para ele. *Alyssa Bloom,* dizia. *Editora. HarperCollins Edições, Nova York.*

Spencer ficou sem fala por alguns segundos.

– Você trabalha em uma editora?

Alyssa Bloom sorriu.

– Correto.

– Significa que você edita livros? – Spencer queria se socar por soar tão imbecil. – Sinto muito – retrocedeu ela. – É só que eu nunca falei com um editor. E na verdade, eu nunca me vi como uma escritora. – Ela havia pensado naquilo desde que tivera a ideia de uma série de livros com Courtney anos atrás. Era sobre fadas jogadoras de hóquei que se transformavam em supermodelos. Escreveram quase metade do primeiro livro. Bem, *Spencer* tinha escrito. Courtney só tinha dado as linhas gerais.

A srta. Bloom pendeu para um lado.

– Bem, se você tem quaisquer ideias, eu adoraria ouvi-las. Adoraria falar sobre seu blog um dia destes, também.

Os olhos de Spencer se arregalaram.

– Você ouviu falar do meu blog?

A srta. Bloom concordou.

– Claro. Bullying é um tópico em alta, e você começou alguma coisa muito interessante. – Então o celular dela tocou, e ela deu a Spencer um sorriso contido. – Desculpe. Eu preciso atender. – Ela apontou para o cartão na mão de Spencer. – Ligue para mim uma hora destas. Prazer em conhecê-la. – Então a editora se virou, com o celular na orelha. A mente de Spencer disparou. Princeton *teria* de deixá-la entrar se ela escrevesse um livro. Nem mesmo Melissa tinha feito aquilo.

– Em que posso ajudá-la?

O bartender estava sorrindo para ela detrás do balcão. Spencer sentiu seu espírito se elevar ainda mais. De uma vez, tudo parecia tão brilhante e novo. Possível. *Incrível.*

– Você pode me trazer outro martíni. – Ela deslizou seu copo vazio até ele. Quem ligava? Ela havia acabado de receber um cartão de visitas de uma profissional de uma grande editora.

Aquilo era, sem dúvida, uma razão para comemorar.

4

P.S. EU TE AMO

Na manhã de terça-feira, Emily Fields se sentou junto a uma bancada em uma aula de Química em Rosewood Day. Uma tabela periódica estava pendurada na parede, com um pôster que descrevia as ligações entre os elétrons das moléculas básicas. Bicos de Bunsen estavam alinhados em um armário de vidro, e as prateleiras no fundo da sala continham frascos, provetas e outros equipamentos de laboratório. A professora, uma mulher de cabelos armados chamada srta. Payton, que Emily nunca tinha encontrado antes – ela suspeitava que a equipe regular de Rosewood Day não colocava os pés na escola durante o verão –, estava parada à lousa, virando um anel de prata sem parar no dedo. Todos os alunos, com exceção de Emily, estavam falando, mandando mensagens de texto ou mexendo nas bolsas, e uma das garotas estava sentada no peitoril da janela com uma refeição completa da Chick-fil-A em seu colo.

– Agora, se vocês olharem para o próximo item no livro – disse a srta. Payton em uma voz hesitante, ajustando seus óculos de armação de metal no nariz –, ele fala sobre o trabalho em laboratório. Será muito importante nesta aula, pelo menos trinta por cento da sua nota, então minha sugestão é que vocês levem isso bem a sério.

Vários garotos da equipe juvenil riram. Vera, a colega de Emily nas aulas de laboratório, que usava uma jaqueta militar desbotada e rasgada com uma pequena etiqueta nas costas, que dizia DOLCE & GABBANA, olhou para a professora com olhos injetados. Hanna tinha avisado Emily do quanto a escola de verão era apavorante.

– Eu não reconheci, tipo, *ninguém* – disse ela, dramaticamente.

Emily não achava que era assim *tão* ruim. Hanna, no entanto, estava certa sobre duas coisas. A primeira era que Rosewood Day parecia mesmo sinistra sem sua agitação normal. Emily nunca tinha percebido como as portas rangiam, ou como havia tantas sombras compridas pelos cantos, ou que tantas luzes no teto piscavam. E a segunda coisa era que ninguém dava a mínima sobre ser aprovado na matéria.

Será que vocês não percebem como somos sortudos de podermos nos formar? Emily queria gritar para seus colegas. Mas talvez as pessoas não apreciassem o que tinham até que fosse tirado delas.

Então, Vera bateu no braço de Emily.

– *Ei*. Como foi, tipo, quase *morrer*?

Emily olhou para o outro lado. Às vezes se esquecia de que seus colegas de classe sabiam tudo sobre ela.

– Ah...

– Eu me lembro de Alison – continuou Vera. – Ela me disse que eu parecia com um troll. – Ela abriu e fechou os punhos. – Mas, ei, pelo menos ela está morta, certo?

Emily não sabia o que dizer. Era um choque que seus colegas de classe se lembrassem de Ali, também – Emily tinha passado tanto tempo obcecada com Ali que às vezes parecia que ela era apenas criação de sua imaginação, desconhecida e inatingível para todos os outros. Mas a verdade era que seus colegas tinham conhecido as *duas* Alis: Courtney, a velha amiga, e a *verdadeira* Ali, a sociopata que havia tentado matá-las duas vezes e que ainda estava, definitivamente, viva.

– Então, aqui estão seus livros – disse a srta. Payton, entregando uma pilha para a fileira da frente e pedindo que passassem os livros para trás. – Alguém gostaria de ler a página de introdução para a classe?

Um grupo de garotos deu risadinhas, e a srta. Payton parecia que ia começar a chorar. *Coitadinha*, pensou Emily. Será que ela não sabia que essa coisa de ler em voz alta tinha acabado no ensino fundamental?

Sentindo uma onda de empatia, ela levantou a mão.
– Eu leio.

Emily abriu a primeira página e começou a ler em uma voz alta e forte. A escola havia lhe dado um presente permitindo que voltasse, e o mínimo que podia fazer era devolver o favor.

Mesmo que isso significasse que todos na classe ririam dela.

Algumas horas depois, Emily estacionou na entrada de carros de sua casa, colocando o Volvo de seus pais em ponto morto e se abaixando para passar pela porta da garagem, que estava meio aberta, provavelmente precisando de conserto outra vez. A porta da garagem se abria para a sala de estar, que cheirava a pout-pourri. A primeira coisa que Emily viu foi a mãe sentada no sofá, com um cobertor enrolado nas pernas e um trabalho de tricô no colo. A televisão projetava uma luz azul em seu rosto. Era um programa do canal HGTV sobre como customizar uma casinha de cachorro.

A sra. Fields se virou e a viu. Emily congelou e pensou seriamente em fugir, mas então sua mãe sorriu.

– Como foi seu primeiro dia? – perguntou ela, com a voz fraca.

Emily relaxou. A aceitação e a amizade de sua mãe ainda eram inesperadas: há duas semanas, seus pais não estavam falando com ela. Emily não teve nem permissão para visitar a mãe no hospital quando teve um ataque cardíaco leve.

É uma loucura como as coisas mudam depressa.

– Fo-foi bom – disse Emily, sentando-se no sofá listrado. – Então, ah... Você precisa de alguma coisa? – O cardiologista tinha avisado que a sra. Fields devia pegar leve pelas próximas semanas. As irmãs de Emily, Carolyn e Beth, tinham ficado em casa, ajudando, mas ambas tinham ido no dia anterior para programas de verão em suas respectivas faculdades.

– Talvez uma ginger ale. – A sra. Fields soprou um beijo para ela. – Obrigada, querida.

– Claro – disse Emily, levantando-se e se encaminhando para a cozinha.

Seu sorriso sumiu assim que ela virou as costas. *Déjà-vu,* pensou ela. Emily perdeu a conta de quantas vezes sua família a havia rejeitado e então, depois de uma tragédia, a recebera de volta com os braços abertos. Depois do ataque de Nick, quando ela abriu os olhos no hospital e viu sua família inteira parada lá, quase explodiu em gargalhadas. Será que eles conseguiriam passar por isso *de novo*? Mas seu pai tinha se inclinado e dito em uma voz cheia de carinho:

– Nunca vamos deixar você partir, querida.

Suas irmãs haviam abraçado-a apertado, todas chorando. E sua mãe dissera:

– Nós amamos tanto você.

Emily estava grata que eles tinham voltado, é claro. Mas também se sentia exausta. Será que aconteceria mais alguma coisa que os faria desistir dela outra vez? Ela deveria se preocupar com outro ataque? E Emily não ousava revelar que acreditava que Ali ainda estava viva – sua família pensaria que enlouquecera.

Era triste não mais ter a família como esteio. Alguma coisa grande estava faltando em sua vida, um buraco que ela precisava preencher. Mas não sabia o *que* a satisfaria. Achar Ali? É claro. Mas tinha a sensação de que não era só isso.

– Ah, eu me esqueci de dizer – a voz da sra. Fields flutuou vinda da sala. – Há correspondência para você na mesa da cozinha. Quem você conhece na Unidade Correcional de Ulster?

Emily quase derrubou a ginger ale que tinha apanhado da geladeira. Foi até a mesa, que estava coberta com uma toalha estampada com galinhas. A correspondência do dia estava enfiada embaixo do porta-guardanapo em formato de galinha. Havia um envelope branco, amassado e quadrado com o nome de Emily no topo. Da mesma forma, o carimbo dizia UNIDADE CORRECIONAL DE ULSTER, em letras espaçadas.

Sua mente disparou em direções diversas. Ela realmente conhecia alguém na Unidade Correcional de Ulster. Só que aquela pessoa não estava falando com ela... *estava*? Emily piscou, olhando a letra manuscrita no envelope. Será mesmo? Emily tinha um cartão-postal lá em cima, do aeroporto internacional das Bermudas, com os mesmos *Es* curvos e *Fs* pontudos. *Nós nos encontraremos um dia*, o amor de sua vida, Jordan Richards, escrevera.

Essa carta não podia ser de Jordan. Não podia.

A presença de Jordan a envolveu. Seu cabelo longo e escuro e olhos verdes cheios de vida. Seus lábios em forma de arco, a maneira como cheirava a tangerinas, o vestido de ilhoses que usava quando Emily a viu pela primeira vez no deque do cruzeiro. Foi tão gostoso beijá-la e abraçá-la, e foi tão fácil conversar com Jordan sobre sua vida, suas preocupações, seus medos. Mas Jordan tinha um passado: era procurada pelo FBI porque roubou carros, barcos e até mesmo um avião em sua antiga vida de garota malvada. A tinha ligado para a polícia e denunciado Jordan, mas ela escapou do FBI no último momento. Emily tinha procurado por Jordan depois, desesperada para manter contato, mas de algum modo suas mensagens no Twitter denunciaram o esconderijo de Jordan na Flórida para a polícia. A pior parte foi que Jordan culpou a imbecilidade de Emily por sua prisão. Mas Emily sabia que A – *Ali* – tinha denunciado as mensagens do Twitter para a polícia. Ali estava por trás de tudo.

Emily nunca amara alguém como amou Jordan, nem mesmo a garota que ela pensou ser Ali. Mas porque o passado de Jordan era complicado, Emily não compartilhou sua relação com muitas pessoas. Suas amigas sabiam, é claro, e também Iris, a antiga colega de quarto de Ali na clínica psiquiátrica.

Mas não havia um jeito de poder contar para seus pais. Eles não entenderiam.

Os dedos dela tremiam enquanto abria o envelope. É uma piada, disse a si mesma. Alguém tinha a contatado, fingindo ser Jordan. Talvez fosse Ali.

Desdobrou uma folha de papel.

Querida Emily,

Estou escrevendo para você da prisão. Levou um tempo para trabalhar meus sentimentos, mas assisti à sua terrível provação na televisão. Meu advogado me contou sobre isso também. Eu me senti mal pelo que você passou. Também entendi por que você estava tão desesperada para partir e por que entrou em contato, mesmo sabendo que era perigoso. Eu perdoo você pelos tweets e eu sei agora que nunca quis me machucar. Eu adoraria se quisesse vir me visitar. Temos muito para conversar. Mas vou entender se você continuou com sua vida.
Com amor,
Jordan

Emily leu a carta três vezes antes de absorver seu conteúdo. Era a letra de Jordan. Era o tom de Jordan. Era *tudo* de Jordan. O nariz de Emily ardia. Ela se atrapalhou procurando o celular no bolso e discou o número que Jordan havia escrito na parte de baixo do pedaço de papel, da Unidade Correcional de Ulster. Quando uma mulher desanimada atendeu, Emily falou com uma voz baixa e trêmula, para que sua mãe não pudesse ouvir.

– Gostaria de marcar uma visita.

Ela deu o nome de Jordan. Claro que Jordan havia colocado Emily na lista de pessoas autorizadas a visitá-la. Emily estava tão dominada pela emoção que quase não conseguia falar. Era incrível: há dez minutos, não havia sequer uma possibilidade de que Jordan algum dia voltaria a estar em sua vida. *Essa* era a completude de que ela precisava.

Desligou o celular com o sorriso se alargando de orelha a orelha. Mas quando seu celular apitou novamente, ela pulou, assustada com o alarme. UMA NOVA MENSAGEM DE TEXTO, dizia a mensagem.

O coração de Emily disparou. Será que Ali estava do lado de fora da janela, escutando a conversa? Mas o jardim estava silencioso e vazio. Nada se movia nos campos de milho; não havia nem mesmo tráfego na estrada.

Ela olhou para o celular. ALERTA DA INTERNET VERIZON: VOCÊ USOU 90% DO SEU PACOTE DE DADOS DO MÊS.

Emily abaixou o celular e passou as mãos pelo rosto. Talvez, só talvez, as outras estivessem certas: Ali *não estava mais* observando.

E talvez Emily devesse tentar viver sua vida, como elas tinham dito. Devia tentar ser livre.

5

NASCE UMA ESTRELA

– Você tem uma pele incrível.

Hanna fechou os olhos enquanto uma maquiadora chamada Trixie espalhava blush por suas bochechas.

– Obrigada – murmurou ela.

– E olhos muito bonitos, também – acrescentou Trixie, com o hálito cheirando a balas roxas.

Hanna riu.

– Você ganha comissão ou algo assim?

– Não. – Houve um som de *clique* quando Trixie fechou o pó compacto. – Só falo das coisas como elas são.

Era quarta-feira, e Hanna estava acomodada em uma cadeira na mesma produtora em West Rosewood onde ela e seu pai tinham filmado a campanha contra beber e dirigir. Agora o lugar estava fervendo com cenários diferentes, milhões de lâmpadas, cabos, microfones e um monte de roteiristas, diretores e membros da equipe. Era o terceiro dia de produção de *Burn It Down*, e estavam filmando uma cena em que Spencer e **Aria** receberam um cartão-postal assustador da Nova A sobre a Jamaica. A grande cena de Hanna como Naomi Zeigler chegaria logo.

O diretor, um homem imponente chamado Hank Ross, que aparentemente era *o* cara no negócio do cinema – Hanna ainda não havia assistido ao seu último filme de ação sobre uma conspiração, mas com certeza ela ia conferir –, ficou de pé.

– Corta! – gritou ele. – Acho que conseguimos!

Hanna assistia ao vídeo em uma tela, enquanto Amanda, a garota que interpretava Spencer, e Bridget, que fazia Aria, relaxavam. Hanna concordou com o diretor: as garotas haviam conseguido, incorporando perfeitamente as personalidades e os maneirismos de suas melhores amigas e convencendo, pois eram experientes, como tinha sido *assustadora* a situação com Ali – e sem recorrer ao melodrama. Todas as atrizes do filme eram incríveis, na verdade. A atriz que interpretava a mãe de Spencer tinha recebido um Globo de Ouro.

Hank percebeu Hanna atrás dele e abriu um grande sorriso.

– Você está bem?

– Ótima. – Hanna sorriu, ajustando sua peruca loira e curta. Ela havia sido fabricada para ser similar ao corte *pixie* de Naomi e parecia realmente incrível em Hanna. Não era a única coisa incrível. Quando Hanna chegou ao set, Hank deu a ela um roteiro com poucas linhas, enfiou uma câmera em seu rosto, e pediu a ela para "ser natural". Se foi um teste, Hanna soube que tinha passado quando viu o sorriso cheio de dentes depois de ter dito sua fala.

– Sim, a câmera ama você – dissera ele, generosamente.

Então mostraram a ela o seu trailer – seu *próprio* trailer de estrela de cinema, que tinha uma cama pequena para cochilos, uma penteadeira com três tipos de iluminação que a tornavam ainda mais bonita e uma geladeira para as duas águas de coco que havia trazido depois de ler na revista *Us Weekly* que Angelina Jolie também bebia água de coco. Uma assistente de produção a conduziu até o guarda-roupa, em que um falante designer de figurino a colocou em um fabuloso vestido de patchwork e botas com ponta de metal. O visual era legal demais para a Naomi real, mas Hanna parecia tão bem nele que não ia reclamar.

Hanna mal teve tempo para decorar as falas para a primeira cena – uma cena rápida, na qual ela e Jared Diaz, o cara maravilhoso que interpretava Mike, trocavam olhares desconfiados no deque do cruzeiro. Mas ela estivera lá. Talvez fosse fácil entrar na personagem de Naomi, já que foi amiga da garota por tanto tempo.

Ou talvez fosse porque ela era um talento natural e sua próxima parada era mesmo em Hollywood.

Hank deslizou de sua cadeira e foi falar com as atrizes do outro lado. Hanna enfiou a mão em sua bolsa de couro franjada que estava pendurada nas costas de uma das cadeiras e retirou de lá seu celular, ansiosa para atualizar seus posts. Primeiro, conferiu o Twitter: duzentas pessoas tinham retuitado seu post sobre como era o trabalho da equipe de arte. Sua irmã postiça, Kate, tinha feito um repost do tweet com uma série de pontos de exclamação. Hanna tinha garantido que a Naomi Zeigler *real* lesse as notícias de que ela a interpretaria no filme, e Naomi tinha respondido *não gostei* em todas as postagens.

Hanna escreveu uma nova mensagem para Spencer, Aria e Emily. *Vocês deveriam estar aqui, meninas. Vocês poderiam conseguir um papel.*

Spencer respondeu depois de um segundo. *Eu não acho que estou pronta para reencenar meu pior pesadelo. Mas estou feliz que você está se divertindo. E como dizem os atores para desejar boa sorte: quebre uma perna!*

Aria enviou uma mensagem parabenizando-a, também, e Emily disse que de maneira nenhuma ficaria em frente a uma câmera – ela teria urticárias. *Mas, ei, eu disse a você que Jordan me escreveu da prisão?* Emily acrescentou ao final do texto. *Vou visitá-la em alguns dias!*

Hanna riu. Ela estava feliz que Emily tinha alguma coisa incrível acontecendo em sua vida, também. Elas todas mereciam coisas boas.

Ela escreveu a Mike em seguida. *Nasce uma estrela!*

Ele enviou uma resposta de volta. *Tem garotas bonitas aí? Tire fotos!*

Hanna riu e olhou em volta. Havia um monte de garotas bonitas no elenco, na equipe, e até mesmo no serviço de bufê. De repente, ela grudou os olhos na única pessoa no elenco que ainda não tinha conhecido. Aquele cabelo comprido e escuro. Era Hailey Blake. *A* Hailey Blake.

Os olhos de Hailey se arregalaram quando ela viu Hanna do outro lado da sala.

– Ah, meu Deus. Ah, meu *Deus!* – disse ela, empurrando os cabeleireiros para o lado e correndo até Hanna. – É você! Hanna Marin!

Hanna tentou responder, mas Hailey agarrou suas mãos, em um ímpeto.

– Passei o dia inteiro louca para encontrar você, mas tive essa *coisa* de manhã e não pude me livrar. – Ela virou os olhos e articulou *dormi demais*, sem falar em voz alta. – De qualquer maneira, é incrível que você esteja aqui! Você está adorando? Todos estão sendo legais com você? Se alguém for malvado, eu dou um chute no traseiro da pessoa.

A boca de Hanna se escancarou. Hailey encarnava uma figura pública da garota doce, delicada, que podia ser a vizinha de qualquer um; mas pessoalmente, ela era magra como um palito, seu cabelo estava cortado em camadas estranhas e ela usava um par de botas na altura das coxas que Hanna não poderia nunca usar sem parecer uma vagabunda. E o que era esse discurso sobre chutar traseiros?

Hailey se virou para um dos assistentes de Hank, um cara pálido e vampiresco chamado Daniel.

– Ei. Hanna tem alguns minutos de descanso antes da próxima cena?

– Bem... eu ainda estou trabalhando nela. – Trixie correu para a frente com seu kit de maquiagem. – Eu precisei pegar um blush de cor diferente. – Ela levantou um estojo cheio de pó rosa.

Hailey fungou.

– Esta nova cor é odiosa. Ela já está fantástica. – Ela cruzou o braço com Hanna. – Venha.

Daniel lançou um olhar estranho a Hanna.

– Eu teria cuidado se fosse você – disse ele, os olhos fundos arregalados.

– Ah, *por favor*. – Hailey virou os olhos e arrastou Hanna em volta do set. – Eu posso jurar que todo mundo que trabalha com o Hank é chato e intrometido – sussurrou ela, em um tom de voz mais alto antes que elas estivessem fora do alcance dos ouvidos. Hanna lançou um olhar de desculpas para Daniel, esperando que ele não pensasse que *ela* dissera aquilo.

Elas atravessaram o estúdio, subiram um lance de escadas e percorreram um corredor estreito que dava vista para alguns cenários do navio de cruzeiro. Na metade do corredor, Hailey abriu uma porta com seu nome na frente. Dentro, havia uma sala cujas paredes estavam cobertas de papel de parede rosa aveludado, um sofá no formato de lábios vermelhos, uma minigeladeira, uma bicicleta ergométrica e uma estante cheia de revistas de fofocas. Espiou a penteadeira, sobre a qual havia fotos emolduradas de três caras diferentes. Cada um era mais bonito do que o anterior. Hanna tinha quase certeza que tinha visto um deles no último lançamento de Jake Gyllenhaal.

Hailey percebeu seu olhar.

– Meus três namorados. Adoráveis, não são?

Hanna franziu a testa.

– Você está namorando todos ao mesmo tempo?

– Ah, *sim* – disse Hailey. Ela tirou um pacote de cigarros de uma bolsa de veludo cotelê que estava sobre a geladeira. Acendendo um, ela se jogou no sofá em formato de lábios e expirou a fumaça azulada. Então ela esticou o pacote para Hanna. – Quer um?

Hanna hesitou, nunca mais tendo fumado desde que era melhor amiga de Mona Vanderwaal. Ela pegou um, mas não o acendeu.

Então o celular de Hailey gritou as duas notas odiosas do tema de *Tubarão*.

– Ugh, desculpe – disse ela, olhando para a tela. – O que você quer *agora*, mamãe? – gritou ela. Ela fez uma pausa, então suspirou. – Eu *disse* a você que eles estavam mentindo sobre isso. Em quem você vai acreditar, em mim ou neles?

Hanna correu para a porta, imaginando que Hailey quisesse privacidade, mas Hailey fez um sinal para que ela voltasse, girando as mãos e indicando que ela desligaria rápido.

– Você está sendo *tão* malvada hoje! – gritou ela para o telefone. – Seu psiquiatra precisa receitar alguma coisa mais forte para você!

Então ela desligou e sorriu para Hanna.

– Desculpe por isto!

Hanna interrompeu:

– Era mesmo a sua mãe?

Hailey deu de ombros.

– Ela pode ser uma *vaca*, às vezes.

Hanna piscou com força. Se ao menos ela tivesse a coragem de falar com seu pai daquele jeito.

Hailey deu outra tragada no cigarro.

– Então, Hanna Marin. Eu assisti a todas as suas entrevistas.

Hanna sentiu suas bochechas ficarem vermelhas.

– Você *assistiu*?

Hailey deu de ombros.

– Eu precisava descobrir quem era você, já que eu ia interpretá-la. – Ela se inclinou para a frente. – Você é a mais ousada do grupo. Com certeza a mais legal. Eu me sinto tão sortuda de interpretar você.

Hanna baixou os olhos. Ela com certeza não se *sentira* legal ou ousada nos últimos meses – nos últimos dois *anos*, na verdade.

– Eu é que deveria me sentir sortuda. É um sonho que *você* esteja *me* interpretando.

– Você realmente acha isso? – Hailey apertou a mão no peito. – Você é tão, *tão* doce!

Hanna estava prestes a dizer que Hailey provavelmente ouvia aquilo o tempo todo – ela ganhara um zilhão de People's Choice Awards, de qualquer maneira. Mas Hailey pulou do sofá e se aproximou de Hanna, subitamente animada.

– Nós deveríamos nos conhecer melhor. Talvez você pudesse me mostrar Rosewood? Ou espere, não estamos tão longe de Nova York, estamos? – Ela apertou as mãos de Hanna com força. – Eu posso nos colocar em qualquer balada de Manhattan. Uma porção de leões de chácara me devem favores.

– Certo – disse Hanna sem fôlego, tentando imaginar os olhares de inveja nos rostos de todos quando ela entrasse em uma balada com *a* Hailey Blake.

– Nós deveríamos levar Jared, também. – Hailey parecia animada. – Ele é lindo, você não acha? E *tão* legal. Eu poderia com certeza dar um jeito de vocês ficarem.

Levou um momento para Hanna perceber que ela falava sobre Jared Diaz, o garoto que interpretava Mike.

– Hum, eu já tenho um namorado – disse ela, rindo. – O Mike *real*.

Subitamente, alguém deu um suspiro atrás delas. A porta de Hailey estava aberta agora, e Daniel, o assistente do diretor, estava parado no camarim. Hanna quase gritou. Havia alguma coisa definitivamente assustadora na sua pele translúcida, nos seus lábios finos e na maneira como ele entrara no camarim de Hailey, quase sem fazer barulho. Hanna se perguntou como alguém como ele podia ter conseguido um emprego tão interessante.

– Senhoras? – disse ele, com a fumaça fazendo com que seus olhos se estreitassem. – Nós precisamos de vocês lá embaixo para a cena do cruzeiro.

Hailey fez uma careta.

– Já? O meu contrato estabelece *especificamente* tempo para descanso. Estou ligando para o meu agente para reclamar. – Ela pegou o celular, então virou os olhos e o deixou cair. – Ah, deixa para lá. Eu vou deixar essa passar.

Ela jogou o cigarro no chão. Daniel as conduziu escada abaixo, e Hailey apertou a mão de Hanna.

– Lembre-se sempre, *você* é a talentosa – sussurrou ela. – Não permita que eles a puxem para lá e para cá. Eles devem servir você.

Hanna só pôde rir.

Hank estava esperando por eles no pé das escadas.

– Já era *hora* – disse ele, fitando Hailey. – Marissa quer que você vista um figurino diferente. Ela já está procurando por você há um tempo.

– Eu *disse* ao Daniel que estaria em meu camarim – explodiu Hailey. – Não é minha culpa que ele não lhe passa os recados.

Hank a ignorou e virou-se para Hanna.

– Você está junto do grupo, querida – disse ele em uma voz muito mais gentil. Ele apontou para o outro lado da sala, que parecia exatamente como o deque do cruzeiro, com os corrimãos de bronze, um bar exótico no canto e assentos roxos de veludo encostados nas paredes. Havia até mesmo uma banda de reggae tocando os instrumentos, desatentamente.

Hanna se despediu de Hailey, que ainda parecia irritada, e se sentou em uma mesa próxima, junto com Penelope Riggs, a garota que interpretava Riley. As únicas instruções para Hanna nessa sequência era que se comportasse como se ela e Riley estivessem conversando e, de vez em quando, deveria lançar olhares para Hailey-sendo-Hanna. Em pouco tempo, Hailey reapareceu vestindo uma saída de praia que parecia exatamente com alguma coisa que Hanna usaria. Ela ficou parada ao alcance da audição de Hanna e Hanna podia ouvir Hailey repetindo uma série de exercícios vocais, sussurrando. *Que profissional*, pensou Hanna. Talvez ela devesse fazer exercícios vocais, também.

Hank desapareceu atrás da parede de câmeras.

— E, ação! — gritou ele, e o câmera focalizou Hailey. A banda começou a tocar. Hanna se virou para Penelope e fez uma mímica de conversa em voz baixa, mas sua atenção estava realmente em Hailey, do outro lado da sala. Ela queria ver como Hailey a interpretava nessa cena.

— Você não vai acreditar nisto, Hanna — disse Bridget-sendo-Aria quando correu para Hailey, com os olhos arregalados e com os gestos perfeitamente parecidos com os de Aria. Ela agarrou as mãos de Hailey. — Graham, meu parceiro para a caça ao tesouro? Ele era *o namorado de Tabitha*.

— Ah, meu *Deus* — disse Hailey exageradamente, a boca abrindo. — Você precisa se livrar dele!

Hanna tentou não se virar. Por que Hailey estava usando aquela voz estranha? A *sua* voz não soava daquele jeito, soava?

— Não posso me livrar dele — argumentou Bridget. — E se ele suspeitar de alguma coisa? Talvez eu devesse contar a verdade.

— De jeito *nenhum* — disse Hailey, movendo um quadril. — Tipo, Aria, essa é a última coisa que você deveria fazer.

Então ela fez movimentos vigorosos de mastigação, como se realmente estivesse mastigando forte uma grande bola de chiclete. Hanna se sentiu enjoada. Ela nem mesmo *mascava* chiclete.

— Corta! — berrou Hank alguns momentos depois, reaparecendo no set. Hanna imaginou que ele fosse dar a Hailey algumas instruções sobre a interpretação de Hanna — ela meio que precisava disso. Mas, em vez disso, Hank andou até a banda, falando em uma voz baixa com o vocalista.

Hailey se virou e olhou para a mesa de Hanna, seus olhos brilhando.

— Então? — cantarolou ela. — Eu não faço uma você incrível?

Ela parecia tão feliz consigo mesma. E embora Hanna estivesse meio ofendida com, bem, *tudo* que Hanna tinha acabado de fazer, não passava pela sua cabeça dizer isso.

Hanna abriu um sorriso brilhante.

– Você foi ótima – disse ela, em uma voz baixa.

– Tudo bem, todos em seus lugares! – interrompeu Hank, correndo de volta ao seu posto. – Vamos rodar novamente!

As câmeras rodaram uma vez mais. A banda tocou os acordes de abertura de "Three Little Birds" mais uma vez, e os figurantes se balançaram pelo salão, felizes. Hanna fingiu conversar com Penelope, todo o tempo mantendo os olhos em Hailey enquanto ela fazia a cena *exatamente da mesma maneira*, mascando chiclete e tudo mais. Um sentimento horrível se formou na boca do estômago de Hanna. Se Hailey mantivesse esta interpretação, Hanna seria a piada de Rosewood – e do Instituto de Tecnologia de Moda –, uma vez que este filme fosse lançado. As pessoas fariam os movimentos do quadril, a mastigação do chiclete, a imitação da voz. E se elas pensassem que ela realmente era desse *jeito*?

Hanna virou a cabeça para olhar preguiçosamente pelo resto do set, procurando alguma distração. Repentinamente, um cabelo loiro apareceu no fundo da sala. Hanna olhou mais uma vez. Houve mais um flash loiro. O coração de Hanna disparou. Havia alguma coisa nos movimentos da pessoa que a enchiam de tremores.

Ela ficou de pé. A garota que interpretava Riley lançou um olhar estranho.

– O que você está fazendo?

– Corta! – berrou Hank de novo. Todos saíram dos personagens. Hanna pensou que ele ia dar uma bronca, mas caminhou até Bridget. Aproveitando a oportunidade, Hanna pulou da cadeira e forçou passagem pela multidão. Necessitava ver quem era aquela loira.

Ela precisou contornar muitos garotos, palmeiras falsas, mesas de bistrô, uma grande estátua de um mergulhador e enormes vasos de plantas para chegar ao fundo. Então, espiou em volta do mar de figurantes. Nenhum deles era Ali. Pontos se formavam na frente dos olhos de Hanna. Ela imaginara tudo?

Uma das portas de saída estava oscilando como se tivesse sido aberta. Hanna correu até ela, quase tropeçando em um cabo fino. Estava a ponto de colocar a mão na maçaneta quando alguém agarrou seu braço. Ela se virou, o coração batendo forte.

Era Jared, o cara que interpretava Mike.

– Hanna, certo? – Os olhos dele passeavam em volta dela. – Tudo certo?

Hanna olhou para a porta.

– Eu-eu preciso sair por um segundo.

Jared balançou a cabeça.

– Não por aquela porta. Vai tocar um alarme. Hank vai surtar.

Hanna olhou para a porta novamente. Leu SAÍDA DE EMERGÊNCIA em grandes letras brilhantes sobre ela.

– Mas alguém acabou de sair por aqui, e nada aconteceu – protestou ela, com um fio de voz. Sua mente, subitamente, nadava. Jared bateu no braço de Hanna e a guiou para longe da porta.

– Respire fundo, certo? Trabalhei em um monte de filmes, e os primeiros dias podem mesmo ser complicados. Já vi pessoas com muito mais experiência entrarem em pânico e terem reações bem mais malucas do que a sua.

— Mas eu não... — Hanna hesitou. Ela *não estava* entrando em pânico. Estivera perfeitamente calma e centrada antes de Ali aparecer na multidão.

Só que... *tinha* sido Ali? Como alguém poderia ter passado por uma saída de emergência sem fazer o alarme disparar?

Você imaginou tudo, disse a si mesma enquanto o falso Mike a levava de volta à cena. Mas Hanna espiou para trás mais uma vez para ter certeza de que Ali não estava lá.

Ela não estava, é claro. Mas Hanna ainda tinha a sensação sinistra de que ela estava perto. Observando.

6

E AGORA APRESENTAMOS O MAIS NOVO PRODÍGIO DE ROSEWOOD...

Aria se sentou na arejada saleta íntima da casa de seu pai, mexendo, apática, em um palito de queijo. Byron andava pela sala, fazendo sua organização anual das prateleiras, um ritual no qual ele tirava todos os seus volumes da estante e os arrumava de uma nova maneira que era compreensível apenas para ele. Seu novo bebê, Lola, arrulhava alegremente em um cercadinho temático de floresta, enquanto uma versão de "Cabeça, ombro, joelho e pé" tocava suavemente através dos pequenos alto-falantes.

A esposa de Byron, Meredith, trocava os canais da televisão. Finalmente, ela parou em um programa de celebridades no canal Bravo, que no final das contas não parecia ser um programa a que Meredith assistiria – Aria sempre pensou que ela era o tipo de pessoa que odiava realities shows. Ela se virou para Aria e abriu um sorriso brilhante.

– Ouvi dizer que sua amiga Hanna estará em um filme!

– Pois é – murmurou Aria, esperando que Meredith não fizesse a óbvia pergunta em seguida – por que *ela* não estava no filme, também. Aria estava feliz pelo fato de Hanna se sentir confortável o bastante para atuar no filme – *uma* delas devia faturar com todo aquele pesadelo. Mas Aria era o tipo de garota que ficava atrás das câmeras – quando ela e suas amigas eram mais novas, costumava dirigir filmes artísticos, geralmente fazendo de Courtney-sendo-Ali a estrela. E de qualquer maneira, ela já tivera tempo o bastante na frente da câmera com todas aquelas entrevistas torturantes sobre Ali.

Quando o programa foi interrompido e vieram os comerciais, Meredith trocou o canal de novo, desta vez parando em um noticiário local. Aria não prestou atenção – agora que a batalha delas com Ali não era mais novidade, os jornalistas voltaram a falar sobre coisas banais como brigas na prefeitura ou se uma nova loja da GAP deveria ser aberta na cidade. Mas, então, Meredith exclamou com vivacidade:

– Ah! Que ótimo!

– Ahn? – Aria se virou. Na tela havia um letreiro que dizia EVENTO BENEFICENTE PELOS JOVENS DE ROSEWOOD. Então apareceu uma tomada do exterior do Country Clube de Rosewood; Aria costumava passar muito tempo lá porque o pai de Spencer era membro.

Uma mulher com o cabelo loiro preso em uma fita preta apareceu na tela. O nome *Sharon Winters* apareceu embaixo de seu rosto.

– Uma série de tragédias ocorreu nesta cidade, mas é hora de transformar tudo isso em alguma coisa positiva – disse ela. – Na próxima sexta-feira, vamos organizar um evento para levantar fundos em nome de todos os jovens necessitados e com problemas de Rosewood e das cidades vizinhas. A minha esperança é que todos compareçam e apoiem a causa.

Meredith olhou para Aria, animada.

– Você não recebeu um convite para esse evento?

– Talvez – murmurou Aria, olhando para o palito de queijo em suas mãos.

Byron parou para olhar para a tela.

– Humm. Talvez nós devêssemos ir todos.

– Você está brincando? – gritou Aria. Seu pai normalmente detestava grandes eventos.

Byron deu de ombros.

– Eles deveriam mesmo fazer um evento depois de tudo pelo que vocês passaram. E você pode levar Noel.

Ele sorriu sem vontade para ela. Aria olhou para o chão.

– Noel estará ocupado nesta noite – murmurou ela, pensando na conversa deles do lado de fora da galeria no outro dia.

O celular dela vibrou, e o nome de Hanna apareceu na tela. Aria se encolheu quando viu a mensagem. EU ACABO DE VER ALI.

O sangue de Aria congelou. Ela fechou o celular e saiu da sala, digitando o número de Hanna.

Hanna atendeu no mesmo minuto.

– Do que você está falando? – sussurrou Aria.

– Sei que parece loucura – sussurrou Hanna, também. – Mas ela está no set de filmagem. Eu a vi em uma cena da multidão em que eu estava. Eu olhei para o outro lado da sala e vi o cabelo loiro... e tive essa sensação. Era ela.

Aria se afundou no sofá ao lado da janela na sala de estar.

– Mas você não tem *certeza*.

– Bem, não, mas...

Aria deu um pulo, nervosa, e começou a andar em círculos.

– Vamos tentar pensar nisso de forma lógica. Será que Ali pode mesmo entrar num set de filmagem? Não há um monte de seguranças por aí?

– Sim... – Hanna soava incerta. – Mas ela é mestre em se esgueirar para dentro dos lugares.

– Mas por que ela arriscaria se misturar a pessoas que poderiam reconhecê-la? E ela apareceria na filmagem.

– Verdade – disse Hanna. Ela expirou com força. – Certo. Talvez tenha sido a minha imaginação. Quero dizer, tem de ser, certo? Ali não seria tão estúpida.

– Ela não seria – garantiu Aria.

Mas, depois de desligar, foi até a cozinha e fixou o olhar, vazio, na janela sobre a pia. Depois da grande extensão de grama do quintal, havia um declive comprido e gradual que conduzia ao bosque escuro e denso. Ali tinha colocado fogo naquele mesmo bosque no ano anterior, quase matando Aria e as outras e dizimando o celeiro reformado da propriedade da família de Spencer. E se Hanna estivesse certa? E se Ali *estivesse* em algum lugar por perto, pronta para atormentá-las novamente?

Olhou fixamente para o celular, imaginando que era o momento perfeito para receber uma mensagem de A. Como se escutasse, o telefone dela tocou. O aparelho caiu de suas mãos no chão de madeira. Um número piscou na tela.

Levou um momento para Aria perceber que era sua mãe, da galeria.

– Aria? – disse Ella, quando a filha atendeu. – Você está sentada?

– Sim... – disse Aria, insegura, seu coração começando a acelerar de novo, enquanto se sentava à mesa do café da manhã. Talvez *Ella* tivesse visto Ali?

— Você não vai acreditar — a voz de Ella se precipitou —, mas recebemos uma ligação de um colecionador muito rico de Nova York hoje. O sr. John Carruthers.

— Espere, *o* John Carruthers? — perguntou Aria. Havia um perfil dele na *Art Now Magazine* — ele recentemente havia comprado dois Picassos em um leilão porque sua esposa queria um para cada quarto de seus filhos. Ele era *o* colecionador que todo artista e proprietário de galeria queriam atrair.

— Sim — cantarolou Ella. — O assistente dele me ligou e me fez descrever as obras que nós temos. Eu quase caí da cadeira. *Então* ele me pediu para enviar algumas fotos. Ele desligou, mas ligou de volta algum tempo depois dizendo que o sr. Carruthers estava interessado em comprar um quadro. E adivinhe? É um dos *seus*.

— O-O quê? — Aria deu um pulo, ficando de pé. — Você está brincando!

— Não! — gritou Ella. — Querida, você foi descoberta!

Aria balançou a cabeça.

— Não posso acreditar — murmurou ela.

— Bem, você deveria — insistiu Ella. — Você tem sido tão prolífica nas últimas semanas, e seu trabalho é fantástico. Aparentemente, o sr. Carruthers pensa que você é brilhante e um talento enorme. E, querida, não é tudo. Você sabe por quanto ele comprou o quadro? *Cem mil dólares.*

A mente de Aria ficou vazia. Ela tentou visualizar aquela quantia em uma conta bancária, mas ela sentiu como se sua mente fosse explodir.

— Isso é... *incrível* — ela finalmente conseguiu dizer. Então, limpou a garganta. — Ah... qual quadro ele comprou? Um dos abstratos escuros? Um dos retratos de Noel?

Ella tossiu, desconfortável.

— Na verdade, não. Foi o retrato de Alison. Aquele grande que estava no canto.

Aria se encolheu. Não era nem mesmo seu melhor trabalho, as pinceladas cruas, o rosto de Ali tão assustador. Ella enviou uma foto *daquilo*? E alguém o havia comprado? E se ele o tivesse comprado *apenas* porque era de Ali – e porque ela era uma Pretty Little Liar?

Talvez ela não devesse olhar os dentes do cavalo dado. Cem mil dólares eram cem mil dólares.

— Bem, isso é ótimo — murmurou ela para sua mãe, tentando parecer tranquila.

— Ouça, preciso desligar. Jim está de volta, e ele está histérico de felicidade — disse Ella, repentinamente parecendo apressada. — Acho que ele vai me dar uma promoção! — acrescentou ela, em um sussurro. — Mas vou ligar de volta com todos os detalhes de pagamento. Estou tão orgulhosa de você, querida. Isso vai mudar a sua vida.

Ella desligou. Aria segurou o celular nas mãos, a cabeça acelerada. Ela ficou em pé, deslizou a porta da varanda para abri-la, saiu e se encostou contra o vidro frio, respirando profundamente. O ar fresco era revigorante.

Deixou o que Ella havia dito penetrar em sua mente. Sua primeira venda. De um quadro de *Ali*. Aria olhou novamente para o telefone. Depois de um momento, acessou a galeria de fotos, passou pelas imagens que havia tirado de seus quadros recentes. Parou no retrato de Ali. A garota na tela era pele e osso, as faces vazias, o cabelo opaco, os olhos arregalados e loucos. Então, enquanto Aria observava, Ali pareceu... *se mover*. Um canto de seus lábios se ergueu num sorriso. Seus olhos se estreitaram um pouco.

Aria deixou o telefone cair mais uma vez. Que diabos...?

O aparelho caiu com o visor para cima, com a imagem de Ali ainda na tela. Aria olhou para ele novamente, mas ele parecia como um retrato em um telefone celular. Ela agarrou o telefone, saiu da foto e enfiou o dedo no botão DELETE.

Que bom se livrar daquilo. Graças a Deus Ella estava embrulhando aquele retrato e despachando-o para bem longe. Aria não podia mais suportar a ideia daquele rosto a assombrá-la.

7

VÍTIMA... OU OPRESSOR?

Spencer estava terminando o jantar com sua mãe, o sr. Pennythistle e Amelia. Comida chinesa para viagem estava disposta em caixas na frente deles, mas, como era típico da mãe de Spencer, elas comiam em porcelana fina que tinha sido da bisavó da sra. Hastings e usando hashis de porcelana comprados em uma loja especializada de Xangai. A mãe de Spencer havia se vestido para o jantar, também, trocando os jeans e a camisa xadrez que usava nos estábulos da família por um vestido de linho off-white e sandálias baixas na cor preta brilhante de Tory Burch.

– Então, ser selecionada para a turnê da orquestra é *realmente* uma honra. – Amelia ajustou a tiara de casco de tartaruga que segurava seus cachos para trás. Mesmo estando em férias de verão, ela também vestia uma camisa branca e uma saia cinza xadrez que não parecia muito diferente de seu uniforme da St. Agnes. – O diretor da orquestra me disse que eu deveria ficar muito orgulhosa – acrescentou ela, olhando em volta cheia de expectativa.

– Isso é ótimo, querida. – O sr. Pennythistle sorriu calorosamente. A mãe de Spencer também.

Mas Spencer resistiu a revirar os olhos. Todas as vezes em que Amelia abria a boca, era para se vangloriar. Ontem, no jantar, ela se gabou por um momento de como ela *dormia* bem.

De repente, não podia lidar com mais nenhuma coisa que saísse da boca de Amelia para se gabar.

– Vocês me dão licença? – perguntou ela, posicionando seus hashis na tigela de shoyu.

– Sim, mas só depois de conversarmos sobre o evento beneficente de Rosewood – disse a sra. Hastings.

Spencer caiu de volta na cadeira e torceu o nariz.

– Nós vamos, de verdade? – Por que ela precisava de outro evento para recordá-la de Ali? O ponto não era *superar* aquilo?

A sra. Hastings balançou a cabeça com força.

– Você é uma convidada de honra. E, na verdade, eu me ofereci como voluntária para ajudar. – Ela bateu os hashis. – Vocês podem levar um par, meninas, se quiserem. Vai ser divertido.

Spencer sentiu o rosto ruborizar. *Um par.* Sua mente vagou através de sua longa lista de romances fracassados do último ano. Andrew Campbell fugiu dela logo após o incêndio em Poconos, provavelmente porque não queria ser ligado a alguém cercado de tanto drama. E Chase, que também perseguia Ali e que Spencer conhecera na internet, tinha largado Spencer quando a vida dele foi colocada em risco.

Todos os garotos de quem ela chegou perto saíram correndo e gritando... E foi tudo culpa de Ali. Spencer *queria* estar com alguém... Mas ela também sentia como se isso nunca fosse acontecer.

— Eu vou, se isso significa tanto para você — disse ela para a mãe, recolhendo os pratos. — Mas não vou me divertir.

Ela carregou a louça para a pia de aço inoxidável na cozinha. Enquanto lavava os hashis, sentiu uma presença atrás dela e se virou. Amelia estava parada ao lado da geladeira. Spencer se encolheu, prevendo uma briga feia.

Mas Amelia se movimentou até ela, com muita cautela.

— Humm, eu queria falar com você. Um amigo me mostrou seu novo blog. É meio que... sensacional.

A mente de Spencer congelou.

— Você acha, de verdade? — deixou escapar.

— Claro. — Amelia colocou sua tigela no balcão. — Eu acho que é realmente incrível que você dê voz a todas aquelas pessoas. — E então, com um sorriso, ela se virou e voltou para a sala de jantar.

Spencer ficou parada. Ela estava tão encantada que não percebeu que tinha deixado a torneira aberta, até que a água transbordou de sua tigela suja.

Uh.

Spencer subiu as escadas para seu quarto e se sentou ao computador, acessando o blog. Era impressionante, na verdade, que Amelia até mesmo *soubesse* sobre ele... mas bem recentemente ele tinha atraído um bom público, aparecendo até na primeira página da busca do Google para bullying.

Ela acessou seu e-mail. As histórias que tinham sido publicadas hoje ofuscavam sua história com Ali, deixando-a pálida em comparação. Havia relatos de garotos sendo atacados verbal e fisicamente por turmas inteiras de valentões. Garotos que eram zombados por sua sexualidade, como Emily tinha sido, ou por sua raça ou religião. Uma garota contou que sua melhor amiga havia se suicidado, incapaz de suportar as gozações de seus colegas de classe. *Eu sinto falta dela todos os dias,* o e-mail dizia. *E eu não tenho nem certeza de que os garotos que foram maus com ela têm noção do que fizeram.* Spencer pensou em Emily, também – em como elas a salvaram de viver escondida. Se elas não tivessem chegado a tempo, ela poderia também ter feito alguma coisa impensada.

Ela checou as estatísticas do site. Para seu espanto, o blog tinha tido oito mil acessos nas últimas vinte e quatro horas.

No meio da lista, ela abriu um e-mail de Greg Messner de Wilmington, Delaware. Greg não tinha sofrido bullying pessoalmente, a mensagem dizia, mas testemunhara outras pessoas sendo incomodadas e não tomara partido delas, não fazendo nada. Chegou um tempo em que sua passividade começou a incomodá-lo, o que o alarmou. *Seu site me inspirou,* ele disse, *e eu quero que você saiba que não são somente garotos que sofreram bullying que o leem. Todos podem usar o blog como uma ferramenta para entender o que é o bullying.*

Spencer se aprumou. Era uma perspectiva interessante. Alguns anos atrás, ela e suas amigas tinham permanecido passivas enquanto Ali atormentava outras pessoas, também. Algumas vezes, Spencer até mesmo tomou parte das zombarias. Ela se lembrava de ter rido dos óculos tortos de Mona ou da lambreta que Chassey Bledsoe usava para ir a todos os lugares. Ela havia ajudado a escrever mensagens provocativas na calçada da casa de Mona e, uma vez, encheu seu armário com absorventes internos, com as pontas pintadas de vermelho brilhante.

Ela começou a escrever uma resposta. *Caro Greg, obrigada por sua mensagem. Como você, eu já fui passiva perto de pessoas que praticavam bullying, também. Na verdade, houve muitas vezes em que eu me perguntei se o que estava acontecendo comigo era carma. Todos cometemos erros. Estou feliz porque o site está ajudando as pessoas.*

Ela enviou a mensagem. Em meio minuto, Greg respondeu. *Ei, Spencer, muito obrigado por me escrever de volta. Não se atormente: você é incrível. A melhor coisa que você pode fazer é admitir seus erros e fazer seu melhor para ajudar os outros. Você é verdadeiramente uma inspiração.*

Arrepios correram por suas costas. Era uma coisa tão bonita de se dizer. Mas então ela travou os dentes. Chega de garotos. Nada mais de se apaixonar por alguém da internet. De jeito nenhum.

Ela continuou a correr a lista de relatos, dedicando tempo para ler cada um. Chegou a uma história escrita por alguém que se autodenominava DominickPhilly. Não *ele* de novo.

Você acha que você é tão incrível, mas você não é, a mensagem dizia. *Você não é nada além de uma metida, e, logo, as pessoas vão sacar você.*

A cabeça dela começou a doer. DominickPhilly vinha enviando mensagens praticamente desde que ela montou o blog. Ele havia dito que o site era patético. Que Spencer não sabia do que estava falando. Que ela usava sua história falsa de bullying como um degrau para a fama e que ela não conhecia dor *de verdade*. Na sua última mensagem, ele incluíra um retrato de si mesmo. Spencer clicou nele, vendo de perto um rosto bravo e quadrado. Seu perfil tinha detalhes que não podiam ser conferidos, como por exemplo residir na Filadélfia e ter a mesma idade que ela. Por que a odiava tanto? Por que zombava do site? Ele não incluía seu relato pessoal com o bullying. Talvez *ele* o praticasse.

Potes e panelas bateram na cozinha, seguidos dos sons suaves dos dois cachorros da família, Rufus e Beatrice, bebendo água de suas tigelas de metal. O sol havia se posto no céu, e as luzes das fachadas das casas foram acesas, espalhando um brilho dourado caloroso pelo círculo. Spencer olhou para fora da janela, observando a vizinhança que amava e odiava. Seu olhar correu para o velho quarto de Ali, ao lado da casa dela. Por um segundo, pensou ter visto Ali parada lá, sorrindo com maldade.

Ela piscou com força. Havia *mesmo* alguém na janela. Alguém loiro.

Mas aí ela olhou novamente. A luz do quarto nem mesmo estava acesa. A família St. Germain, que vivia lá por quase dois anos, estava de férias no Outer Banks. É claro que Ali não estava lá. *Você precisa se esquecer dela*, pensou Spencer.

Beep.

Era seu computador. Spencer se virou, afastando-se da janela, e mexeu o mouse para iluminar a tela. Havia uma nova mensagem para o site de alguém chamado BTH087. *Por favor, leia,* dizia a linha de assunto.

Ela abriu o e-mail, grata por não ser de DominickPhilly. Um novo relato sobre bullying estava escrito numa fonte rosa curva, cada frase em uma linha separada, como um poema. Seja lá qual razão, o autor tinha destacado a primeira letra de cada frase. Ainda meio apavorada, Spencer começou a ler.

Eu quero contar minha história a você.
Uma vida toda, eu busquei, e
O meu coração se partiu todos os dias.

Busco saber por que me perseguem, mas não
Sei, porque todos lhe dirão que sou uma pessoa legal.
Eu peço, tente me saber quem sou.
Reconheça: você não tentará.
Você pode me ajudar?
O fardo está pesado demais para aguentar!
Vãs tentativas ninguém escuta.
Ordenam que eu supere, mesmo sem parar de me atormentar.
Chegará o dia em que será demais e
Eu não aguentarei.
– **A**í, tudo acabará.

Spencer se sentiu mais do que desconfortável quando chegou ao fim. Alguma coisa na mensagem a fez sentir-se estranha, mesmo sendo em código. Ela olhou na assinatura no final do e-mail. Não era de BTH087. Em vez disso, dizia *Maxime Preptwill*.

Sentiu um nó no estômago. Era o codinome que Ali e Noel Kahn costumavam usar para entrar em contato um com o outro quando Ali estava na Preserve.

Não, pensou ela, se afastando do computador. Era uma coincidência. Talvez alguém mais *sabia* sobre aquele codinome estúpido de Ali e Noel.

Ela olhou as letras em negrito no começo de cada linha novamente. *Seria* um código? Ela as escreveu em uma folha de papel separada. Elas começaram a fazer uma mensagem. *Eu...*

Ela continuou a escrever, então se inclinou para olhar para o código completo. Ela colocou a mão na boca para conter um grito.

Eu observo você. – A

8

SEM FÔLEGO

Na sexta-feira, Emily se sentou para assistir à aula de Química, abanando-se com um caderno. Rosewood Day devia ter se esquecido de ligar o ar-condicionado, porque a sala estava abafada e fechada e cheirava a chulé. Vários garotos tinham saído da sala, reclamando do calor. Outros estavam dormindo em suas carteiras. Moscas zumbiam, fazendo barulho, em volta da cabeça da srta. Payton.

Um longo mergulho seria maravilhoso. Emily precisava manter-se em dia com seus treinos de natação, de qualquer modo, para o caso da UNC querê-la na equipe no próximo ano. Mas seus pais não faziam parte de um clube. No ano anterior, ela fizera parte do time de verão na Associação Cristã de Moços, mas a ACM ficava muito longe. Ah, se ela pudesse usar a piscina de Rosewood Day. Ficava logo ali no final do corredor.

Querida Jordan, estou superanimada em poder participar do curso de verão, não me interprete mal. Mas esta sala não poderia cheirar pior. E eu juro que alguém aqui tem os piores gases do mundo. Socorro!

Emily vinha escrevendo cartas para Jordan em sua cabeça desde que recebera notícias dela na terça-feira. Não que tivesse colocado as palavras no papel, mas saber que havia alguém lá fora com quem podia conversar, alguém que prestaria atenção a cada pequena coisa boba que tinha para dizer, animou seu espírito. *Mais alguns dias até poder ver você em Nova York*, pensou, sorrindo para si mesma.

Enquanto a srta. Payton languidamente desenhava diagramas de íons na lousa, o celular de Emily vibrou em seu bolso. Ela o pegou e conferiu a tela.

Precisamos conversar, Spencer tinha escrito. *Acho que, na noite passada, Ali me mandou uma mensagem através do meu blog sobre bullying.*

Emily olhou em volta, quase como se Ali estivesse parada à porta, olhando para ela. Hanna ver Ali em uma multidão em um set de filmagem era uma coisa – elas haviam concordado que Hanna estava confusa e sobrecarregada. Mas Spencer não era de gritar por socorro à toa.

Emily enviou uma mensagem de volta para Spencer, pedindo detalhes. Spencer explicou o que havia acontecido. *Eu tentei rastrear o endereço IP para ver quem enviou a mensagem, mas não consegui. Procurei saber de onde o e-mail tinha sido enviado, mas não está no perfil.* Uma quarta mensagem dizia que o perfil era tão protegido que ela também não conseguia obter detalhes.

Então alguém está realmente tentando esconder a identidade, digitou Emily de volta, ficando cada vez mais nervosa. Ali e Nick configuraram as mensagens antigas de A para serem rastreadas até os próprios telefones onde estavam, fazendo parecer que *elas* haviam mandado as mensagens para si mesmas. Talvez Ali estivesse fazendo isso novamente.

Nós deveríamos levar essa mensagem para alguém que entende mais de computadores, Emily digitou, com os dedos voando. *Precisamos vencer esta vadia.*

Ela esperou que Spencer respondesse, mas sua amiga não mencionou o comentário de Emily, dizendo que tinha de ir.

Emily deslizou o celular de volta para o bolso, sentindo-se ansiosa. Talvez Ali *estivesse* planejando alguma coisa. Mas o quê? Havia alguém para quem elas poderiam contar o que tinha acontecido? Alguém que pudesse ajudá-las?

Querida Jordan, eu acho que Ali voltou. E eu não sei o que fazer ou como achá-la.

Ela pegou o celular do bolso e digitou *Os Gatos de Ali* no Google. Vários sites de fãs apareceram, e ela leu os novos posts. Uma das garotas, que usava o apelido de TabbyCatLover, tinha feito uma lista de detalhes íntimos de Ali, como a cor dos olhos, peso aproximado, as marcas de roupas favoritas, os filmes que ela costumava gostar. Outro fã havia escrito um roteiro de como a vida de Ali deveria ter sido na clínica psiquiátrica, graças aos medicamentos que tinha tomado. *Ela é mais durona do que todos nós juntos,* o fã escrevera ao final de sua mensagem.

Emily não podia mais ler – não era como se esses caras estivessem dando pistas se Ali estava viva ou de seu paradeiro. Como é que as pessoas podiam *apoiar* uma louca dessas?

O restante da aula passou em um borrão calorento, e logo a srta. Payton dispensou-os. Emily saiu para o corredor abafado, então olhou para sua esquerda, na direção da piscina da escola. A porta parecia fechada. *Será* que ela poderia nadar um pouco?

Meio minuto depois, Emily estava em seu carro, pegando a sacola da natação que ela sempre deixava no banco traseiro. Caminhou de volta para dentro da escola, cortou caminho pelo vestiário feminino e espiou para dentro do recinto. A água azul batia nas laterais da piscina. Todas as raias estavam vazias, e a água parecia clara, macia e *fria*. As luzes estavam acesas, e até o relógio digital na parede estava ligado.

Emily tentou a maçaneta da porta. Ela se virou facilmente.

Deixou a sacola sobre um banco no vestiário e começou a se trocar, vestindo o maiô. Durante o ano escolar, as paredes do vestiário ficavam cheias de pôsteres motivacionais, recortes de jornal e imagens do time, mas agora tudo aquilo tinha sido arrancado. O único pôster que ainda estava lá era um do evento de caridade da semana seguinte. Os pais de Emily haviam confirmado a participação; a mãe dela pensou ser particularmente importante ir porque acreditava que ajudar a comunidade ajudaria também na cura dos problemas da família. Ah, se fosse tão fácil.

Emily puxou as alças do maiô por sobre seus ombros. Uma torneira pingou, o barulho ecoando através do espaço vazio. Movimentos súbitos tremularam através do vestiário, mas, quando Emily se virou, tudo o que viu foi seu reflexo no grande espelho da parede.

Querida Jordan, eu virei uma bebezona. Estou com medo do meu reflexo.

Emily pendurou a toalha sobre o braço, calçou seus chinelos e caminhou até a área da piscina. A estação de rádio que o time ouvia durante o treino tocava nos alto-falantes, o que a tranquilizou um pouco. Ela trocou para a estação de rock que a antiga técnica, Lauren, costumava ouvir, e uma música do

Red Hot Chili Peppers ecoou no ambiente. Fez tudo parecer um pouco mais normal.

Então, ela colocou um dos dedos do pé na água. Como esperava, parecia gelada e refrescante. Emily ajeitou a touca na cabeça, apertou os óculos nos olhos e mergulhou. *Ahhh.*

Querida Jordan, pensou enquanto dava braçadas suaves e regulares, *amo tanto nadar. E eu sei que deveria estar animada porque a UNC me manteve na equipe para o próximo ano, mas eu não sei mais o que desejo. Eu me sinto uma imbecil por dizer isso, claro. É a minha chance de ir embora. E eu estou morrendo de vontade de ir embora.*

Ela nadou cem metros, então duzentos, deu uma virada olímpica ao alcançar a extremidade da piscina, tomando impulso para cobrir a distância novamente. Emily lembrou-se subitamente de Jordan passando as mãos macias e delicadas em seus ombros fortes durante aqueles dias abençoados no cruzeiro.

— Você é como uma sereia sexy — Jordan tinha sussurrado em sua orelha, com o hálito quente no pescoço de Emily.

Como seria ver Jordan novamente? Para onde as coisas iriam? Será que ela namoraria alguém na prisão?

Um grande barulho de trovão soou acima dela. Emily parou e espiou a luz do sol. O céu tinha ficado muito escuro. A chuva começava a cair no vidro que cobria a piscina e as arquibancadas. Ela observou a água, imaginando se deveria sair. Ouviu mais um trovão, mas não conseguia ouvir nada além da chuva.

Emily abaixou a cabeça e decidiu nadar um pouco mais, mas, depois de algumas voltas, o ambiente ficou muito escuro. Os pontos brilhantes da luz do sol tinham sumido. E então, de repente, houve um *estalo...* as luzes dos holofotes diminuíram e se apagaram.

Emily alcançou a borda e olhou em volta. O relógio digital e o rádio tinham desligado. Estava tão escuro ali que mal podia ver as arquibancadas poucos metros adiante.

Quase não viu o vulto que estava de pé perto dela.

Emily estremeceu e engasgou. Era uma garota. Ela usava um blusão escuro fechado com zíper e capuz, jeans escuros e tênis que estavam ficando molhados da água que balançava na beirada. Ela estava parada bem ao lado de Emily, encurvada com as mãos nas coxas. Só olhando.

Antes que Emily pudesse dizer uma palavra, um relâmpago acendeu o céu, iluminando o rosto da garota. Sua boca estava aberta, revelando que faltavam alguns dentes. Seus olhos estavam muito abertos e enlouquecidos. Ela se inclinou ainda mais para a raia, seus traços muito próximos. Emily sentiu o leve aroma de sabonete de baunilha em sua pele.

Um grito se congelou em sua garganta. *Ali.*

– Ah, meu Deus! – gritou Emily, nadando para trás. Mas Ali se abaixou, esticando os braços, e a agarrou antes que ela pudesse chegar muito longe, puxando Emily de volta à borda, com uma força surpreendente.

– Olá, Emily – disse Ali, em uma voz apavorante e dura, parando para rir. – Vocês realmente acharam que eu tinha ido embora para sempre? – O sorriso dela se alargou. – Não visitei vocês, amigas, mas eu *tinha* de ver você. Você é minha preferida!

Emily tentou se livrar da pegada de Ali, mas ela a segurava pelos ombros com força.

– Por favor – disse Emily em uma voz pouco mais alta que um sussurro. – Por favor, me solte.

Ali torceu os lábios.

– Primeiro diga que me ama.

– O quê? – cuspiu Emily.

– Diga que me ama! – exigiu Ali.

– Na... não! – gritou Emily, impressionada. Não havia jeito de ela mentir sobre aquilo.

Os olhos de Ali se arregalaram. Um olhar perigoso atravessou seu rosto.

– Certo, então. Você pediu por isto.

E então ela empurrou Emily para debaixo d'água.

A água invadiu os pulmões de Emily. Ela chutou com força, buscando a superfície, mas Ali não permitiu que ela voltasse, as unhas apertando a têmpora direita de Emily e o lado esquerdo de seu pescoço. Era um plano perfeito, percebeu Emily. O lugar estava vazio. O recinto era tão grande que ninguém a ouviria gritar. Muito mais tarde, talvez amanhã, um zelador acharia Emily na piscina, morta, e pensaria que tinha se afogado.

Ela lutou e chutou, enfiando as unhas nas mãos de Ali e usando seus pés para empurrar a parede da piscina. Mas Ali permaneceu segurando-a. A garganta de Emily se fechou, e os pulmões começaram a queimar.

– Por favor! – gritou ela, embaixo d'água, as palavras explodindo como um lamento por sua morte.

Ela podia ouvir a risada de Ali na superfície. As unhas de Ali se enfiavam cada vez mais fundo na cabeça de Emily, empurrando-a para o fundo da piscina. Pontos pretos começaram a se formar na frente dos olhos dela. Abriu a boca novamente, engolindo mais água. Mais um grito escapou de sua boca, ela ficou confusa, com o cérebro sem oxigênio, mal registrando os sons.

Mas, então, sentiu a pegada de Ali se soltar. A figura embaçada sobre sua cabeça recuou, ficando cada vez menor sobre ela.

Emily disparou para a superfície, engasgando-se com o ar. Agarrou-se às bordas da piscina com toda a sua força e cuspiu água. Com a cabeça ainda latejando, ela se alçou para o deque e olhou em volta. A porta para o vestiário feminino oscilava. Emily correu para ela, os membros pesados, os pulmões constritos.

Invadiu o vestiário.

– Ali! – gritou ela, passando por pias e chuveiros e escorregando nas lajotas do piso. Uma sombra de capuz preto correu pela porta para o corredor.

Ali. Emily correu atrás dela, agarrando-a pela manga. Ali chutou e lutou, as mãos estendidas para a maçaneta da porta. Finalmente ela se virou e encarou Emily, seu rosto tão distorcido e furioso que estava impressionantemente feia. Ela abriu a boca e enfiou os dentes no braço de Emily.

Emily deixou escapar um grito e soltou a mão. Com uma risada, Ali se libertou. Emily se esticou para agarrá-la de novo, mas subitamente segurava apenas o suéter de capuz de Ali, o zíper aberto, as duas mangas balançando soltas.

Emily correu para a porta, mas Ali a havia batido atrás de si com tanta força que voltou contra Emily atingindo-a na cabeça. Emily cambaleou para trás, vendo estrelas. Levou alguns segundos para se recompor. Então ela correu para o saguão.

Não havia ninguém lá. Nenhum som de passos, também. Nem mesmo pegadas molhadas sobre o piso, indicando para onde sua agressora tinha ido.

Emily olhou para a direita e para a esquerda, sentindo que ia ficar louca. Ali esvanecera no ar.

A água pingava das pontas de seus dedos, fazendo poças no chão. Ela passou as mãos pelo rosto, percebendo de repente que ainda estava de maiô e de touca de natação. Então, deu-se conta de como estava frio. Ela checou seu pescoço, tocando os pontos sensíveis onde Ali apertara. Deu um passo para a esquerda e, então, para a direita, para, por fim, dobrar os joelhos, terrivelmente zonza.

Ali tinha escapado. *De novo.* Mas tinha enviado uma mensagem, indiscutível, alta e clara. E na próxima vez, Emily não tinha certeza se Ali a deixaria viver.

9

ADIVINHA QUEM ESTÁ DE VOLTA!

Hanna ficou parada no meio de um cenário vazio, estudando suas falas como Naomi, as quais a assistente de produção havia impresso e grifado para ela, mais cedo, naquele mesmo dia. Hank, o diretor de *Burn It Down*, tinha dispensado o elenco e a equipe pelo dia todo porque filmar durante uma tempestade de raios era perigoso, mas Hanna decidiu ficar por lá mais um pouquinho para praticar. Queria estar perfeita para sua próxima grande cena. Mesmo que Hank tivesse lhe dito que estava fazendo um grande trabalho, Hanna ainda se sentia meio que como uma fraude. Ela estava atuando com pessoas que tinham tanta experiência... e seus únicos passaportes para a fama eram os comerciais que fizera para a campanha do pai e tudo o que sofrera nas mãos de Ali.

– E é *por isso* que não somos mais amigas, Hanna Marin – disse ela, naquela sala imóvel e quieta, no meio das câmeras desligadas, dos equipamentos e das luzes. Ela olhou para a Hailey imaginária que contracenava com ela. Nessa cena, ela, interpretando Naomi, havia descoberto sobre como Hanna quase havia matado sua prima em um acidente de carro. – Porque você é *louca*. E é uma mentirosa. E é demais para uma garota só aguentar.

Então, ela imaginou a resposta de Hailey. Será que ela usaria aquela voz boba de novo? Mastigaria aquele chiclete imaginário? Mais cedo, Hailey tinha atuado em outra cena como Hanna, e havia sido tão horrenda quanto no outro dia. Para alívio de Hanna, Hank interrompeu a cena e disse:

– Hailey, não tenho certeza de que você compreendeu bem a personagem. Por que você não pensa um pouco nela, e nós remarcaremos suas cenas amanhã?

A mandíbula de Hailey caiu, e seu rosto ficou vermelho. Tão logo o engenheiro de som retirou seu microfone, ela irrompeu para Hanna.

– *Você* acha que eu estou fazendo um bom trabalho? Porque a sua opinião é a única que importa.

Foi a oportunidade de Hanna dizer alguma coisa, mas ela se sentiu acuada. Deu a Hailey um sorriso sem mostrar os dentes e concordou febrilmente, sem acreditar em si mesma.

Hanna repetiu suas falas de novo e de novo, consertando seus movimentos e posição. Na terceira tentativa, sentiu seus olhos se encherem de lágrimas. *Eu sou mesmo boa nisto*, pensou, sentindo-se satisfeita. Então ela juntou suas coisas e passou por uma porta lateral.

Mesmo sendo apenas 17 horas, o céu estava surpreendentemente escuro. O vento girava, erguendo as folhas secas, e a chuva caía como uma grande cortina. Hanna espiou o longo corredor que conduzia ao estacionamento. Ele parecia, de repente, cheio de sombras e, ao mesmo tempo, ela pensou ter ouvido um suspiro baixo. Virou-se rapidamente, olhando para todas as direções, mas o corredor estava vazio.

Respirando fundo, desceu a rampa de metal até seu carro. No meio do caminho, tropeçou em alguma coisa e logo estava no chão. As palmas de sua mão arderam com o impacto, e foi como se o vento a tivesse derrubado. Ela ficou de joelhos e olhou para cima, mas tudo o que viu foi o céu, quase negro, acima de sua cabeça. Olhou para o chão de novo e engasgou. Lá, escrito no piso, havia uma mensagem a giz. *Quebre umA perna, Hanna*, dizia. O *a* na palavra *uma* estava escrito em maiúscula, maior que as outras letras.

– O que você quer?

Hanna gritou. *Havia* alguém no corredor, um vulto nas sombras. Quando a pessoa se moveu para a luz, Hanna percebeu que era Daniel, o estranho assistente de Hank – aquele que praticamente tinha se materializado no camarim de Hailey alguns dias antes.

– O-O que *você* está fazendo aqui? – explodiu Hanna. Ele saíra do *nada*. – Você me empurrou?

Os olhos de Daniel se estreitaram, e eles pareceram ainda mais fundos e vazios.

– Não, mas vi você cair. Você não deveria estar aqui agora, Hanna. Hank mandou todos para casa.

Então, por que você *está aqui?* Hanna queria perguntar, mas não fez isso.

– Eu-eu estava apenas ensaiando minhas falas – disse ela, com um fio de voz, ficando em pé em um salto. Ela observou o *A* de giz de novo, seu coração batendo com força. – E estou de saída agora.

– Bom. – Daniel a encarava com uma expressão que Hanna não pôde identificar exatamente. – Uma garota como você não deveria ficar sozinha em lugar algum. Depois de tudo o que lhe aconteceu, pensei que você seria mais cuidadosa.

Hanna concordou, então correu até seu carro. Apenas quando já estava com as portas trancadas que percebeu que a expressão dele era meio que *agourenta*. Ela pensou, novamente, sobre o vislumbre de cabelo loiro que tinha visto na multidão no outro dia. Será que Daniel poderia tê-la ajudado, de algum modo? Será que havia um dos Gatos de Ali na equipe de *Burn It Down*?

O telefone de Hanna apitou, e ela gritou de novo. Conferiu a tela, em seu colo.

Ali acaba de me atacar na escola, dizia a mensagem de Emily. *Venham agora!*

Hanna engatou a marcha do carro, sua mente confusa de repente. É claro que não podia se preocupar com Daniel agora. Tudo em que conseguia pensar era em como chegar a Emily o mais rápido que pudesse.

O céu tinha assumido um tom cinzento e melancólico e o ar estava carregado de eletricidade estática dos relâmpagos quando Hanna entrou no estacionamento de Rosewood Day, parando o carro perto do Volvo de Emily. A distância, ela conseguia ver Emily sentada em um dos balanços do playground da escola fundamental. Sua cabeça estava baixa, seu cabelo brilhante e molhado, e parecia que ela estava usando um maiô. Um raio de ansiedade atravessou Hanna mais uma vez.

Spencer e Aria estavam estacionando o carro também, e todas as garotas correram até os balanços. Emily não levantou a cabeça para olhar para elas, seus olhos se mantiveram fixados no chão. Seus pés estavam descalços e enlameados. Sua pele parecia levemente azulada. Havia um suéter de capuz enrolado em suas mãos, mas, sabe-se lá o porquê, ela não o havia vestido.

– O que houve? – berrou Hanna, caindo de joelhos perto de sua amiga e tocando sua mão. A pele de Emily estava fria e arrepiada. Ela cheirava absurdamente a cloro.

– Você está bem? – Spencer se afundou em um balanço perto dela.

– Era realmente *ela*? – Aria envolveu os ombros de Emily com os braços.

A garganta de Emily se fechou. Ela tocou uma marca arroxeada em seu pescoço.

– Era ela, definitivamente – disse ela, a voz pontuada com soluços. – Ela tentou me matar.

Emily contou às garotas o que tinha acontecido. A cada frase, o coração de Hanna batia mais rápido. Quando Emily chegou à parte em que Ali a empurrou debaixo d'água, ela mal podia respirar.

– Eu não devia ter nadado sozinha – gemeu Emily quando terminou. – Era o lugar perfeito para Ali me achar.

– E então ela parou de segurar você debaixo da água de repente? – repetiu Spencer.

– Certo. – Emily deu de ombros. – De repente, ela parou de empurrar e correu.

– E ela desapareceu? – perguntou Aria.

Emily assentiu, tristemente.

– Não sei como ela pôde, mas de repente ela se foi.

– Como ela... estava? – perguntou Hanna, procurando a voz.

Emily levantou a cabeça pela primeira vez. Seus olhos estavam rajados de vermelho, e sua boca, apertada.

– Parecia um cadáver. – Ela fez uma careta, então olhou para o moletom que estava segurando. – Eu consegui arrancar essa coisa dela antes de ela fugir.

Hanna fechou os olhos. Talvez a garota que tinha visto no set de filmagem não fosse um produto de sua imaginação – e talvez Ali tivesse mesmo escrito aquela mensagem a giz do lado de fora do estúdio. Onde *mais* Ali estivera nas duas últimas semanas? Talvez nunca tivesse deixado Rosewood. Talvez estivesse observando as garotas esse tempo todo.

A chuva passou a cair mais forte. Aria contornou os balanços, suas botas afundando na lama.

– Certo. *Certo*. Primeiro as coisas mais importantes. Emily, você precisa ir para o pronto-socorro?

Emily balançou a cabeça veementemente.

– Não.

– Tem certeza? – Spencer parecia surpresa. – Ali praticamente afogou você. As manchas em seu pescoço estão grandes como ameixas. E você está *realmente* tremendo. Você pode estar em choque.

– Eu estou *bem* – insistiu Emily, cruzando os braços sobre o peito.

Mas então seus dentes começaram a bater.

– Vamos colocá-la no meu carro – instruiu Hanna.

Hanna a ergueu pelos braços. As outras correram para ajudar, elas aceleraram o passo sob a chuva e chegaram ao Prius de Hanna, colocando Emily no banco do passageiro. Hanna deu partida no motor e ligou o aquecimento no máximo.

Aria achou um cobertor no banco traseiro e o colocou nas pernas de Emily. Spencer tirou o casaco e o embrulhou em torno dos ombros de Emily.

Depois de alguns segundos, os lábios de Emily pareciam um pouco menos azuis.

– Eu disse a vocês que eu estava bem – insistiu ela.

– Ainda assim. Isso é sério. Não queria ter de lidar com isso de maneira alguma, mas não podemos lidar com isso sozinhas. – Havia um olhar duro no rosto de Spencer enquanto ela mexia na bolsa e pegava seu celular. Suas sobrancelhas se franziram, e ela fez uma busca em seus contatos, atrás de um número. Um som fraco de sino saiu pelo alto-falante do aparelho.

– Para quem você está ligando? – quis saber Hanna.

Spencer ergueu um dedo. Um olhar atento cruzou seu rosto quando quem quer que fosse atendeu.

– Agente Fuji? – disse ela ao telefone. – Aqui é Spencer Hastings.

– *Spencer!* – sussurrou Emily, tentando arrancar o celular de suas mãos.

Spencer desviou para o lado, fazendo uma careta. *Precisamos fazer isso*, ela gesticulou com a boca.

Mas Hanna não estava certa sobre a decisão. Afinal, Jasmine Fuji foi a agente do FBI encarregada do caso de assassinato de Tabitha Clark. Ela pareceu ficar ao lado delas quando lhe contaram sobre A atormentando suas vidas, mas prendeu as garotas pelo assassinato de Tabitha quando o vídeo falso foi divulgado. Claro, Fuji havia feito as pazes com elas depois de Nick ter se acusado, mas Hanna não confiava nela.

Spencer balançava a cabeça, ao telefone.

– Ouça, aconteceu uma coisa e eu preciso falar com você. É a respeito de Alison. Na verdade, Emily pode contar o fato melhor. – Então ela enfiou o celular na mão de Emily, colocando-o no modo de viva voz. Emily balançou a cabeça vigorosamente, mas Spencer fez uma cara de quem implorava. *Fale*, disse ela, movendo os lábios sem emitir som.

Emily baixou os ombros e recontou a história. Hanna cobriu os olhos. Era quase tão difícil de ouvir pela segunda vez quanto foi na primeira.

— Você, por acaso, viu para onde esta pessoa foi? — A voz de Fuji falou pelo viva voz quando Emily terminou.

Emily limpou a garganta.

— Não. Na hora em que eu cheguei ao saguão, ela havia sumido.

— Mas era Alison, com certeza. — Aria atravessou a conversa. — Emily não inventaria uma coisa assim. Na verdade, todas nós sentimos a presença de Alison, mas nenhuma de nós teve certeza absoluta. Emily fez contato visual. Alison *falou* com ela.

— É verdade — disse Emily. — Ela falou: *Vocês realmente acharam que eu tinha ido embora para sempre?*

Houve uma longa pausa. A estática zumbiu no telefone, e Hanna pensou que a conexão tinha caído. Então Fuji suspirou.

— Tudo bem. É claro que nós vamos levar muito a sério esse ataque feito a Emily. Vou pedir que uma equipe vá até Rosewood Day para verificar o que houve agora mesmo, e nós vamos procurar entender o que foi que aconteceu.

— O que foi que *aconteceu*? — interrompeu Spencer. — Nós acabamos de contar!

— Meninas — disse Fuji, a voz repentinamente firme —, vocês passaram por um grande trauma. E eu entendo completamente por que vocês acham que viram Alison naquela noite com Nicholas no porão quando estavam drogadas. Mas eu só posso repetir a vocês, de novo e de novo: Alison está *morta*.

Ela morreu em Poconos. Quem quer que vocês viram na piscina foi outra pessoa. Talvez alguém que esteja imitando Ali. Talvez alguém daqueles fã-clubes, mas não Alison em pessoa.

– Como você sabe? – choramingou Hanna, seu coração batendo com força. O calor forte do interior do carro estava fazendo-a ter a sensação de que ia desfalecer. – Emily a viu. Você desconsidera completamente todos os testemunhos de suas vítimas ou só os nossos?

Spencer beliscou o braço de Hanna, mas ela se sentia totalmente correta em dizer o que disse. Ela estava tão *cansada* da maldita Fuji e de todos os outros adultos que pensavam que elas estavam apenas assustadas, que eram somente garotas paranoicas vendo fantasmas. Ali estava lá. Ali era uma ameaça real, viável e aterrorizante. Se alguém não agisse, ela faria alguma coisa horrível... provavelmente a uma delas.

– Eu tenho o moletom dela – disse Emily, com uma vozinha. Seu olhar caiu no suéter que tinha nas mãos. – Ela se livrou dele para poder escapar. Vocês não podem testá-lo à procura de DNA?

Fuji suspirou.

– Tudo bem. Traga-o até a delegacia. – Ela parecia incomodada. – Vocês podem vir agora?

Todas disseram que sim, desconsiderando o fato de que o escritório de Fuji ficava longe da escola. Então a agente desligou sem se despedir.

Ninguém falou. Um cortador de grama rugia a distância. Spencer fez uma cara feia para seu telefone.

– Ela consegue sempre ser uma vaca.

Aria limpou a garganta.

– Por que vocês acham que Fuji fica insistindo que Ali está morta? Vocês acham que ela tem evidências que não nos contou?

— Eu duvido – disse Hanna, numa voz cortante. – Ela só não quer estar errada. – Ela se inclinou e pegou o moletom. Quando o calor o atingiu, Hanna sentiu o cheiro de alguma coisa ácida, como suor, e de algo que lembrava baunilha, do tecido. Era assustador pensar que aquele era o cheiro de *Ali.*

Então ela percebeu um único fio de cabelo loiro preso à manga.

— Meninas. *Olhem.*

Aria o viu, também.

— Tenha cuidado! Pode ser nosso único elo com Ali!

Hanna recolocou cuidadosamente o moletom no chão, mas então seus dedos bateram em alguma coisa que fez um ruído que parecia papel amassado. Ela enfiou a mão no bolso e tirou um pequeno recibo.

TURKEY HILL, dava para ler no cabeçalho, com tinta roxa. Era o nome de um pequeno supermercado local – Hanna amava o chá gelado deles. Abaixo, havia um endereço de Ashland impresso. Era uma cidade a aproximadamente quarenta e cinco minutos de distância, e havia a data de vários dias atrás. Alguns itens tinham sido comprados, como bebidas em geral e comida quente. A conta havia sido paga em dinheiro vivo.

— Minha mãe adora os outlets de Ashland – disse Emily brandamente. – O que vocês acham que Ali fazia lá?

— Provavelmente não estava em busca de lojas de desconto – disse Hanna, fazendo uma piada sem graça. Seus olhos se acenderam. – Talvez seu esconderijo seja lá, não?

— Faria sentido – disse Spencer vagarosamente. – Ninguém a procuraria por lá. Mas não é *tão* longe que a impediria de aparecer aqui.

— Há um ônibus da SEPTA que vai até lá, também, caso Ali não tenha um carro – disse Aria.

– Mas onde ela dorme? – perguntou Emily. – Em um celeiro? – Ela fez uma careta.

Aria deu de ombros.

– Não se esqueçam de que ela e Nick estavam naquele prédio detonado perto do escritório do pai de Hanna. Um celeiro provavelmente pareceria o hotel Four Seasons.

As meninas olharam umas para as outras. Hanna diria que elas todas estavam pensando a mesma coisa.

– O teste de DNA pode levar um tempo – disse Aria, com cautela.

– Mas se Ali alguma vez fez compras nessa filial do Turkey Hill, pode ser que ela vá até lá de novo – acrescentou Emily.

Hanna concordou, animada. Spencer suspirou.

– Parece que nós vamos pegar a estrada, meninas – disse ela, reconhecendo que era voto vencido.

Todas apertaram as mãos, sabendo o que viria em seguida.

10

INVESTIGAÇÃO DE MERCADO

As garotas pegaram um dos carros e foram até a Filadélfia deixar o moletom, mas Spencer insistiu em ir com seu próprio carro até Ashland – em parte porque, quando Hanna dirigia, ela enjoava e também porque só se sentia cem por cento à vontade quando estava atrás do volante. Estava quase escuro quando entrou no estacionamento do minimercado, e seu humor estava tão escurecido e pesado quanto as nuvens que pairavam baixas no céu.

A viagem delas ao escritório do FBI na Filadélfia para deixar o moletom não foi exatamente encorajadora. A agente Fuji nem mesmo *estava* lá, tendo deixado instruções com sua assistente para que o moletom fosse deixado com um cara com jeito de capanga chamado Fred, que trabalhava no setor de Evidências. Fred mal tinha olhado para as meninas quando pegou o moletom de suas mãos, enfiando a coisa em um saco a vácuo e jogando-o em um compartimento.

— Por favor, tenha cuidado com isso! — gritou Hanna. Fred a encarou com um traço de sorriso malévolo no rosto.

Agora, Spencer estacionava numa vaga de estacionamento. As janelas do minimercado Turkey Hill estavam cobertas de pôsteres anunciando sorvete, chá gelado, cigarros Marlboro e garrafas de dois litros de Mountain Dew. Havia também um pôster anunciando o EVENTO BENEFICENTE DE ROSEWOOD em letras vermelhas no alto. UM EVENTO PARA ARRECADAR DINHEIRO EM PROL DA JUVENTUDE CARENTE E PROBLEMÁTICA. Dava instruções de como chegar ao Country Clube de Rosewood e dizia que cada ingresso custava cem dólares. Spencer duvidava de que as pessoas desta vizinhança gastariam seu dinheiro *nisto*.

O telefone dela apitou. Duas mensagens haviam chegado ao site de bullying. Uma era de DominickPhilly. *Você não suporta quando não consegue toda a atenção que quer, não é? É por isso que está fazendo este site. Não é porque se importa.*

Spencer sentiu uma agulhada no peito. É óbvio que Dominick não havia lido a seção do blog chamada "Minha História". Spencer havia escrito sobre Ali tão completa e sobriamente quanto pôde, destacando os aspectos emocionais de como era ser atormentada dia e noite por alguém tão raivoso e determinado que queimou diversas propriedades em uma tentativa de matar Spencer. Ou será que Dominick tinha lido, e ainda assim pensava que ela era uma farsa?

— O que está acontecendo? — perguntou ela. — Vocês já entraram lá?

Hanna balançou a cabeça.

— Nós decidimos montar guarda no lugar por um tempo. Talvez a Ali simplesmente apareça.

Spencer roeu a unha do dedão.

— Com o Prius bem aqui? Ali é mais esperta do que isso, meninas. Ela provavelmente consegue nos ver chegando a um quilômetro de distância.

Hanna franziu o rosto.

— O que você quer dizer?

Spencer sabia que não esqueceria Ali nunca mais, não depois de ela ter machucado Emily. Mas não estava certa a respeito deste plano. Parecia ser uma boa ideia rastrear os passos de Ali, na teoria, mas e se ela tivesse plantado aquele recibo no bolso do moletom? Talvez tivesse se livrado do moletom intencionalmente só para levá-las até lá. Nervosa, Spencer desviou o olhar para as bombas de gasolina atrás delas. E se Ali se materializasse ali com um cigarro aceso e colocasse fogo no lugar todo?

— Ali é genial — disse Spencer em voz alta. — Ela já sabe que nós achamos este recibo. Ela provavelmente não volta mais aqui.

Aria franziu as sobrancelhas.

— Bem, nós já estamos aqui. Poderíamos pelo menos fazer *alguma coisa*.

Spencer espiou o minimercado de novo. Um grupo de pré-adolescentes em bicicletas BMX parecia jogar conversa fora próximo às portas, passando um cigarro de mão em mão. Lá dentro, a moça do caixa se inclinava sobre o balcão, apoiando o queixo nas mãos. Parecia que ela ia adormecer a qualquer momento.

— Talvez nós pudéssemos fazer perguntas — sugeriu Spencer, saindo do carro para atravessar o estacionamento. — Talvez alguém saiba de algo.

Ela passou pelos meninos das bicicletas e empurrou a porta, abrindo-a, sendo atingida por uma música muito alta de

Faith Hill no rádio. O ar cheirava a café torrado e *burritos* de micro-ondas, e havia um cavalete amarelo com um aviso no chão, alertando que o lugar tinha sido recentemente limpo e estava escorregadio. Um homem mais velho estava parado em frente a uma prateleira de carne-seca. É claro que Ali não estava por ali.

Mas ela *estivera* ali – dias atrás. Spencer tentou imaginar como tinha sido. Será que Ali perdeu um tempo andando para cima e para baixo pelos corredores, tentando descobrir o que queria comprar? Ou será que ela disparou para dentro, correndo, e saiu logo, com medo de que alguém pudesse reconhecê-la? *Será* que alguém a reconheceu? Talvez não a tivessem reconhecido, propriamente falando, mas alguém tivesse interagido com ela, ou dado troco a ela, ou segurado a porta para que ela saísse, quem sabe?

Emily andou até o balcão, e Spencer a seguiu. A mulher sonolenta que tinham visto do carro estava agora reorganizando um *display* de chicletes Trident.

– Humm, com licença – perguntou Emily, educadamente. A mulher olhou para cima por um breve segundo, então retornou aos chicletes. – Por acaso você viu uma garota loira por aqui? Ela tem a minha altura. Uma aparência meio... dura. Faltando alguns dentes. Ela pode ter agido de um jeito um pouco cauteloso.

A mulher, que tinha uma plaquinha no peito escrita MARCIE e cabelos oleosos e um rosto liso e sem rugas, juntou as mãos.

– Quando foi isso?

– Três dias atrás – Emily se adiantou para responder. – Por volta de três da tarde.

Marcie balançou a cabeça rapidamente.

— Não.

O coração de Spencer apertou.

— Será que tem alguém mais que estava trabalhando aqui na hora que pode se lembrar? — Ela tentou controlar a ânsia em sua voz. — Alguém que você possa chamar.

Os olhos de Marcie se estreitaram.

— Por que você quer saber, de qualquer maneira?

— Essa garota é uma de nossas amigas — Emily se intrometeu na conversa. — Mas ela, humm, fugiu de casa. E nós realmente gostaríamos de achá-la.

Marcie as observou longa e firmemente, a boca contorcida. Spencer se perguntou se ela as reconhecera e estava tentando se lembrar de onde. Mesmo com todas as acusações contra elas retiradas, ainda eram meio famosas... e suas fotos tinham estado em diversos lugares. Talvez aquela fosse uma má ideia, afinal. Marcie poderia chamar a polícia. Fuji as repreenderia por estarem causando problemas.

A caixa encolheu os ombros.

— Temos muitas pessoas entrando e saindo daqui. Uma garota loira comprando água é igual a qualquer outra que entrar.

— E as fitas de segurança? — perguntou Aria, desesperada. — Você pode nos mostrar?

Marcie as olhou como se fossem malucas.

— Querida, por que você pensa que *eu* teria acesso a essas fitas? Acho que a gerência as usa para vigiar os funcionários. — Ela se voltou para sua máquina registradora. — Vão à polícia se vocês estão tão preocupadas. Garotas da idade de vocês não deveriam ter de procurar sozinhas por uma fujona.

Então ela lançou um olhar para alguém atrás delas, sorrindo. O senhor Carne-Seca estava agora na fila, segurando vários pacotes de Slim Jims. Não havia mais nada a fazer, a não ser se afastarem e deixá-lo pagar.

– Droga – resmungou Hanna enquanto elas se arrastavam para fora da loja. – O que fazemos agora?

– Não sei – disse Spencer, sentindo-se sem rumo.

Emily chutou uma pedrinha na calçada.

– É melhor aquele fio de cabelo no moletom ter uma combinação positiva do DNA. Então, poderíamos trazer Fuji aqui. *Ela* poderia acessar aquelas fitas de segurança.

Hanna pôs as mãos na cintura e encarou a estrada.

– Talvez nós devêssemos dirigir por aí e procurar por celeiros. Nós podemos dar sorte.

– No escuro? – Spencer riu. – Duvido.

– Estraga prazeres – resmungou Hanna, voltando para o carro.

As outras garotas também entraram no carro, deixando Spencer sozinha no estacionamento. Hanna olhou para ela pela janela.

– Talvez nós devêssemos dormir todas na minha casa esta noite. Não gosto da ideia de ficarmos separadas. Seremos alvos fáceis para Ali.

– Sim – disse Emily rapidamente. – Não vou dormir sozinha de jeito nenhum.

– Estou dentro – concordou Aria.

– Eu também – disse Spencer.

Era uma ideia maravilhosa – no caso de Ali aparecer novamente, quatro contra uma era uma situação bem melhor.

Elas combinaram de se encontrar na casa de Hanna em uma hora. Então, Spencer retornou a seu carro, afundando no banco de couro. Parecia que o dia todo tinha sido desperdiçado.

A única coisa que elas descobriram foi que Ali estava viva... e furiosa. E elas já *sabiam* daquilo.

Seu telefone vibrou alto, arrancando-a de seus pensamentos. Spencer observou o prefixo desconhecido no identificador de chamadas. Engolindo com dificuldade, ela atendeu.

— Spencer Hastings? – disse a voz de uma mulher. Spencer confirmou. — Meu nome é Samantha Eggers. Sou chefe do Conselho Nacional Antibullying da Cidade de Nova York. É uma nova proposta criada pelo Congresso no ano passado.

— Claro – disse Spencer, sentando-se mais ereta. — Eu sei sobre vocês. — Ela havia pesquisado todos os programas de combate ao bullying disponíveis para adolescentes enquanto montava seu site. — Vocês fazem um ótimo trabalho.

— Não, *você* está fazendo um ótimo trabalho – disse Samantha, com a voz jovial. — Sou uma grande fã do seu site. Você está dando uma voz para os garotos e as garotas que passaram ou passam por isso. Ouça, estou ligando porque estamos fazendo um filme antibullying que será usado como uma ferramenta em todas as escolas do país no ano que vem. Estou procurando pessoas que falem sobre bullying, e seu nome foi sugerido diversas vezes pela minha equipe.

— Sério? – Spencer apertou a mão contra o peito. — Quero dizer, eu só comecei meu site na semana passada. Estou lisonjeada.

— Isso significa que você gostaria de fazer parte do nosso vídeo? – perguntou Samanta, animada. — Vamos filmar em Nova York na noite de terça-feira. Você não está muito longe, não é? Só uma viagem de trem, não é isso? Cobriremos os custos.

Spencer tirou o cabelo da testa.

– Parece incrível. – Ela imaginou seu rosto em todas as salas de aula pelo país, incluindo Rosewood Day. E este era só mais um jeito de impressionar todos em Princeton.

– Perfeito! – gritou Samantha.

Ela deu a Spencer os detalhes e instruções. Depois de desligarem, Spencer apertou o telefone entre as mãos, o humor elevado novamente. *Seu nome foi sugerido diversas vezes.* Ela imaginou todos falando sobre ela. Falando bem dela. Spencer não conseguia esperar para contar a alguém sobre isso – mas quem? Suas amigas ficariam felizes, é claro, e Greg passou por sua mente, também, mas era loucura. Ela nem mesmo o *conhecia*.

A porta do minimercado se abriu, e Spencer ergueu a cabeça para olhar. Um homem com calças de trabalho e camisa xadrez passou até seu carro na bomba número três. Então, o olhar dela se fixou nas caixas registradoras do lado de dentro. Uma coisa que a mulher do caixa tinha dito subitamente retornou à sua mente. *Temos muitas pessoas entrando e saindo daqui. Uma garota loira comprando água é igual a qualquer outra que entrar.*

Elas haviam dito que estavam procurando uma garota. Disseram que Ali era loira. Mas não tinham dito o que ela andou comprando – nem mesmo elas tinham certeza. Por que Marcie mencionou água, especificamente? *Será que ela sabia de alguma coisa?*

Spencer desligou a ignição e saiu do carro novamente. A meio caminho do minimercado, alguma coisa atrás dela emitiu um estalo alto e ululante. Ela se virou e observou. As luzes das bombas piscavam. Uma sombra passou atrás de uma delas. Passos abafados soavam da parte detrás do prédio. E, então, ela percebeu um carro estacionado que não tinha visto ainda. Era um Acura preto. Parecia tão fora de lugar ali, na terra das picapes e dos práticos Subarus.

Spencer pensou no chaveiro do Acura que havia encontrado na casa-modelo vandalizada de seu padrasto. Eles haviam achado aquele carro, não haviam? Ou será que Nick tinha mais que um?

Alguma coisa reluziu no banco da frente. Era uma cabeça de *cabelos loiros*.

O coração de Spencer disparou. Ela se arrastou para o carro, sabendo que precisava ver quem estava lá dentro. A cada passo, seu peito foi se apertando mais e mais, e seus nervos se romperam com a pressão. Finalmente, ela se aproximou do carro, pela lateral. Spencer se aprumou e deu mais um passo para espiar pela janela da frente.

O alarme disparou, fazendo com que ela pulasse para trás. Era um som ensurdecedor, cheio de alvoroço e zunidos. Spencer se afastou, a uma distância segura, então olhou para dentro da janela de verdade. Somente agora, a loira sumira. *Não havia ninguém* no carro. Passou as mãos no rosto. Não fazia sentido. Ela definitivamente tinha visto uma cabeça loira... *não tinha*?

Parecia um sinal. Spencer se atrapalhou com a maçaneta da porta e entrou de volta em seu carro. Deixou o estacionamento do Turkey Hill antes mesmo que o alarme parasse de tocar.

E antes que quem quer que a estivesse observando pudesse fazer alguma coisa pior.

11

FAZENDO ARTE

Na manhã seguinte, Aria parou na saleta dos fundos da galeria, observando enquanto Ella, cuidadosamente, embrulhava o quadro vendido de Ali em plástico bolha. Eles o enviariam ao comprador em Nova York pelo caminhão de entregas, que esperava lá fora, e queriam garantir que chegasse ao destino inteiro. Aria mal podia esperar para se livrar dele.

Ella fez uma pausa.

– É assim que você imagina que ela se pareceria se estivesse viva, certo?

Aria brincou com um pedaço de fita adesiva. Ella estava no hospital na primeira vez em que as meninas garantiram a Fuji que Ali participara com Nick do ataque a elas e também ouviu Fuji desmontar a teoria das garotas. Era mais fácil para sua família acreditar que Aria tinha imaginado ver Ali em vez de considerar que a garota maluca estava por perto.

Aria desviou o olhar para os olhos enlouquecidos de Ali no quadro. Ela não tinha certeza de como tinha feito para captar tão precisamente a expressão furiosa, insana e indecisa de Ali – era como se algo demoníaco tivesse tomado conta de seu pincel. Por que um importante colecionador de arte da cidade de Nova York ficou tão cativado pelo quadro? Aria tinha procurado por John Carruthers no Google na noite anterior; havia numerosas imagens dele, comparecendo a eventos de caridade no Met, no Whitney, e no MoMA. Um perfil do *New York Times* dizia que ele e sua família viviam em uma cobertura na esquina da Quinta Avenida com a rua 77, com vista para o Central Park. Suas duas filhas caçulas, Beverly e Becca, tinham o piano em tamanho real que aparecia na loja de brinquedos FAO Schwarz no filme *Quero ser grande* e um mural original de Keith Haring em seu quarto de brinquedos. Aria esperava que ele pendurasse o rosto de Ali em algum lugar em que as meninas nunca vissem.

E *a respeito* de Ali? Certamente ela descobriria que um quadro de *seu rosto* tinha sido vendido; o negócio tinha inclusive ganhado uma nota no blog *Art Now*. Aquilo deixou Aria um pouco preocupada. Será que Ali ficaria totalmente enlouquecida ao saber que Aria estava lucrando – alto – com sua imagem? Será que Aria deveria esconder a transação?

Pare de se preocupar, disse a si mesma enquanto ajudava Ella a embrulhar o quadro. Ela não podia deixar que Ali governasse sua vida.

Ella assobiou para o entregador, que esperava no espaço da galeria principal, para carregar a pintura para o caminhão.

– Então – disse ela, virando-se para Aria depois que ele partiu –, o que você vai fazer com todo aquele dinheiro?

Aria respirou profundamente. Quando chegou ao trabalho nesta manhã, sua mãe anunciara que o dinheiro tinha sido transferido para a conta da galeria; em alguns dias, estaria em *sua* conta bancária, descontada a pequena taxa da galeria.

– Para começar, dar a você dinheiro para comprar um carro novo para que nós não tenhamos mais que dirigir aquele Subaru – disse ela com uma risada.

Ella riu.

– Eu posso cuidar de mim mesma, querida. Eu acho que você deveria usá-lo para a faculdade.

Era *mesmo* provavelmente a coisa certa a se fazer. Mas as únicas escolas que Aria estava interessada eram escolas de arte – e será que Aria *precisava* de uma escola de arte se ela já estava vendendo quadros?

– *Ou* eu poderia investir em um apartamento em Nova York – sugeriu ela, dando aquele sorriso doce e suplicante que sempre parecia funcionar.

Ella ficou séria. Ergueu um dedo, pronta para, provavelmente, discursar sobre como frequentar a faculdade era inestimável e que se Aria deixasse muito tempo passar depois do ensino médio, poderia nunca mais continuar os estudos. Mas então um rapaz alto e jovem em uma camisa xadrez levemente amarrotada e em calças skinny verde-exército apareceu na porta. Ele carregava uma bolsa de couro no ombro, tinha um par de óculos Ray-Ban apoiado na cabeça e estava ofegante, como se tivesse corrido.

– Humm, olá? – disse o rapaz em uma voz sonora, pouco aguda, mas não muito grave. – Você é Aria Montgomery?

– Sim... – disse Aria, cautelosamente, se endireitando.

O rapaz esticou a mão.

– Eu sou, hum, Harrison Miller da *Fire and Funnel*. É um blog de arte que...

– Eu conheço esse blog! – interrompeu Aria, com os olhos arregalados. Ela visitava frequentemente o *Fire and Funnel*, um site da Filadélfia sobre arte *indie*, e ficou impressionada com o olhar perspicaz e intuitivo do blogueiro – ele parecia conhecer o que ia ser tendência meses antes de a coisa estourar. Ela não sabia que o blogueiro era tão jovem. Harrison sorriu.

– Bem, legal. De qualquer maneira, eu gostaria de fazer uma matéria sobre você e seu trabalho. Você teria um tempinho para bater um papo?

Aria tentou não engasgar. Ella esticou a mão num ímpeto.

– Eu sou a mãe dela, Ella Montgomery; *e* sou a assistente do diretor desta galeria. – Ela usou o título novinho que o seu chefe, Jim, dera a ela no dia anterior. – Fui eu quem negociou a venda do quadro de Aria.

– Bom conhecer você. – Harrison pareceu desconfortável. – Então... tudo bem se eu conversar com a Aria sozinho? Tentarei colocar a galeria na história se eu puder, claro.

– Minha menininha está crescendo! – cantarolou Ella, fingindo limpar uma lágrima do rosto, para depois sair valsando pela sala. – É claro que você pode falar com Aria. Leve o tempo de que precisar.

Então, ela fechou a porta com tanta energia que o calendário de pinturas de Monet pendurado na parte atrás dela foi erguido no ar e delicadamente voltou ao lugar. Aria se voltou para Harrison. Ele sorriu para ela, então se empoleirou no canto de uma mesa pequena e bagunçada e fuçou em sua bolsa de couro.

– Ouvi falar a respeito da venda de seu quadro no *Art Now* ontem. Foi um grande negócio.

– Não, *isto* é um grande negócio. – Aria não conseguia controlar o tom de fascinação em sua voz. – Estou muito lisonjeada que você tenha pensado em mim.

– Você está brincando? – O rosto de Harrison se iluminou. – Vender um quadro para John Carruthers aos 18 anos? Nunca ouvi falar disso. – Ele bateu em seu caderno. – Faço graduação em História da Arte na Penn e eu mesmo pinto alguns quadros. Um grande colecionador como Carruthers se interessar por você é incrível.

Aria abaixou a cabeça.

– Eu espero que ele não tenha comprado o quadro só porque eu estive, tipo, nas notícias e tudo mais.

Harrison balançou a mão, afastando a hipótese.

– Carruthers compra com base no talento, não na fama. – Ele fez uma pausa, estudando-a intensamente. – Porém *às vezes* ele compra um quadro se a artista é bonita. Ele veio aqui pessoalmente?

Aria corou, sua mente registrando a palavra *bonita*.

– Não, foi o assistente... e ele estava no telefone. Eu nem estava aqui.

– Interessante. – Os olhos azuis de Harrison brilharam. Ele sustentou o olhar de Aria por um momento, e o coração dela deu um pulo. Para ser honesta, ele era bonitinho. *Bem* bonitinho.

Então ele olhou de volta para seu caderno.

– Certo. Eu quero saber tudo sobre você. Não as coisas sobre Alison, mas de *você*. As coisas de que você gosta, as suas influências, para onde você viajou, seus planos, se você tem um namorado... – As bochechas dele ficaram vermelhas.

Aria riu. Tinha quase certeza de que ele estava flertando com ela. Por um segundo, o rosto de Noel atravessou a mente de Aria, mas então ela pensou na expressão estranha dele do lado de fora da galeria. *Na verdade, eu acho que preciso de algum espaço agora, Aria. Sinto muito.*

– Sem namorado – disse ela, tranquila. – Não mais.

– A-há – disse Harrison, escrevendo em seu caderno. – Muito bom.

Então Aria falou sobre seu processo criativo, a formação artística dos pais e suas viagens para a Islândia – embora ela tenha deixado de lado a última viagem, na qual ela teve problemas com Olaf/Nick. Foi fácil falar com Harrison. Adorou a maneira como ele a encarou enquanto falava, como se ela fosse a pessoa mais importante com quem ele já tinha falado na vida. Ele riu de todas as suas piadas e fez todas as perguntas certas. Aria também gostou de como ele parecia sexy e artístico enquanto tirava fotos de seu trabalho com sua câmera de lentes DSLR, conferindo o resultado na tela depois de cada clique para ter certeza de que capturara o que desejava.

– E quais são seus planos futuros? – perguntou Harrison, abaixando a câmera.

Aria suspirou.

– Bem... – De repente, o que ela diria a seguir pareceu tão permanente e definitivo. *Será* que ela deveria mudar para Nova York e tentar se firmar como uma artista? E se ela fosse e se tornasse um fracasso horrível?

O telefone dela tocou. O coração de Aria apertou, imaginando se poderia ser Fuji – elas não tinham ouvido nada ainda sobre os resultados dos testes de DNA no moletom. Mas era um telefone com prefixo 212. CIDADE DE NOVA YORK, dizia o identificador de chamadas.

– Você se incomoda se eu atender? – perguntou a Harrison. Ele acenou, e ela atendeu, hesitante.

– Aria Montgomery? – disse uma voz rouca de mulher. – Aqui é Inez Frankel. Sou proprietária da galeria Frankel-Franzer em Chelsea. Acabei de ver no *Art Now* sobre a venda do seu quadro. Você é boa, menina, mas provavelmente você já sabe disso. Você tem outros quadros para mostrar?

– Ah... – a cabeça de Aria girou. – Bem, tenho outros quadros já completos.

– E eu tenho certeza de que eles são incríveis. Ouça, você poderia me mandar algumas imagens digitais deles? Se nós gostarmos deles, e tenho certeza de que gostaremos, eu quero lhe propor uma mostra de três dias, começando na próxima terça-feira. Podemos mexer em algumas exibições e inserir a sua. Vamos fazer com que valha a pena, querida. Muita promoção. Cobertura pesada da imprensa. Uma grande festa na abertura. Tudo será vendido, na minha galeria, sempre é.

– Perdão? – grasnou Aria, impressionada. Uma mostra em uma *galeria*? Em Nova York?

O aviso de uma segunda ligação tocou. Aria espiou o identificador de chamadas novamente; desta vez, a chamada vinha de um número com prefixo 718: Brooklyn.

– Meu nome é Victor Grieg, da galeria Space/Think em Williamsburg, vi sua história no *Art Now* – disse um homem de fala rápida, com um sotaque estrangeiro pesado. Ele fez as mesmas perguntas sobre Aria ter outros trabalhos para vender. Então ele disse: – Queremos promover uma mostra para você, tipo, *agora*. Quem é seu agente?

– Eu-eu não tenho um agente – gaguejou Aria. – Posso ligar de volta para você?

Ela desligou ambas as ligações. Harrison a olhava com curiosidade, e Aria gemeu.

– Duas galerias de Nova York querem organizar mostras com meu trabalho! – anunciou ela, alegremente. A declaração mal parecia real.

Harrison deu a ela um olhar de quem entendia.

– Este é só o começo, garota! – Ele se inclinou, como se quisesse abraçá-la, então pareceu mudar de ideia e recuou. – Então quando eles querem fazer as mostras?

– Na... na semana que vem. Começando na terça-feira. – A realidade atingiu-a. Aria olhou seus outros quadros, empilhados no canto. Será que ela tinha material suficiente? Ela não podia vender os de Noel – seria estranho demais. Então, ela olhou a tela preta, o sorriso da Ali da sexta série coberto. Ela não podia usar *aquele*, também. Ela definitivamente precisava pintar mais pelos próximos dias.

Harrison sorriu.

– Bem, eu vou deixá-la negociar com as galerias; acho que já tenho tudo o que preciso para o meu post. Mas, ei, eu nunca perco uma mostra em galeria dos artistas que entrevisto, talvez eu possa pedir um convite?

– Claro! – gritou Aria, imaginando se devia perguntar se ele queria ir com ela. Mas tinha acabado de conhecê-lo.

Harrison parecia feliz. Ele ficou parado, com as mãos nos bolsos, e lhe deu um cartão estreito e branco. O logotipo ondulante da *Fire and Funnel* estava no topo, e abaixo dele estava seu nome em letras cinzentas. Aria se moveu na direção dele, querendo, no final das contas, ganhar aquele abraço, mas agora Harrison estava mexendo em sua mochila. Quando ele olhou de novo para ela, Aria se sentiu tímida. Então ela esticou a mão.

– Foi maravilhoso conhecer você.

– Com certeza. – Harrison apertou a mão dela, os dedos dele segurando os dela por um momento a mais. Aria ficou feliz de perceber que o coração dela deu um pequeno salto. – Vejo você em breve – acrescentou ele.

Quando Harrison se foi, Aria voltou ao telefone, ansiosa para ligar de novo para as galerias. Com qual ela deveria combinar? Quem lhe daria uma mostra melhor? Ela se sentia como uma princesa que tinha muitos pretendentes para escolher. Era loucura pensar que apenas há alguns momentos, em sua entrevista, não tinha certeza de como responder à questão sobre seu futuro. Agora, era como se ele tivesse sido servido a ela em uma bandeja de prata, com todos os detalhes se encaixando no lugar certo. *Este é só o começo*, Harrison havia dito a ela, animado.

Subitamente, ela sentiu que era verdade.

12

POUCAS COISAS SÃO MAIS SENSUAIS DO QUE UM ENCONTRO SUPERVISIONADO

A Unidade Correcional de Ulster surgiu acima de um bosque denso, repleto de árvores verde-escuras, uma construção cinzenta e sem atrativos contra o céu nublado. Na tarde de terça-feira, Emily seguiu em seu carro através de uma série de portões eletrônicos que tinham uma sinalização que dizia ESTACIONAMENTO DE VISITANTES. O estacionamento estava deserto, salvo por uma picape Toyota enferrujada parada na última vaga. Uma rajada de vento empurrava uma lata de Coca-Cola pelo chão. Mesmo sendo verão, as árvores do estacionamento da prisão estavam sem folhas.

Emily desligou o carro e ficou sentada por um momento. Sua cabeça martelava de tanto café que havia tomado para conseguir dirigir durante a longa viagem até a prisão desde Nova York. Seu coração batia rápido, embora ela duvidasse que fosse efeito da cafeína. Em alguns momentos, entraria em uma prisão. E veria Jordan.

Respire fundo.

Emily saiu do carro e espiou por cima do ombro para o bosque lá embaixo. Durante todo o trajeto, havia sentido que alguém a seguia, mas todas as vezes em que conferiu o retrovisor, sempre via um carro diferente – ou então não via carro algum. Ali poderia estar em qualquer lugar agora. Por que tinha fugido sem matar Emily? Por que Fuji ainda não tinha entrado em contato com elas com os resultados do DNA? Quanto tempo demoravam esses testes, afinal de contas?

Pensou na postagem de um blog que tinha lido naquela manhã em um dos sites mais populares dos Gatos de Ali. O autor, que usava o apelido de NósVamosSempreLembrar, tinha escrito: *Um inimigo de Alison é um inimigo meu. Ela foi uma* VÍTIMA. *Se você a odeia, eu odeio você. Acho que você sabe de quem estou falando.*

O post assustou Emily. E se os Gatos de Ali fossem mais do que malucos que idolatravam uma psicopata? E se eles realmente tivessem planos para pessoas que não gostassem de Ali – ou seja, Emily e as outras meninas? Ela encaminhara a postagem para as amigas... E, depois de pensar um pouco, para Fuji. Claro que Fuji não respondera.

Emily atravessou o estacionamento e abriu uma pesada porta de metal onde estava escrito ENTRADA. O trinco se fechou com um barulho alto atrás dela, e Emily foi saudada por uma música country triste vinda de um rádio minúsculo. Uma mulher, usando um uniforme da Marinha, olhou para ela detrás de uma janela gradeada.

– Identidade – disse ela para Emily, em uma voz entediada.

Emily passou sua carteira de motorista através de uma pequena abertura na grade. A mulher a inspecionou, seus olhos baixos e cansados.

— Você está aqui para ver Jordan Richards? — perguntou a mulher. Emily assentiu, temerosa demais para falar.

Entregaram a ela um passe de visitante com seu nome. Houve um zumbido alto, e a mulher direcionou Emily para outro saguão, no qual uma guarda, que parecia uma versão desgastada e endurecida de Tina Fey, a apalpou. Na noite anterior, Emily tinha lido um pouco sobre a prisão; ao contrário daquela em que *ela estivera* enfiada por um dia quando foi falsamente acusada pelo assassinato de Tabitha, a Unidade Correcional de Ulster era apenas para mulheres e empregava somente mulheres. A única outra informação que ela pôde obter sobre o lugar era que fornecia serviços educacionais às detentas, o que significava que não poderia ser *tão* ruim, certo?

O ar trazia uma mistura de mofo e amônia. Luzes fluorescentes piscavam, fazendo barulho sobre a cabeça de Emily, e tudo, desde as portas que batiam aos passos de Emily, ao som de uma das guardas mastigando furiosamente um chiclete: um eco vazio e solitário. A Tina Fey extenuada fez um gesto para que Emily a seguisse, e elas passaram através de uma série de corredores sem enfeites nas paredes de blocos de concreto verde-vômito. Ao passarem por uma porta, Emily inalou um cheiro do que ela só pôde descrever como purê de batatas podres. Jordan havia lhe contado que sua família era abastada e ela era deixada sozinha por tanto tempo quando menor que normalmente encomendava comida para viagem de um restaurante francês cinco estrelas próximo à sua casa. Como, ela se perguntava, Jordan estava sobrevivendo?

A guarda apertou uma série de números em um teclado, e depois de outro zumbido alto, o trinco abriu. Elas entraram em uma sala grande e sem janelas, salpicada de mesas e cadeiras. Havia um bebedouro no canto. Na parede mais distante, uma porta para um banheiro.

Uma garota forte e ruiva, usando um macacão laranja de presidiária, estava sentada em uma das mesas com outra garota de moletom jeans e um capuz com o cordão apertado em sua cabeça. As duas se levantaram tão logo Emily entrou e se apressaram, separando-se em direções opostas. A garota do capuz saiu pela porta que Emily havia acabado de entrar; uma guarda de cabelos arrepiados pegou a ruiva pelo braço e a conduziu para uma porta que dava para o interior, provavelmente de volta para sua cela. Mas antes que fizesse a volta para o saguão interno, a ruiva girou nos calcanhares e encarou Emily, seus olhos subindo e descendo por seu corpo. Ela a estava avaliando, talvez... ou conferindo os atributos de Emily. Ela não tinha certeza se gostava de qualquer das opções.

– Sente-se. – A guarda que estava com Emily apontou uma das mesas. Emily se acomodou, e a guarda atravessou a sala para outra porta que levava para o interior. Então, uma figura familiar saiu por ela. Emily suspirou fundo. Sim, Jordan estava usando o uniforme laranja da prisão e, sim, parecia um pouco abatida, e seu rosto aparentava um pouco de cansaço, mas ainda era a garota bonita de quem Emily se lembrava.

Todo tipo de memórias voltou de uma vez. As duas navegando naquele barco roubado no porto de San Juan. Acomodando-se na cama em sua cabine, enquanto o navio de cruzeiro rumava para outro porto. Como era bom beijá-la. Como ela se sentiu arrasada quando Jordan pulou no mar.

Jordan buscou os olhos de Emily e sorriu. Emily deu um pulo e ficou em pé, incapaz de controlar sua excitação. Ela pensou que nunca mais veria Jordan outra vez. Pensou que

Jordan nunca mais *quereria* vê-la novamente. E ali estavam as duas. Era tão... *incrível*.

– Quinze minutos – falou a Tina Fey cansada, com voz rouca. – O tempo começa agora.

Jordan correu para Emily.

– E-ei – ela conseguiu dizer, com os lábios tremendo. De perto, Jordan cheirava a sabonete. As mesmas pequenas sardas estavam espalhadas em suas bochechas. Emily queria tocar cada uma delas. – Você está... aqui.

Emily deixou escapar uma risada engasgada, tão entusiasmada de ouvir a voz de Jordan.

– Estou aqui – respondeu ela, acariciando o ombro de Jordan. – Estou feliz de ver você.

Os olhos de Jordan se arregalaram, e ela passou os olhos, nervosa, pelas mãos de Emily.

– Nós não podemos nos tocar – sussurrou ela, esquivando-se delicadamente.

Um nó se formou na garganta de Emily, mas ela enfiou as duas mãos no colo enquanto se sentava. Jordan se acomodou do outro lado, suas mãos sobre a mesa. Emily precisou usar toda sua força de vontade para não agarrá-las e nunca mais a deixar partir.

– Então... – disse Emily, tendo encontrado sua voz. – Eu... Eu senti saudades.

Jordan engoliu com dificuldade. Uma lágrima correu por seu rosto.

– Também senti saudades.

– Estou tão feliz que você me escreveu. – Emily sorriu para Jordan com tanta força que suas bochechas doeram. – Quer dizer, tudo o que faço é pensar em você.

— Eu também. — Jordan encarou o tampo da mesa acanhadamente.

O coração de Emily deu um salto. *Estou tão feliz que você não me odeia*, ela quis dizer mil vezes.

— Você... está bem? — perguntou ela, em vez de dizer o que desejava, e no mesmo momento quis se estapear. Claro que Jordan não estava bem. Ela estava na prisão.

Jordan deu de ombros, torcendo a boca daquele jeito adorável que Emily recordava.

— Estou melhor. Não é *tão* ruim. — Ela se inclinou para a frente. — E *você*? Não sei nada sobre o que você está passando, Em. É horrível. Você está bem agora, certo? Está tudo bem?

Então foi a vez de Emily olhar para baixo. Muitas pessoas escreveram suas iniciais com tinta na madeira, incluindo alguém que se intitulava GarotaEmChamas.

— Não exatamente.

Jordan arregalou os olhos.

— O que você quer dizer?

Emily se encolheu. Não havia planejado entrar nessa no tempo limitado que ela e Jordan tinham juntas, mas agora Jordan a observava de um jeito melancólico. Emily não tinha opção além de explicar como Ali a havia atacado na piscina. Ela deixou vários detalhes de fora — como o jeito que Ali dissera *Diga que me ama!* —, mas, pela expressão espantada de Jordan, estava claro que ela capturara a essência do que acontecera.

O queixo de Jordan caiu quando Emily terminou. Ela fez um gesto para as manchas no pescoço de Emily.

— Foi daí que vieram *essas marcas*?

Emily concordou, infeliz. Seus pais fizeram muitas perguntas sobre as manchas, também; ela não soubera o que lhes dizer.

– Você foi à polícia? – perguntou Jordan.

– Nós fomos, mas eles não acreditaram em nós. Eles ainda acham que ela está morta. – Emily suspirou e encarou o teto. As luzes da sala eram tão fortes que machucavam seus olhos.

– Então, o que vocês vão fazer?

Havia um pequeno palpite na cabeça de Emily. Só de reviver o ataque, ela sentiu novamente todas as emoções como frustração, medo e raiva escondidas logo abaixo do verniz de educação. Isso precisava *terminar*.

– Achá-la – sussurrou ela, frenética. – E matá-la.

Jordan empalideceu. Ela observou as guardas do outro lado da sala. As duas mulheres não pareciam prestar atenção, mas de repente Emily se sentiu inadequada. O que ela estava fazendo, falando de assassinato em uma prisão?

– Não estou falando sério – ela voltou atrás. – Eu só estou tão irritada.

Jordan concordou, mas ainda parecia preocupada.

– Gostaria que *você* não tivesse que encontrá-la sozinha.

– Eu também não, mas nós não sabemos mais o que fazer.

– Apenas me prometa que você vai se manter segura. – Jordan se esticou para pegar a mão de Emily, mas então ela se lembrou da regra de não tocar e se afastou. – Porque eu tenho algumas novidades. Tenho um novo advogado chamado Charlie Klose. Há algumas falhas no meu caso que ele quer explorar.

Emily ergueu a cabeça.

– Como o quê?

– Quando eu fui presa, os policiais não leram os meus direitos nem uma vez, só para começar. – Jordan tamborilava suas unhas roídas na mesa. – E eles vasculharam meu carro sem um mandado e me maltrataram, mesmo eu ainda sendo menor de idade. Coisas sérias, na verdade. Combinadas ao fato de que eu estou arrependida e desejando pagar por todos os estragos que causei, ele acha que há uma ótima chance de conseguir uma condicional.

A boca de Emily se escancarou.

– Sério?

Jordan concordou, excitada.

– Eles ainda podem tentar um julgamento, mas meu advogado está realmente confiante. – Ela deslizou a mão para a frente e tocou a pontinha dos dedos de Emily. – Em poucos meses, posso ser uma mulher livre.

Emily se inclinou para a frente, ansiosa.

– E... então o quê? Para nós, quero dizer? – Ela esperava que não fosse uma pergunta prematura a se fazer. Fazia tão pouco tempo que Jordan a perdoara. Talvez elas tivessem que levar as coisas devagar.

Jordan lhe deu um sorrisinho.

– Eu quero que sejamos nós duas, Emily. De verdade. Mas não pode ser em uma ilha, como falamos antes, não se eu estiver na condicional. Terei de ficar por perto e ser vigiada pelo meu agente da condicional. Quero ficar no caminho correto desta vez, realmente construir uma vida e recomeçar. – Ela olhou para Emily, tímida. – Com *você*... se você estiver a fim.

– É *claro* que eu estou – interferiu Emily, enfática. Ela deixou sua cabeça assimilar a informação. Uma vida. Com *Jordan*. Era uma coisa que não ousaria desejar dias atrás. Ela fechou os olhos e se imaginou, com Jordan, acordando todos os dias juntas. Jordan estava certa: elas não precisavam estar em um paraíso tropical para serem felizes. Só estar com Jordan já era o paraíso.

– Então preciso que você se mantenha em segurança – acrescentou Jordan, batendo as mãos. – Você vai fazer isso? Por mim?

Emily concordou depressa.

– Claro. Eu prometo.

– Bom – disse Jordan.

– Tempo! – A voz alta fez o coração de Emily parar. A guarda se encaminhou para a mesa e estendeu seu braço para Jordan. Ela passou os olhos por Emily, sua expressão faminta e torturada. Antes que pudesse se conter, Emily disparou, puxou Jordan para si e a beijou com força nos lábios. Sua boca era macia e tinha sabor de menta, deliciosa como sempre. Emily fechou os olhos, saboreando os milissegundos de contato. Cada célula de seu corpo pareceu despertar novamente.

Mas então a guarda puxou Jordan para longe.

– Sem *contato* – resmungou ela, segurando Jordan com força pelo braço e a conduzindo para fora da sala.

Jordan acenou um adeus, saindo pela porta. Emily a observou partir, sentindo-se arrasada e feliz ao mesmo tempo. O beijo ainda queimava seus lábios. O calor do corpo de Jordan parecia irradiar dela. Emily teria de se agarrar àqueles sentimentos, ela sabia, até a próxima vez. Mas *haveria* uma próxima vez – ela podia sentir. Jordan ia sair dali.

E elas ficariam juntas.

13

NOITE DAS CELEBRIDADES

Na noite de terça-feira, Hanna tentou se equilibrar no corredor do trem da Amtrak Acela enquanto ele rangia e oscilava, entrando na Penn Station, na cidade de Nova York. As portas se abriram, e ela seguiu a fila de passageiros até as escadas, cuidando para não tropeçar em seu salto agulha de dez centímetros. Ela também teve o cuidado de puxar a barra da minissaia de lantejoulas para que cobrisse seu bumbum. Um grupo de passageiros de terno lançara um olhar estranho ao seu visual, provavelmente porque ela o combinou com sapatos chamativos, uma bolsa brilhante e um par de óculos escuros enormes que ainda usava, mesmo depois do pôr do sol. No entanto, Hanna não se importava com opiniões sobre sua aparência porque afinal ia para uma balada com Hailey Blake, a maravilhosa estrela de cinema. Hanna tentou contar o fato para todos com quem falou no trem: o coletor de bilhetes, a senhora idosa sentada próximo a ela e até mesmo para o homem que lhe serviu uma Diet Coke no vagão-restaurante.

Ela alcançou o topo da escada, abrindo caminho com os cotovelos através da multidão que fervilhava, esperando pelos trens que partiriam, e saiu para a Sétima Avenida, momentaneamente alarmada com a correria de pessoas, táxis e ônibus, e luzes de néon. Alguém apoiando o movimento pró-vida estava parado no meio-fio, segurando um cartaz que dizia que o coração de um bebê começava a bater no útero. Outra pessoa passou empurrando um carrinho de pretzels. Através da multidão, Hanna viu outro cartaz: OS GATOS DE ALI UNIDOS! Ela piscou com força, tentando encontrá-lo novamente através do mar de corpos.

Mas ele tinha desaparecido.

– Ei, sua vaca! Aqui!

Hanna virou a cabeça para a esquerda. Uma limusine branca estendida estava estacionada atrás de um carrinho de pretzels. Hailey, o cabelo loiro cascateando, acenava como uma louca para fora da janela traseira do carro.

– Pare de agir como uma turista perdida e entre aqui, sua maluca!

Hanna deu uma corridinha, com o coração batendo forte. Ainda era difícil acreditar que *a* Hailey Blake havia lhe enviado uma mensagem na noite anterior dizendo: *Ei, vou estar em NY amanhã fazendo entrevistas com a imprensa – quer aparecer depois de gravar e me encontrar? Nós podemos ir à festa de estreia do filme* Kill or Be Killed! Hanna jamais deletaria aquela mensagem enquanto vivesse. *Kill or Be Killed* era, apenas, *o* filme mais badalado que seria lançado naquele verão – ela não conseguia imaginar que era sortuda o suficiente para estar lá.

Mas talvez Hanna não devesse pensar no fato como sorte. Ela era fabulosa e legal, também. Depois de tudo, desde que os noticiários revelaram que Hanna estava no elenco de *Burn It Down*, o telefone dela não parava de tocar. Os jornais locais queriam fazer um quadro sobre sua vida. A revista *Main Line Living* queriam mostrar o closet dela em um artigo sobre pessoas ligadas à moda na área da Filadélfia. Hanna tinha uma porção de novos amigos no Twitter e o proprietário da Otter, sua butique favorita, havia entrado em contato, perguntando se ela queria participar do desfile para a coleção de outono. *Hanna*, uma modelo. Talvez ela merecesse mesmo ficar íntima de Hailey.

E sair para dançar nesta noite era a maneira perfeita de esquecer Ali. Depois de chegar a um beco sem saída no Turkey Hill, Hanna e as outras tinham decidido repassar o caso neste final de semana, já que todas tinham planos para esta noite que não podiam ser adiados. Não que Hanna estivesse certa de que *havia* algo a ser repassado. Não era como se Fuji tivesse revelado a elas o resultado do exame de DNA. E embora Spencer tivesse compartilhado com elas sua sacada sobre o ato falho freudiano da mulher atrás do balcão da loja de conveniência, Hanna não tinha certeza de que fosse uma pista de que ela sabia de alguma coisa sobre Ali. Talvez tivesse suposto que todas as adolescentes loiras compravam água em postos de gasolina.

E a mensagem a giz de A no estúdio? Provavelmente foi tudo imaginação dela. Aquele cartaz dos Gatos de Ali que ela acabara de ver? *Ah, pelo amor de Deus, dane-se.*

Hanna deslizou para dentro da traseira da limusine, próximo a Hailey, que usava um vestido tão curto e saltos tão altos quanto os dela. A maquiagem em seus olhos era pesada, fazendo com que se parecessem olhos de gato, e seus lábios brilhavam com gloss pink.

– Hanna, este é meu motorista, Georgio – falou ela, gesticulando para o belo homem atrás do volante. – Ele é um modelo talentoso. Dirigir é só um bico que ele faz.

– Ela me lisonjeia – disse o homem atrás do volante com um sotaque italiano sexy. Ele não era muito mais velho que Hanna, com cabelos escuros ondulados e olhos sedutores. Hanna apostava que ele tinha um lindo abdômen, também.

A limusine se afastou do meio-fio, e Hailey deu um tapinha de mentira em Hanna.

– Então! Obrigada por me encontrar! – disparou ela, falando rápido demais. – Quando enviei aquela mensagem a você, sobre vir para cá, não sabia se aceitaria.

– Você está brincando? – disse Hanna, enquanto a limusine parava em um semáforo. – Nunca perco uma oportunidade de vir para a cidade. E uma festa de estreia de um filme parece ótima.

– Eu imaginei que nós teríamos mais diversão aqui do que na velha e chata Filadélfia – disse Hailey, virando os olhos. – Quer dizer, o que mais há para se fazer lá a não ser olhar para o Sino da Liberdade? – Ela deu uma fungadela, rindo, e abriu o trinco de um compartimento no console central, revelando duas minigarrafas de champanhe e duas taças pequenas de cristal. – Vamos lá! Precisamos fazer um aquecimento!

Hanna pegou uma das taças e tomou um gole. Hailey ofereceu outra a Georgio, mas ele recusou, relembrando-a de que estava dirigindo.

– Estraga prazeres! – gritou ela, e, junto com Hanna, riu alto.

As ruas zumbiam por eles enquanto o carro se dirigia ao centro. Hanna olhou pela janela, encantada pelas lojas iluminadas e pelas ruas lotadas. Enquanto o champanhe borbulhava em sua língua, seu telefone vibrou dentro de sua bolsa de mão. Hanna conferiu a tela; a primeira mensagem era de sua mãe. *Você chegou bem em Nova York?*

Hanna se recostou no banco de couro. Na noite passada, depois de ter recebido o convite de Hailey, ela presenteou sua mãe com histórias sobre a atriz, pintando Hailey como a garota boazinha que se divertia bem e da maneira correta. A srta. Marin não pareceu estar preocupada com as fotos da atriz, as quais a revista *Us Weekly* publicara num artigo, e permitiu que Hanna fosse a Nova York por algumas horas.

Na limusine agora, bebendo água Perrier, respondeu Hanna. Sua mãe nunca saberia a verdade.

A próxima mensagem era de Aria. *Na galeria, desesperada. Queria que vocês estivessem aqui.*

A nova amiga de Hanna a examinou com curiosidade.

– Para quem você está escrevendo?

– Para a minha amiga Aria – esclareceu Hanna. – A mostra com seus quadros vai ser inaugurada hoje. Nós estamos todas muito orgulhosas dela. – Ela queria poder fazer uma breve visita na galeria, mas Aria disse que a lista de convidados era super-restrita, ela mesma precisou implorar para colocar os próprios *pais*.

Hanna começou a digitar uma mensagem, mas Hailey fez uma careta.

– Você, tipo, não fala com Aria o tempo inteiro? – Sua voz estava alta e aguda. – Esta é *nossa* noite juntas, não é?

Hanna deixou o celular cair no colo, surpresa. Ela imaginou que seria parte de uma grande balada com Hailey. Não era para se sentir superespecial: Hailey queria que ela ficasse só com ela?

– Você está absolutamente certa – disse ela rapidamente, digitando um breve: *Boa sorte! Você vai arrasar!* para Aria e então colocando seu telefone de volta em sua bolsa Lauren Merkin.

Hailey abriu um estojo de pó compacto e aplicou batom vermelho nos lábios.

– Estou tão animada que vou me divertir um pouco – disse ela. – Não sei o que você acha, mas o filme em que estamos trabalhando é totalmente desgastante.

Hanna olhou para as mãos. Ela achou a experiência incrível, mesmo as partes entediantes nas quais eles tinham de ficar sentados enquanto a equipe das câmeras acertava a luz.

– O que é que está desgastando você, especificamente?

– Hank e seus lacaios, obviamente – resmungou Hailey. – Aquele cara pega no meu pé desde o primeiro dia. Ele, tipo, *sempre* critica minha atuação. Você não percebeu?

Hanna fingiu estar fascinada com o Whole Foods gigante que passava pela janela. Se apenas ela pudesse dar uma dica dissimulada que, talvez, Hank tinha razão. Mas ela não tinha ideia de como dizer aquilo sem parecer malvada.

Hailey suspirou dramaticamente depois que Hanna não respondeu.

– Eu só gostaria que eles demitissem Hank e achassem alguém novo. Cá entre nós, eu nunca tive certeza de que ele e eu íamos dar certo, desde o começo. Eu aceitei o filme, no entanto, porque pensei que seria uma boa oportunidade. Trabalhar com alguns dos atores, fazer um papel mais sério, pareceu a coisa certa a fazer. Esta é a minha filosofia de vida, realmente, *nunca deixe uma oportunidade passar.* Você nunca sabe aonde ela vai levar você. – Ela se inclinou no banco de couro. – Foi assim que consegui minha grande chance, sabe.

Um caça-talentos me viu no shopping e me perguntou se eu queria fazer um comercial para Barbies. Eu fiquei, tipo, *Ah, mas eu tenho 10 anos!*, e Barbies eram para bebês. Mas eu fiz, de qualquer maneira, e olhe só onde eu vim parar.

– Você está certa – concordou Hanna, apertando a mão de Hailey. Talvez a atuação dela melhorasse à medida que as gravações avançassem. Ela *precisava* melhorar.

Então, Hanna se lembrou da situação estranha no set, no outro dia, depois que todos tinham ido embora. Tudo bem, talvez *Quebre umA perna* não fosse direcionado para ela, mas a aparição de Daniel tinha definitivamente sido assustadora. Ela estava quase perguntando para Hailey o que ela sabia sobre ele quando sua amiga ficou de pé e gritou:

– Chegamos!

A limusine estacionou junto ao meio-fio em um quarteirão despretensioso no Lower East Side. Prédios oscilantes se inclinavam em torno deles, a ponte Williamsburg piscava a distância, e a rua tinha um tráfego estranhamente leve, mas a música pulsava de algum lugar próximo, e o odor de temperos asiáticos ondulava pelo ar. Um holofote lançava um raio de luz em uma fila na frente de uma corda de veludo; hipsters, drag queens, divas e modelos com corpos esculturais esperavam na calçada. Hanna olhou em volta, à procura de um cartaz que dissesse que aquela era, efetivamente, a festa pós-lançamento de *Kill or Be Killed*, mas então ela percebeu que nenhum evento exclusivo como aquele se *anunciaria* assim.

Hailey soprou um beijo para o motorista da limusine e saiu do carro, com cuidado para manter suas pernas longas e magras bem juntas. Ela puxou Hanna para fora com ela, e as duas se encaminharam até o leão de chácara, um cara intimidante e estrábico, cabelo loiro claro e uma tatuagem tribal preta perto de seu olho esquerdo.

– Sven, meu garoto! – gritou Hailey, jogando os braços em torno do pescoço robusto. O leão de chácara deu um sorriso falso e levantou a corda. – Para você *e* sua amiga maravilhosa.

Hailey se espremeu para dentro, e Hanna a seguiu, sentindo que todos na fila estavam encarando. "Quem é aquela com Hailey?", diziam os cochichos. "De onde eu a conheço?" "Ela deve ser famosa."

Hanna deu uma risadinha forçada.

Entraram em um salão com paredes cobertas de mosaico e com mesas brilhantes que continham vasos grandes com arranjos de flores frescas. Cabines de veludo repletas de pessoas vestidas fabulosamente se alinhavam nas paredes, e os bartenders se moviam apressados atrás de um bar que parecia ter sido feito inteiramente de ouro. Todas as pessoas por quem Hanna passava eram mais bonitas que as anteriores. Elas se viravam para Hailey com sorrisos enormes e convidativos.

– Você está de volta, garota! – disse um cara que Hanna tinha quase certeza de que era modelo da Armani. Ele se inclinou para Hailey e lhe enviou beijos no ar.

– Venha até nossa mesa! – gritou uma garota com olhos grandes e bonitos e o cabelo mais maravilhoso, longo e negro que Hanna já tinha visto na vida. Depois de um momento, Hanna percebeu que ela era modelo da Victoria's Secret e se chamava BiBi. Mike tinha uma quedinha por ela.

BiBi conduziu Hailey até um banquinho, mas ela não quis se sentar.

– Talvez daqui a pouco, Beebs. Quero passar algum tempo de qualidade com minha melhor amiga aqui – disse ela, apertando o braço de Hanna. – Esta é Hanna, minha coestrela, *e* talvez a garota mais legal do mundo.

– Prazer em conhecê-la, queridinha – falou BiBi, com seu sotaque francês, beijando Hanna suavemente na bochecha. Hanna quis responder, talvez alguma coisa a respeito de como Mike era seu maior fã ou então perguntar como era usar aquelas asas de anjo da Victoria's Secret, mas Hailey a conduziu para uma área pequena e cercada com cordas, que estava marcada com a placa VIP, nos fundos do lugar. Lá dentro, pessoas que de algum modo eram ainda *mais* bonitas socializavam em volta de um bar platinado em formato de ferradura.

Hanna tentou permanecer calma, mas seu coração dava voltas. Ela nunca tinha estado em uma seção VIP na vida. Era melhor que houvesse um blogueiro de celebridades lá ou então alguém da revista *Us Weekly*. Ela precisava que as pessoas soubessem disso.

Hailey piscou para o segurança, e ele levantou a corda da seção VIP para as duas. Ela se sentou em um banquinho vazio, e Hanna a seguiu. No caminho, Hailey surrupiou uma garrafa de champanhe da bandeja de um garçom. Ela forçou a rolha até que ela finalmente cedeu, com um *pop* festivo. A espuma espirrou da boca da garrafa e caiu no chão. Hailey deu um gole direto da garrafa, e então a deu para Hanna. Ela olhou em volta, sentindo-se meio boba, mas também tomou um golinho.

Então, elas caíram nos sofás de veludo. Em cada assento havia uma pequena bolsa de perfumes costurada à mão. Hanna examinou o conteúdo, ansiosa. Havia um (grande!) frasco do perfume Bond nº 9 da High Line, uma caixa pequena de chocolates Godiva, uma cópia em DVD, inédita, de *Kill or*

Be Killed e um cartão-presente do Bliss Spa. Hanna ofegou de deleite.

Hailey também examinou a sua sacola de presentes, então observou Hanna atentamente.

– E então? Gostou?

Hanna quase se engasgou com um gole de champanhe.

– Você está *brincando*? – Ela fez um gesto amplo. – Parece que eu morri e fui para o céu.

– Bom. – Hailey parecia aliviada. – Espero que este seja o começo de várias noites de diversão para garotas.

Mais uma vez, Hanna ficou tocada. Era tão doce que Hailey fizesse tudo isso por *ela*.

Um garçom apareceu, e Hailey pediu tudo do menu, em pequenas porções. Mais champanhe foi servida, e, a cada poucos minutos, alguém que Hanna reconhecia – uma famosa editora de revistas que participava do programa de moda *Project Runway*, um designer de moda que tinha acabado de estourar, um apresentador convidado do programa *American Idol*, aquele cara que tinha ganhado um monte de medalhas de ouro na natação nos últimos Jogos Olímpicos, e, é claro, vários atores de *Kill or Be Killed* – parava para cumprimentar Hailey. Ela apresentou Hanna a cada um deles, e quanto mais champanhe Hanna bebia, mais extrovertida se sentia. Logo, ela estava conversando com a modelo revelação da temporada sobre a beleza dos sapatos amarrados nos tornozelos. Quando um cantor e compositor sexy e talentoso chamou Hanna para dançar, ela se levantou e girou com ele por três abençoados minutos, o rosto ficando quente e a cabeça leve.

Houve mais dança, mais amigos e mais champanhe, e em um determinado momento, Hailey subiu no bar e fez alguns segundos de uma dança, rebolando antes de descer, vacilante.

Hanna a ajudou a ficar em pé, e elas se encaminharam para seus assentos, descobrindo que a comida que haviam pedido tinha chegado.

— *Perfeito!* — gritou Hailey. — Se eu colocar mais champanhe no meu estômago vazio, eles precisariam me arrancar do chão. — Ela, então, empurrou um punhado de pratos na direção de Hanna. — Experimente estes. Estão todos sensacionais.

Hanna devorou um prato do que parecia ser rolinho primavera. Hailey escolheu uma espécie de bolinho e o cortou delicadamente com seu garfo. Então os olhos dela se arregalaram.

— Aqui! — gritou ela, acenando para alguém do outro lado do salão.

Hanna acompanhou seu olhar. Jared Diaz, o garoto que interpretava Mike em *Burn It Down*, e Callum Yates, que fazia Noel Kahn, apareceram na multidão. Os dois estavam usando camisas, jeans perfeitamente cortados e tênis de couro legais. Eles andaram pelo clube como se já houvessem estado ali.

— Eu enviei uma mensagem para eles virem — gritou Hailey para Hanna. — Espero que esteja tudo bem, está?

Hanna sentiu uma pequena pontada de incômodo — preocupada que isso pudesse parecer um encontro duplo. Mas os rapazes eram legais. E isso era o que ela queria, afinal de contas — ficar íntima de seus colegas de elenco. Ser parte da elite de Hollywood, de Nova York, de toda parte.

— Estou tão feliz que vocês conseguiram vir, meninos! — Hailey cantarolou quando os rapazes chegaram à mesa. Ela bateu no assento de um dos banquinhos, e Callum se sentou ao seu lado. — Jared, você se senta perto da Hanna!

Jared fez o que lhe foi mandado, dando a Hanna um sorriso empolgado. Hanna, sentindo-se solta e amigável graças ao álcool, deu a Jared um grande abraço e lhe ofereceu uma mordida em seu rolinho primavera, que ele aceitou com graça, usando o garfo dela.

– Você estava em Nova York para entrevistas com a imprensa, também? – perguntou ela a Jared, enquanto ele mastigava.

Jared virou os olhos e limpou a boca.

– Levou o *dia todo*.

– Ah, deixe de ser resmungão. – Hanna agitou a mão. – Estou completamente enciumada.

Jared espiou outro rolinho primavera, então ergueu uma sobrancelha, pedindo permissão a Hanna para pegá-lo do prato dela. Ela concordou.

– Na verdade, todos estavam perguntando sobre você – comentou ele.

– Sobre mim? – Hanna tocou o peito.

Jared enfiou outro rolinho primavera na boca, os olhos perscrutando o rosto dela. Ele era tão bonito quanto Mike, embora de um jeito mais sofisticado, mais parecido com Justin Bieber – que não era realmente o tipo dela.

– Vários repórteres perguntaram por que você também não estava na coletiva de imprensa. As pessoas ficavam me perguntando quem interpretaria melhor Hanna Marin: Hailey ou a Hanna *real*. – Ele deu uma risadinha boba. – Eu respondi que a melhor pessoa para dizer isso era a própria Hanna Marin.

Hanna encarou a mesa. Era bom que estivesse escuro no lugar, porque seu rosto estava vermelho-escarlate. Ela podia sentir Jared observando-a cuidadosamente, mas não parecia que ele estava jogando uma isca. Será que *ele* também perceberá a interpretação lamentável de Hailey?

Repentinamente, ela sentiu como se recebesse uma injeção de coragem. Aproximou-se de Jared e se inclinou para falar no ouvido dele.

– Cá entre nós? *Eu* faria a melhor Hanna.

Jared inclinou a cabeça de um jeito provocativo.

– Ah, verdade?

O olhar de Hanna deslizou na direção de Hailey e Callum, que estavam imersos em uma conversa sobre qual academia de Nova York era mais sofisticada – La Palestra ou Peak Performance. Ela olhou de volta para Jared e colocou um dedo sobre os lábios. *Não conte.* Ao que Jared fingiu trancar os próprios lábios e jogar a chave fora por sobre seus ombros.

Hanna riu, e ele sustentou o olhar dela por um momento. Então, de supetão, ele se inclinou para a frente e beijou Hanna bem na boca. Ele tinha gosto de bourbon, e os lábios dele pareciam totalmente diferentes dos de Mike. Três segundos completos passaram antes que Hanna percebesse o que estava acontecendo e pulasse para trás, mas ela já tinha percebido um flash de câmera.

– Sim! – chamou Hailey do outro lado da mesa, com o celular levantado. – Supersexy! Façam de novo!

Mas Hanna já havia escapado. Ela limpou a boca.

– O que *foi aquilo*? – perguntou ela a Jared, plenamente consciente de que sua voz estava grasnada.

Jared cruzou os braços sobre o peito, parecendo satisfeito consigo mesmo.

– Bem, agora eu beijei *as duas* Hannas. – Ele observou Hailey do outro lado da mesa. – E eu preciso dizer, vocês duas são incríveis.

Hailey jogou a cabeça para trás e riu.

– Jared, você é uma *figura*!

Mas o rosto de Hanna queimava. Ela estava *namorando*. E se isso viesse a público? Ela deveria contar tudo a Mike imediatamente?

Mas quando olhou em volta, ninguém prestava atenção nela. E em menos de cinco minutos, Jared já estava conversando com Callum sobre um clube em LA como se tivesse esquecido a coisa toda. Não era como se ele tivesse a arrastado para uma sala nos fundos e rasgado todas as suas roupas. Na verdade, talvez Hanna devesse se sentir lisonjeada porque um grande astro tinha lhe dado um beijinho inofensivo.

Ela se sentou para trás na cadeira e colocou um rolinho primavera na boca. Não havia nenhuma razão em contar a Mike o que havia acabado de acontecer. Ele ficaria louco, obviamente, e sua noite seria arruinada. Tudo o que Hanna queria, ela percebeu, era ter uma noite inesquecível em um lugar inesquecível com pessoas inesquecíveis. Sem complicações. Sem escândalos. Sem A. Só... diversão.

Ela sorriu para os outros na mesa. O volume do som subiu mais um pouco, e todos estavam se dirigindo para a pista de dança.

– Ei, pessoal, o que estamos esperando? – disse Hanna, largando seu garfo, tomando um último gole de sua bebida e puxando Hailey para ficar de pé. – Vamos dançar!

E, assim, eles foram.

14

NOITE DE ESTREIA

No lado oeste de Nova York, no bairro moderno de Chelsea, Aria saiu de uma cabine de banheiro e se examinou no espelho longo e estreito. Seu cabelo escuro estava puxado para trás, revelando sua pele clara e sem falhas. Seus olhos brilhavam, e seus lábios naturalmente cheios pareciam especialmente brilhantes com o gloss. Ela havia comprado um vestido preto lustroso e sofisticado para a ocasião, que fazia par com sandálias gladiador de salto alto e um conjunto de pulseiras. Usava o look "garota descolada na cidade, saindo para uma noite na galeria".

Até que ela empurrou a porta do banheiro, olhou em volta no espaço da galeria e se lembrou. Cada quadro na parede era *dela*. Vários deles tinham adesivos cinza colados para indicar que já haviam sido vendidos.

Retratos de pessoas aleatórias de Rosewood que ela pintara às pressas nos últimos dias estavam dispostos na parede, mais distantes. Pinturas abstratas coloridas se alinhavam no espaço próximo ao bar. A "série escura", como Aria chamava os quadros que produziu depois do ataque de Nick, ocupavam outra parede. Cada obra estava numerada, e uma lista de preços discreta poderia ser adquirida, caso requisitada. Aria ficou apavorada para olhar os preços que eles estabeleceram, mas Ella a forçara. Seu maior quadro, um de sua mãe rindo, estava à venda por *duzentos mil dólares*.

Era surreal. Como também eram os convites para mostras de arte underground no Brooklyn, ligações de bandas *indies* que queriam que Aria pintasse a capa de seus próximos álbuns, e o fato de que seu nome, sozinho, tinha virado uma hashtag no Twitter. Como em: *Consegui convite para a mostra #AriaMontgomery hj! Viva!*

A diretora da galeria, Sasha, vestida com calças skinny pretas e em um cropped assimétrico e na última moda que exibia seu abdômen imaculado, deslizou até Aria e tomou suas mãos.

– Tudo indo bem, minha querida?

– Mas é *claro* – respondeu Aria, observando a multidão que começava a se juntar. Tinha parecido um sonho quando assinou os papéis que permitiam à galeria promover sua mostra. Aria teve medo de que Sasha se arrependesse ao ver seus outros trabalhos, mas ela gritou de prazer conforme desembrulhava as telas.

– Maravilhoso! – Ela suspirava, de novo. E de novo.

Então Aria sorriu para seu pai e Meredith, que também tinham vindo. Os dois estavam parados, orgulhosos, perto do bar, com taças de vinho tinto nas mãos.

– Obrigada por colocar minha família na lista de convidados – disse ela, timidamente.

– Sim, bem, *eu* teria preferido deixar entrar mais alguns repórteres, mas entendo que você precisa dos seus nesta noite, em especial – disse Sasha, dando a ela um sorriso jocoso. – Falando nisso, há, tipo, um zilhão de pessoas querendo falar com você. Agentes, compradores...

– John Carruthers está aqui? – perguntou Aria, pois tinha ouvido que ele ia a diversas mostras e estava ansiosa para conhecê-lo. E talvez até perguntar por que ele havia comprado o retrato de Ali.

Sasha examinou a multidão.

– Er... não. Acho que ele ainda está viajando. – Ela deu um tapinha no braço de Aria. – Mas não se preocupe. Há várias outras pessoas que querem seu trabalho. Você é o próximo grande acontecimento, minha querida! – Então os olhos de Sasha se acenderam. – Ah! Eu me esqueci de mencionar. Um blogueiro esteve aqui perguntando por você sem parar. Deixe-me...

– Harrison? – perguntou Aria, com o coração aos pulos. Ele tinha dito que tentaria ao máximo vir da Filadélfia.

– Não, uma mulher do *ArtSmash*.

Os olhos de Aria se arregalaram. O *ArtSmash* provavelmente era o maior blog de arte que existia. Era tão popular e influente que, na verdade, divulgava eventos de arte em Nova York, em Los Angeles e na Filadélfia, e frequentemente patrocinava mostras de arte em galerias de ponta no Brooklyn e no bairro de Fishtown, na Filadélfia.

Sasha fez um sinal para alguém em uma roupa preta no bar. A mulher ergueu uma sobrancelha e passeou até elas. Esticou a mão para Aria.

– Esmerelda Rhea – disse ela, em uma voz alta e mandona. – Sou do *ArtSmash*. Gostaria de escrever um perfil sobre você. Exclusivo.

Ária sentiu um nó no estômago.

— Hum, não pode ser exclusivo. Já dei uma entrevista para Harrison Miller.

A expressão de Esmerelda ficou neutra.

— Quem é Harrison Miller?

— Do *Fire and Funnel*? — perguntou Aria, hesitante. — É meio *indie*. Mas muito legal.

Esmerelda não pareceu impressionada.

— Bom, nós podemos dizer para essa pessoa... Harrison, certo?..., para não postar a sua entrevista, certo? Uma exclusiva conosco vai realmente *significar* alguma coisa.

Aria piscou.

— Mas foi uma boa entrevista. — Ela havia lido um rascunho na noite anterior: Harrison chamara sua arte de "fascinante", "madura", "cheia de personalidade" e "provocativa". Ele também dissera que "Aria era encantadora pessoalmente, tão artística, graciosa e profunda quanto seus quadros". Como ela poderia recusar *aquele* tipo de divulgação?

Esmerelda riu.

— Você é tão verde. É uma graça! — Ela deu a Aria um sorriso condescendente. — Eu lido com Harry, se você quiser.

— Harrison — corrigiu Aria.

Como se tivesse recebido uma deixa, Aria notou a figura alta e familiar de Harrison surgindo na porta da frente. Ele estava com a mesma bolsa de couro surrada no ombro e tinha um olhar sério e ansioso no rosto. Ele passou os olhos pela sala e a avistou. Seu rosto se acendeu, e Aria deu um sorriso forçado de volta.

— Ali está ele — disse Aria numa voz forte, se dirigindo até ele.

A alguns passos de distância, Harrison percebeu a presença de Esmerelda e empalideceu.

– O-Olá, Esmerelda – gaguejou ele quando se aproximou. Ele parecia meio cauteloso. – É bom ver você novamente. Quando foi a última vez? Na festa do MoMA?

– Aham... – disse Esmerelda sem abrir a boca, seus olhos se estreitando de um jeito hostil. *Interessante*, pensou Aria. Momentos antes, Esmerelda tinha fingido que não tinha ideia de quem fosse Harrison. Então ela deixou um pequeno suspiro ressabiado escapar. – Então... Aria estava me contando que você já conversou com ela. *Nós* queremos a exclusiva, no entanto. Podemos acertar isso, não podemos? – Ela o encarou com firmeza, seus olhos sem piscar.

A boca de Aria se abriu. Ela se virou para Harrison. Ele parecia intimidado e infeliz – como se Esmerelda já tivesse feito isso com ele. Ela não era nada além de... uma praticante de bullying, Aria percebeu. E Aria certamente sabia como *aquilo* parecia.

Ela se endireitou.

– Harrison vai postar minha história – disse Aria em uma voz forte. – Minha exclusiva é com ele.

Parecia que Esmerelda tinha sido estapeada.

– Você está falando *sério*?

– Sim – disse Aria, esperando que não estivesse cometendo um erro enorme. Talvez dar uma exclusiva para o *ArtSmash* poderia fazer sua carreira avançar mais rápido, mas ela não podia deixar esta senhora ameaçar as pessoas desse jeito.

Esmerelda fungou.

– Bom, é a sua carreira que você está sabotando. – Ela passou os olhos pelos quadros na parede. – E, honestamente, essas coisas parecem como uma mostra de arte da terceira idade, de qualquer forma. – Ela enfiou os cotovelos em algumas pessoas que entravam, quase tropeçando em um guarda-chuva que alguém descartara.

Assim que ela se foi, Aria se virou para Harrison. Ele parecia maravilhado.

– Você não precisava ter feito aquilo. O *ArtSmash* é, tipo, *enorme*.

Aria deu de ombros.

– Bem, talvez eu goste mais do *Fire and Funnel*. – Ela deu a ele um pequeno sorriso.

Harrison lambeu os lábios nervosamente.

– Bem, o *Fire and Funnel* gosta de você, também.

Aria se sentiu corar.

– Estou feliz que você veio hoje.

Harrison não desviou o olhar.

– Não perderia isso por nada no mundo.

Eles se encararam. Então, lentamente, Harrison moveu sua mão na direção de Aria. Ela sentiu os dedos dele se entrelaçarem com os dela e apertarem. Ela apertou de volta. Aria estava anestesiada e encantada demais para saber como realmente se sentia a respeito disso ou de Harrison, mas ela disse a si mesma para parar de pensar demais e simplesmente relaxar.

Seu telefone, que estava acomodado na sua bolsa de mão em formato de envelope, começou a vibrar. Ela olhou para ele, registrando o número familiar da Filadélfia. Era Fuji. O moletom.

– Eu... eu preciso atender esta ligação – disse Aria, levantando um dedo. – Já volto.

Ela se enfiou pela multidão e atravessou o saguão até o banheiro. Seu coração batia com força quando ela apertou ATENDER e disse alô.

– Aria – rosnou Fuji pelo aparelho. – Sinto ligar tão tarde. Estou com Emily e Spencer na linha também.

– Ei – disseram Emily e Spencer em uníssono.

– Oi... oi – respondeu Aria, trêmula, seu coração martelando com força.

– Tentei ligar para Hanna, mas ela não atende – continuou Fuji. – Tenho algumas novidades que vocês podem querer ouvir.

– Sobre Ali? – indagou Aria, ansiosa, incapaz de controlar a antecipação. É *claro* que era sobre Ali. Não havia outro motivo pelo qual Fuji ligaria. – Finalmente chegaram os resultados do DNA? – *Eles bateram. O cabelo é de Ali. Finalmente, finalmente, eles entenderam que ela ainda está viva.*

– Sinto que tenha demorado tanto, mas, sim, nós temos o resultado – disse Fuji em uma voz cortante. – O cabelo no suéter é de Spencer.

A cabeça de Aria se esvaziou.

– O quê? – interrompeu Spencer.

– Pode ter ficado preso ao moletom quando vocês estavam examinando-a, garotas – explicou Fuji. – Sinto muito.

– Não consigo acreditar nisso – disse Spencer, baixinho.

– Mas... mas você testou o resto do suéter, certo? – implorou Aria. – Havia algo mais lá, talvez? Células da pele de Ali? *Outro* fio de cabelo? Um cílio?

Fuji suspirou.

– A minha equipe analisou o suéter muito cuidadosamente, mas não encontramos mais nada que pudesse ser testado. Vocês, meninas, deveriam saber também que Rosewood Day desligou as câmeras de segurança na área da piscina já que estamos nas férias de verão, então não temos nenhum registro do intruso. Para ser honesta, ninguém deveria ter entrado ali, de qualquer forma, incluindo você, Emily. Você tem sorte da escola não estar pensando em prestar queixa contra você por invasão.

– Mas... – disse Emily, vagamente, hesitante. – É a minha *escola*. Eu estava lá para uma aula. Não estava invadindo nem nada.

Aria se encostou contra a parede.

– Então não há evidências em vídeo?

– Não. – Fuji parecia frustrada. – Vamos continuar procurando e perguntando, mesmo assim. Mas quanto a ser Alison, é simplesmente impossível. Por favor, contem a Hanna.

Aria ouviu o clique vazio quando Fuji desligou. Ela ficou parada, seu dia mágico arruinado subitamente.

Era isso. Elas haviam voltado à estaca zero.

15

ATENÇÃO: PORTAS SE FECHANDO!

– Certo, quinze minutos para começar – disse Samantha Eggers, uma mulher de queixo pontudo com óculos de armação escura, enquanto enfiava a cabeça pela porta. – Todos bem?

Spencer e os outros garotos do painel de discussão antibullying concordaram com a cabeça, e então Samantha – a mesma mulher que havia ligado para Spencer convidando-a para participar do painel – desapareceu pela porta. Ela enfiou todos na sala verde, como chamou, na qual eles poderiam esperar e relaxar enquanto a equipe preparava tudo. Era basicamente uma sala de conferências no prédio da Time-Life na Sexta Avenida, perto da Décima Quinta, que também abrigava as revistas *Time*, *Entertainment Weekly* e *People*, e levava ao ar um programa matutino da CNN cujo estúdio ficava ao nível da rua. A sala verde era cheia de cadeiras, sofás e revistas, e tinha uma mesa grande com tigelas de pretzels, um prato de sanduíches de queijo e um cooler cheio de refrigerantes. As janelas de correr davam para a Sexta Avenida e para o antigo sinal de néon do Radio City Music Hall.

Deveria haver seis garotos no painel, mas nem todos tinham chegado. Havia duas garotas além de Spencer, uma tão bem vestida e parecendo tão equilibrada quanto Spencer. A outra garota era asiática e a fazia se lembrar de Emily: não usava maquiagem, o cabelo escuro estava puxado para trás de um jeito simples, e o vestido preto e liso revelava panturrilhas fortes. Dois garotos estavam sentados em lados opostos da sala, mexendo em seus celulares. Por seus olhares de soslaio e gestos nervosos, Spencer se perguntou se eles tinham sofrido bullying. Talvez ela já até tivesse conversado com eles em seu site.

Ela quis perguntar, mas sua mente ainda estava na ligação de Fuji. Por que ela insistia em derrubá-las? *E agora o que é que elas iam fazer?*

Todos se juntaram na porta. Samantha os conduziu para outra sala no mesmo andar. Ela estava cheia de luzes e câmeras e havia uma pequena área, simulando um palco, na frente de uma cortina preta. Havia um grupo de garotos da idade de Spencer sentado em cadeiras dobráveis ao fundo. Samantha tinha lhes dito que haveria uma plateia, que entrara em contato com os leitores do seu blog, que mencionara como estava tensa em participar do painel e que estava intrigada com quais perguntas seriam feitas, se estivessem na plateia. Muitas pessoas responderam; ela esperava receber perguntas tão inspiradoras quanto aquelas nesta noite.

Repentinamente, alguém bateu em seu ombro.

– Spencer Hastings?

Um garoto alto, atlético, de cabelos bagunçados, se levantou de sua cadeira na fileira da frente. Ele usava uma camisa azul-clara, uma gravata, calça social e sapatos lustrosos, e nas costas de uma das mãos exibia uma tatuagem do que parecia ser um falcão voando, espiando para fora da manga da camisa. Ele era um dos estranhos mais bonitos que Spencer já vira.

– Sou Greg Messner – apresentou-se ele, depois de um segundo. – Enviei alguns e-mails, você se lembra?

Spencer piscou.

– *Você é* Greg?

Ele tocou o peito.

– Você se lembra de mim?

Como ela poderia não se lembrar? Esse foi o cara que a apoiou, dizendo que a mensagem de seu blog era poderosa e animadora. Mas Spencer não tinha imaginado que ele pudesse ser tão *bonito*.

– O-O que você está fazendo aqui? – gaguejou ela, passando a mão nervosamente pelo cabelo. Será que ele estava bagunçado? Será que ela deveria ter usado um vestido diferente?

– Eu vi sua postagem sobre o painel, e eu liguei para ver se poderia ficar na plateia. – Greg abaixou a cabeça. – Queria apoiar você.

O coração de Spencer deu uma cambalhota.

– Obrigada – interrompeu ela, abismada em constatar que ele se importava tanto.

Greg sorriu e se inclinou para a frente, pronto para falar mais, mas foram interrompidos por Samantha, que bateu palmas.

– Certo, pessoal! Estamos prontos!

Greg deu um passo para trás e gesticulou para Spencer subir ao palco.

— Boa sorte! – disse ele, animadamente. – Você vai se sair muito bem.

Samantha direcionou os membros do painel para as cadeiras na frente da cortina. Os maquiadores passeavam em torno deles, passando um pó compacto em cada, devido às câmeras HD. Spencer tentou aparentar calma, mas a todo o momento ela espiava a plateia, para ver Greg. Ele a encarava em todas as vezes que olhou. Seu coração batia enlouquecido. De perto, Greg até *cheirava* bem, como o lado masculino do salão Aveda que ela frequentava.

Não que Spencer tivesse uma queda por ele ou alguma coisa assim. Ela mal o *conhecia*.

— Agora, nós vamos ser razoavelmente informais – explicou Samantha, parada na frente dos participantes. – Um dos produtores vai fazer uma pergunta, então qualquer um de vocês pode se oferecer para responder. A audiência pode responder também. – Ela gesticulou na direção do público, embora ninguém ali tivesse nome, e seus rostos fossem desinteressantes ao lado de Greg. – Apenas sejam vocês mesmos e fiquem orgulhosos do que conquistaram. Lembrem-se, vocês todos são as vozes das medidas antibullying, e nós apoiamos muito os esforços de vocês. De *todos* vocês.

Spencer cruzou olhares com Greg novamente, e ele lhe deu outro sorriso encorajador. Então, as câmeras começaram a rodar. Um dos produtores, um homem magro e grisalho chamado Jamie, pediu a todos que compartilhassem suas histórias. Os debatedores passearam pela sala, explicando como eles ou alguém que amavam passou por uma experiência particularmente horrível. Os dois garotos tímidos tinham sido perseguidos – um pela sua sexualidade, outro porque estava dentro do espectro autista. A garota atlética, que se chamava

Caitlin, estava lá porque iniciara um programa após o suicídio de seu irmão, Taylor, que foi violentamente perseguido. E Spencer contou brevemente sua história com Ali, mas falou mais de seu site e de como desejava ajudar os outros a compartilharem suas histórias.

A partir de então, Jamie fez mais algumas perguntas sobre os danos emocionais que o bullying causava nas pessoas, qual sua origem e como pará-lo. Os participantes se revezaram nas respostas, e todas as vezes em que Spencer falou, ela sentiu o peso de suas palavras. *Todas as salas de aula* do país assistiriam a isso por anos. Ela estava deixando um legado.

Quando Jamie fez uma pergunta sobre a opinião deles a respeito de o bullying ter crescido na era da informação digital, os participantes se encararam. Spencer pigarreou.

– As mídias sociais podem expor a dor de alguém em um grau bem mais elevado. No Facebook, *todo mundo* pode ver o que você está passando, não apenas as pessoas que estão no corredor quando você é perseguido. Todos podem 'curtir' um comentário a seu respeito. Pode fazer com que você sinta que é você contra o mundo.

Ela passou o microfone e olhou para Greg na plateia. *Legal*, ele articulou. Ela sentiu um arrepio delicioso.

Mas, então, alguém na plateia tossiu.

– Isso é uma bobagem enorme.

As sobrancelhas de Samantha se levantaram. As câmeras oscilaram para captar o rosto do membro da plateia.

– Desculpe-me? – disse Jamie, piscando para a escuridão. – Você pode se levantar para que possamos vê-lo, senhor?

Uma figura em um volumoso casaco de caçador xadrez vermelho se levantou. Ele tinha cabelos escuros, um rosto quadrado com sobrancelhas espessas e uma boca curvada para baixo que o fazia parecer bravo. Quando ele passou os olhos por Spencer, seus olhos se endureceram ainda mais.

– Gente como vocês parecem aqueles pais que culpam os videogames pela violência. Não se devem culpar as mídias sociais, mas as pessoas supersensíveis.

Todos na sala murmuraram preocupados. Spencer piscou para a figura na plateia, um quebra-cabeça se completando em sua mente. Ela reconheceu seu rosto de uma foto de perfil. Era DominickPhilly, o idiota que sempre ironizava seu site.

Por que diabos *ele* estava aqui?

Jamie colocou as mãos nos quadris.

– Talvez você queira elaborar melhor sua teoria?

Dominick deu de ombros, ainda encarando Spencer.

– Quanto mais poder nós dermos para toda essa coisa de antibullying, mais poder nós daremos para quem pratica o bullying. Você não acha que estas pessoas estão por aí desde, tipo, o início dos tempos? E talvez, não sei, algumas pessoas *mereçam* ser perseguidas.

Todos no palco se engasgaram. Samantha, que estava sentada na lateral da sala, deu um pulo, ficando de pé.

– Isto não é apropriado. Acho que você deve sair.

– E a liberdade de expressão? – protestou Dominick.

Os olhos de Samantha faiscaram.

– Estamos tentando ajudar pessoas que passaram por situações terríveis. O que nós *não* precisamos é de alguém invalidando seus sentimentos.

– Blá-blá-blá. – Dominick deu um sorriso afetado, virando os olhos.

– Já chega. – Samantha fez um sinal para um homem que Spencer não havia notado no canto, e ele deu um passo à frente, forçando passagem pelo corredor, pegando o braço de

Dominick. Todos observaram o guarda puxar Dominick para fora da plateia e levá-lo embora.

No momento antes de a porta fechar, Dominick se virou e fixou o olhar em Spencer – e só nela.

– Espero que você esteja feliz, Bela Mentirosa – disse ele, ameaçadoramente.

Spencer recuou.

– Ei – disse Greg numa voz rouca, dando um pulo. Ele parecia como se fosse pular para fora do palco, mas Jamie acenou para que ele voltasse a se sentar.

– Desculpem por isto, pessoal – falou Samantha depois que a porta bateu. – Acho que isto mostra que os praticantes de bullying estão por toda a parte, não é? – Ela riu, desconfortavelmente. – Vamos voltar para onde estávamos, certo? Vamos editar e cortar essa parte.

Spencer foi capaz de terminar o vídeo, até mesmo manter a concentração, mas precisou esconder suas mãos trêmulas embaixo das coxas. Ela pôde sentir Greg observando-a e manteve um sorriso grudado no rosto.

Depois de mais meia hora, Jamie sinalizou para as câmeras pararem. Ele olhou para os participantes.

– Todos vocês foram fantásticos. Acho que temos mais material do que precisamos.

– Festa de comemoração na Cervejaria Heartland! – convocou Samantha alegremente, com a plateia explodindo em aplausos. – Todos merecem! – Ela olhou para a plateia. – Todos vocês estão convidados.

Spencer ficou de pé e seguiu os outros para fora do palco. Greg pegou o braço dela no caminho para a sala verde.

– Você vai à festa? – perguntou ele.

A Cervejaria Heartland, Spencer tinha ouvido, era onde os membros do elenco do programa *Saturday Night Live* faziam suas festas pós-programa. Mas, quando ela pensou em ir a uma festa, seu coração disparou. Dominick a ameaçara. Ela não queria estar em uma multidão.

Greg levantou a cabeça, estudando-a.

– Ou será que nós deveríamos ir a algum lugar mais calmo? – sugeriu ele. – Eu conheço uma ótima cafeteria no Village. É uma viagem curta de metrô.

– Parece perfeito. – Spencer suspirou. Este Greg era o mesmo cara dos e-mails: intuitivo, empático e compreensivo, entendendo exatamente o que ela queria sem Spencer ter de se explicar.

Exatamente do que ela precisava.

Eles desceram as escadas de concreto do térreo do imenso prédio de escritórios até a estação de metrô. À medida que caminhavam por um túnel até a plataforma F do trem, Spencer ficava tentando pensar em alguma coisa para dizer a Greg, mas ela só conseguia pensar em Dominick. Greg tinha ligado e conseguido um lugar na plateia facilmente; obviamente, Dominick também. Mas por quê? Só para gritar com Spencer? Para humilhá-la?

– Então, aquele cara era um ex ou alguma coisa assim? – perguntou Greg, quando comprou MetroCards para os dois.

A cabeça de Spencer se virou. Era estúpido se fazer de boba; o estresse da discussão com Dominick provavelmente estava óbvio em seu rosto.

– Seu nome é Dominick. Eu só o conheço do meu blog. Ele tem me perseguido por alguma razão. Não sei o motivo. Algumas pessoas simplesmente odeiam tudo.

Greg andou até as escadas que levavam à plataforma do centro.

– Bem, tente esquecê-lo. Você foi ótima hoje. Esteve tão natural na frente das câmeras.

– Bom, eu já fui entrevistada tantas vezes que já estou acostumada com isso – disse Spencer, rindo timidamente.

Eles entraram na plataforma para o centro. Um sinal dizia que o trem local, o qual eles esperavam, pararia em um dos trilhos, e o trem expresso chegaria no outro. No momento não havia nenhum trem lá. Os trens para fora da cidade estavam do outro lado da plataforma, separados por algumas traves de metal e alguns trilhos de aparência perigosa. Em grande parte, as plataformas estavam vazias, com poucas pessoas vagando para cima e para baixo, usando fones de ouvido ou mexendo em seus celulares. Spencer começou a andar pela plataforma da estação, observando os cartazes nas paredes. Havia um de uma nova série dramática da HBO que ia estrear; alguém havia pintado os dentes da atriz principal de preto e lhe dado chifres de diabo.

Spencer olhou para Greg, captando algo.

– Como você sabe desse lugar no Village, de qualquer modo? Pensei que você vivesse em Delaware.

Greg concordou.

– Meus pais se divorciaram quando eu tinha sete anos, e meu pai se mudou para cá. Eu o visitei algumas vezes.

– Deve ter sido divertido.

Ele travou os dentes.

– Eu praticava esportes quando estava crescendo, então normalmente eu ficava bravo por perder o treino de futebol. Por muito tempo, não aproveitei o que a cidade tinha para oferecer. *E* eu odiei a nova esposa do meu pai, Cindy.

Spencer virou os olhos.

— Meus pais se separaram, também. Mas meu padrasto é legal. Talvez seja mais fácil porque sou mais velha.

— Talvez. — Greg encarou os trilhos do metrô com o olhar perdido. Spencer detestava olhar para lá por medo de ver um rato. — Cindy costumava me perseguir, na verdade.

— Sua *madrasta*? — interrompeu Spencer. — Como?

Greg ergueu um ombro.

— Ela me insultava e era manipuladora. Mas era dissimulada a respeito; agia como se me amasse todas as vezes em que meu pai estava por perto e negava todas as vezes em que eu disse que ela estava sendo má. *Ninguém* acreditava em mim.

— Isso é horrível — sussurrou Spencer, sentindo um aperto no coração. — O que você fez?

Greg enfiou as mãos nos bolsos.

— Eu só... deixei estar, por um tempo. Então, quando pude falar, disse ao juiz que não queria visitar mais meu pai. Eu fui um idiota, na verdade, porque não falei para o juiz o que Cindy estava fazendo. Pensei que isso destruiria meu pai; eles teriam que investigar os dois. Mas uma hora ele descobriu. Cindy confessou tudo, bêbada, um pouco antes de deixá-lo. Ele pediu desculpas algumas vezes, mas já era tarde demais. — Greg arrastou os pés. — Sempre digo que fiquei de lado e observei os outros garotos serem perseguidos, mas não é a verdade. Tenho vergonha demais para contar a *minha* história. Ela era, tipo, da metade do meu tamanho. E *velha*.

— Isso não importa — disse Spencer. — Abuso emocional é abuso emocional, não importa de onde vem.

Greg concordou vagarosamente. Então, ele ergueu os olhos para Spencer, com o rosto um pouco pálido, como se estivesse prestes a começar a chorar.

– É por isso que eu fiz essa aqui. – Ele mostrou a ela a tatuagem do pássaro na mão. – Senti como se ela me desse... poder ou alguma coisa assim. Não sei. – Ele engoliu com força. – Eu nunca contei a ninguém sobre Cindy, na verdade – admitiu ele.

– Bem, eu estou feliz que você me contou – disse Spencer delicadamente, sentindo-se tocada.

Greg concordou.

– Estou feliz, também. – Ele esfregou a tatuagem do pássaro com os dedos. – Se eu algum dia puder devolver o favor a você, estou aqui.

O coração de Spencer pareceu se revirar de um lado para outro. Era legal conversar com alguém que não suas amigas. Greg acreditaria nela, ela sabia. Sobre *qualquer coisa*. Ela se inclinou para a frente e tocou o rosto dele com seus lábios.

– Obrigada.

Greg agarrou suas mãos. Ele olhou nos olhos dela significativamente, e Spencer sabia que eles se beijariam de verdade. Ela abriu os lábios e se moveu para mais perto. Parecia que só havia eles dois, feridos e quebrados, mas resilientes, contra o mundo.

Um sopro de vento passou. Um trem local acelerou pelo túnel, e Spencer se afastou de Greg. Ela se repreendeu, sentindo-se ridícula. O que estava fazendo, beijando um completo estranho? Ela não tinha *acabado* de declarar os garotos banidos de sua vida?

Os vagões rugiram alto pelos trilhos ao entrar na estação. Os vagões pararam e as portas se abriram. Os passageiros entraram e saíram numa confusão, a plataforma subitamente muito cheia. Spencer encarou vagamente a massa de pessoas para não precisar fazer contato visual com Greg. Um flash de cabelos loiros se moveu perto de um dos suportes internos do vagão. Spencer olhou pela segunda vez.

Era *Ali*.

Ela estava mais magra, a pele meio cinzenta, e tinha os cabelos engordurados, como Emily descrevera. Ali a encarou com um ar de desafio, um sorriso maldoso no rosto. Tão ousada. Tão descarada. Como se dissesse: *Que se dane, Spencer. Posso fazer o que eu quiser.*

– Ei! – gritou Spencer, correndo para a beirada da plataforma. Mas ela não podia *chegar* a Ali, na realidade – um conjunto completo de trilhos a impedia.

– *Olhe!* – Spencer apontou furiosamente para a garota no carro oposto a eles. Poucas pessoas na plataforma olharam para Spencer quando ela esticou o braço. – É *Alison*! – gritou ela, mas suas palavras foram subitamente abafadas pelo metrô que entrava na estação. Era o trem que ela e Greg esperavam, o que ia para o centro.

– Spencer? – disse Greg, tocando seu braço. Ou, pelo menos, Spencer *pensou* que foi o que disse; era impossível escutá-lo com certeza.

Ela se virou e apontou para as portas abertas do outro lado da plataforma. *Alison!*, articulou ela, esperando que ele entendesse. *Ela está naquele trem!*

Greg franziu as sobrancelhas. Ele balançou a cabeça, então apontou para a própria orelha. Spencer gesticulou furiosamente, e Greg *olhou* para a direção de Ali, mas muitas pessoas haviam entrado no trem. Seu rosto não estava mais à vista.

– Alison! – disse Spencer, vez após vez. Poucas pessoas olharam também, mas a maioria olhou para Spencer como se ela estivesse louca. Então Ali reapareceu, ainda no vagão. Ela olhava pela janela, seus olhos brilhantes e astutos. Um alarme soou. *As portas vão se fechar. Afastem-se delas, por favor,* uma voz gravada anunciou.

Vagarosa e amargamente, as portas do trem se fecharam, selando Ali lá dentro. Ela riu cheia de maldade para Spencer através do vidro. E enquanto o metrô partia, ela levantou alguns dedos para acenar. *Vejo você depois*, ela articulou. E, então, partiu.

16

PARAÍSO PERDIDO

Pela primeira vez no que pareceram ser anos, Emily acordou em sua cama em Rosewood com um grande sorriso no rosto.

Jordan foi seu primeiro e único pensamento.

A possibilidade de que pudesse ser libertada e de que Emily pudesse passar um tempo com ela – tempo *de verdade*, sem precisar se esconder – encobriu Ali. Triunfou sobre o telefonema desapontador de Fuji na noite anterior, dizendo que o cabelo no moletom era de Spencer. Sobrepujou até a mensagem de Spencer que dizia que tinha, com certeza, visto Ali em um trem no metrô de Nova York. Tudo o que Emily podia pensar era na sensual, bonita, irresistível Jordan. A noite toda.

Cantarolando para si mesma, passeou pelo quarto e encarou sua expressão sonhadora no espelho. *Jordan, Jordan, Jordan.* Ela definitivamente precisava se programar para outra visita na prisão, em breve. E escrever cartas para ela, é claro. E talvez lhe comprar um presente. Mas o quê? Emily se perguntou o que alguém poderia mandar para um interno da prisão. Um livro, talvez? Uma joia inofensiva?

Ela deslizou pelas escadas para a mesa do café da manhã, na qual seus pais estavam assistindo à televisão.

– Ovos mexidos – disse o sr. Fields, gesticulando para o fogão.

– E café – acrescentou a sra. Fields.

– Obrigada – Emily quase cantou. – Mas não estou com fome. – Ela estava muito acelerada para comer. E certamente não precisava de nada artificial, como café, para fazê-la sentir-se mais acordada ou mais viva.

Emily afundou na cadeira, sorrindo vagamente para o guardanapo em formato de galinha no centro da mesa. Será que ela já havia contado a Jordan sobre o fetiche de sua mãe por galinhas? Ela provavelmente acharia aquilo muito engraçado. Havia *tanto* que Emily precisava contar a Jordan, detalhes que somente ela ia querer saber. Talvez, em breve, Emily tivesse todo o tempo para fazer aquilo. Ela deixou escapar um suspiro desejoso, saboreando como aquilo seria maravilhoso.

A sra. Fields tomou um gole de seu café.

– Então, precisamos comprar um novo vestido para você para o evento de caridade de Rosewood? – perguntou ela a Emily, do outro lado da mesa.

Emily olhou para cima e piscou. Por um segundo, ela não fazia ideia do que sua mãe estava falando.

– Ah, não precisa, tudo bem – tranquilizou ela, depois de se lembrar. – Tenho certeza de que tenho alguma coisa no meu armário.

– Seria divertido – disse a sra. Fields, com um pequeno sorriso no rosto. – Você está planejando trazer alguém?

Emily sorriu, sonhadora. Se ela pudesse levar Jordan... Elas se divertiriam *tanto* lá, dançando, empilhando sobremesas deliciosas, escapando para se agarrarem...

– Emily? – A sra. Fields olhou para ela, curiosa. – Você está bem?

Emily sorriu. Ela ficou tentada a contar para a mãe sobre Jordan, especialmente porque ela poderia ser liberada em poucos meses. Mas talvez fosse melhor esperar um pouco, até que sua mãe se recuperasse um pouco mais do ataque cardíaco.

– Só estou feliz que é quarta-feira! – cantarolou ela, olhando pensativa para o teto.

Seus pais trocaram um olhar nervoso. A sra. Fields limpou a garganta.

– Estamos preocupados com essas marcas. *Onde* você as conseguiu? Na piscina?

Emily tocou o pescoço. Ela quase tinha esquecido as marcas.

– Não importa – respondeu ela, com um fio de voz. – Eu estou bem.

Então, o sr. Fields se mexeu na cadeira.

– Ah, meu Deus – disse ele, com um gemido, sua testa se franzindo para alguma coisa que vira na tela da televisão.

Emily seguiu seu olhar. A foto de presidiário de Nick apareceu. Era uma atualização no caso de assassinato.

– Os advogados de Nicholas Maxwell nos informaram que ele vai alegar insanidade por todos os assassinatos – declarou um repórter, em um colete feio. – Ele esteve internado em manicômios no passado, e seus advogados estão confiantes de que não era um membro mentalmente estável da sociedade quando cometeu esses crimes.

– O quê? – grasnou Emily, frustrada. Não parecia ser justo que Nick pudesse alegar insanidade... ele seria jogado de volta na clínica psiquiátrica ou alguma coisa do gênero. Emily queria que ele apodrecesse na cadeia.

Nervosa, a sra. Fields olhou para Emily.

– Talvez nós devêssemos desligar isto.

– Tudo bem – disse Emily no mesmo instante. Ela queria ver o resto da reportagem.

Então veio uma tomada da casa dos Maxwell, uma propriedade grande em Nova Jersey. Emily tinha visitado a casa, na verdade, com Iris, apenas algumas semanas antes. Iris tivera uma paixão não correspondida por Nick – ela o havia conhecido como Tripp – enquanto eram internos na clínica psiquiátrica, e ela queria mexer nas coisas dele para descobrir se ele sentia o mesmo. Enquanto as duas davam uma busca pela casa, acharam um velho telefone de Tripp; havia uma foto de Ali nele. Foi a única pista de que Ali e Nick estavam secretamente ligados – e a razão, Emily tinha certeza, para o desaparecimento de Iris.

– Esta é a casa em que Maxwell cresceu – informou a voz do repórter, a casa grande ainda na tela. – Desde que a história veio à tona, vândalos quebraram janelas e tentaram danificar a propriedade de diversas formas. Manifestantes fizeram a mesma coisa nas outras casas dos Maxwell da área. A família teve um longo histórico de investimentos em imóveis, tendo diversas casas no mercado.

As notícias mudaram para uma história sobre um trator que capotara na rodovia I-76, mas Emily não conseguia mais prestar atenção. Alguma coisa sobre a última reportagem ficou martelando no seu cérebro. De repente, percebeu o que era: não sabia que os Maxwell possuíam várias propriedades na área. Havia uma casa, no entanto: a casa na frente da qual conseguiram uma foto de Ali, tirada por uma câmera de vigilância. O amigo de Spencer, Chase, que tinha um site de teorias da conspiração e que acompanhava também o caso de Ali, encontrara aquela foto, e ele e Spencer haviam rastreado a casa – não que tivessem achado qualquer evidência de Ali lá dentro. Mas ela *era* de Joseph e Harriet Maxwell – os pais de Nick, mesmo que eles não soubessem disso na época.

Quais eram as outras propriedades da família? Será que Ali estava escondida em uma delas?

Rangendo os dentes, Emily levantou-se devagar e olhou em volta sem enxergar nada, mas, de alguma forma, esperando obter uma resposta.

Nada lhe ocorria. Ela se dirigiu para fora da cozinha.

– Emily? – sua mãe chamou por ela. – Você deveria comer alguma coisa!

– Eu volto já! – gritou Emily.

Uma colher bateu em uma tigela com estardalhaço.

– Ela está agindo tão *estranhamente* – Emily escutou sua mãe sussurrar.

Emily continuou a subir as escadas e seguiu pelo corredor até seu quarto. Fechou e trancou a porta, jogou-se na cama e olhou no laptop. Um tempo atrás, Spencer havia lhe mostrado o link para o cartório de registros do condado, que listava os nomes de cada transação imobiliária na área da Filadélfia, todas disponíveis para consulta pública. Ela buscou o site e digitou *Maxwell*. Uma série de combinações surgiu, e ela refinou a busca rapidamente. Claro que a casa de Rosewood estava na lista – e agora estava à venda. Havia outra casa em Bryn Mawr, como também um grupo de propriedades que já tinha trocado de donos. E então, no final da página, seu olhar se fixou em um último resultado. *Ashland*. O status era: À Venda.

Sua mente paralisou. Os Maxwell tinham uma casa em Ashland, onde elas estiveram há cinco dias. Emily pensou novamente no deslize que a caixa da loja de conveniência, Marcie, cometera, a respeito de uma loira comprando água. Talvez ela *realmente* soubesse de alguma coisa. Talvez Ali fosse uma cliente regular.

Ela clicou no link, esperando que mostrasse um endereço, mas não havia mais detalhes. Como descobriria onde ficava a casa?

Emily ligou para as amigas, uma por uma, Spencer, Aria, e Hanna, mas nenhuma delas respondeu. Ela largou o telefone no colo, sentindo-se ansiosa. Precisava falar com alguém sobre aquilo. Alguma coisa precisava ser feita – *agora*. Isso parecia ser uma pista vital. Emily se sentia muito confusa para pensar claramente ou para decidir o que quer que fosse.

Jordan. Talvez ela tivesse algum conselho. Talvez pudesse ajudar Emily a pensar em maneiras de resolver essa confusão, encontrando Ali antes que ela machucasse mais alguém. O número da Unidade Correcional de Ulster ainda estava na lista de chamadas de seu celular. Mas será que prisioneiros podiam receber chamadas? Não era como no acampamento, para onde pais ou amigos podiam ligar no telefone do escritório e os campistas podiam ligar de volta; os presidiários provavelmente podiam falar apenas com seus advogados.

Será que o advogado de Jordan ajudaria? Emily se lembrava do nome – Charlie Klose – e procurou informações sobre ele depois de ter saído da penitenciária. Era tão renomado e respeitado quanto Jordan dissera. Talvez pudesse ligar para ele e pedir que fizesse uma ligação para a penitenciária. E então ele a colocaria na linha.

Acomodando-se contra vários travesseiros, ela buscou o site do escritório de advocacia de Charlie e achou o contato. Emily bateu os dedos nervosamente contra a parte de trás do telefone enquanto a ligação era completada.

Finalmente, a voz de um homem atendeu:

– Charlie Klose.

– Sr. Klose? – A voz de Emily estava esganiçada. – Hum, meu nome é Emily Fields. Sou amiga de Jordan Richards.

– Emily Fields. – A voz de Charlie Klose se modificou ao ouvir seu nome. – Sim. Jordan me falou muito sobre você. Você é a garota que passou por toda aquela maluquice em Rosewood.

– Certo. – O coração de Emily batia forte. Parecia uma abertura, pelo menos ele sabia quem ela era. – Bem, de qualquer maneira, eu preciso lhe pedir um favor, se o senhor não se importa. Será que há uma maneira de o senhor ligar para Ulster e me colocar em contato com Jordan? Eu sei que não é permitido, mas realmente preciso falar com ela. Não é sobre seu caso. E só levaria alguns minutos, prometo.

Houve uma longa pausa. Um nó se formou na garganta de Emily. Ele ia dizer não. Ela sentia isso. Como podia ser tão estúpida? Aos olhos dele, ela era uma adolescente boba.

– Eu não sei como lhe dizer isto, Emily – disse Charlie, a voz se partindo. – Mas alguma coisa aconteceu na prisão. Jordan... se foi.

– *Se foi?* – Emily deu um pulo. – O que você quer dizer? Ela *escapou*? – Já tinha acontecido antes: Jordan fugira da cadeia em Nova Jersey e se escondera no mesmo navio de cruzeiro em que Emily estava. Foi assim que elas se conheceram. Mas por que Jordan fugiria agora? Ela parecera tão otimista sobre o caso. E, agora, tinha deixado Emily para sempre?

– *Não, ela não fugiu.* – Klose parecia engasgado. – Eu-eu não sei os detalhes, então não posso lhe contar tudo, mas ela foi... morta. Na noite passada.

Emily piscou com força. Seus dedos afrouxaram em torno do telefone, que escorregou de sua mão.

– Perdão? – perguntou ela, com um fio de voz, levantando o aparelho de volta para sua orelha.

As palavras dele foram apressadas.

– Houve uma briga com uma interna chamada Robin Cook... Eu não sei quem ela é ou qual a relação que tinham. Mas Jordan se foi. Os pais dela já identificaram o corpo.

A bílis subiu pela garganta de Emily.

– Por que alguém ia querer matá-la?

– Eu não sei. Mas Robin Cook não foi encontrada em sua cela de manhã. Foi *ela* quem escapou.

– O quê?! – gritou Emily.

– Sinto muito ser eu a lhe dizer isso, Emily – lamentou ele, numa voz baixa. Então, desligou.

Pontos se formaram na frente dos olhos de Emily. *É uma mentira*, ela pensou. Tinha de ser. Jordan não podia estar morta. Emily tinha acabado de *vê-la*.

Ela ficou de pé no quarto silencioso e vazio, encarando sua penteadeira, então sua mesa, então sua cama. Ela tinha essas mesmas coisas desde que era criança, mas de repente elas lhe pareceram tão desconhecidas. *Tudo* lhe pareceu desconhecido, até mesmo suas mãos trêmulas e a camiseta velha de Rosewood Day que ela vestia.

Jordan está morta. Jordan está morta.

Como um zumbi, andou até o armário e o abriu. Ela chutou para o lado os sapatos empilhados no fundo e se enfiou pelas calças e vestidos pendurados. Ela se sentou no chão, abraçando os joelhos. E então, fechou a porta atrás dela. O armário estava escuro e cheirava a borracha. Parecia um túmulo. Seus pensamentos tentavam chegar a Jordan, mas não conseguia atingi-la. Sua mente parou de avançar, na verdade, como se houvesse uma barreira física ali. Seu corpo não estava nem pronto para chorar, também. Não estava pronto sequer para respirar.

A mensagem de Spencer da noite anterior voltou para ela. *Ali está em Nova York.* Emily tinha recebido aquela mensagem por volta das 21 horas. A prisão de Ulster ficava a apenas uma hora ou menos da cidade... E, de acordo com o advogado, Jordan havia morrido na noite passada. O coração de Emily disparou.

Nada daquilo parecia ser uma coincidência.

17

O COVIL

Hanna dirigiu tão rápido quanto pôde para Ashland, as estradas misericordiosamente com pouco tráfego. Grande parte das curvas era acentuada, e o CD que estava ouvindo pulou quando o carro atravessou a velha ponte coberta. Ela não conseguiu pensar em nada enquanto dirigia, embora houvesse várias boas razões para isso. A primeira é que ela estava com uma ressaca monumental – apanhara o último trem da Amtrak de volta para Rosewood na noite anterior e só tinha dormido quatro horas. No único sonho confuso de que podia se lembrar, estava em um encontro com Mike e tinha se inclinado para beijá-lo, mas, quando se afastou um pouquinho, era Jared sorrindo para ela. Por que havia deixado Jared beijá-la, *pelo amor de Deus*? E se Mike descobrisse?

Mas, mais do que aquilo, ela estava distraída pela mensagem de voz chorosa e quase incompreensível que Emily havia deixado nesta manhã: *Jordan está morta. Acho que foi a Ali.*

Depois do que pareceram ser zilhões de quilômetros, o minimercado Turkey Hill surgiu ao longe. Hanna ligou a seta para indicar que entraria no posto de gasolina. O minimercado estava vazio. Hanna buscou na área dos caixas, esperando ver a mesma mulher do outro dia atrás do balcão, mas havia um cara grande com um cavanhaque comprido em seu lugar. Não tinha certeza do motivo pelo qual Emily queria encontrar todas elas ali para falar sobre a morte de Jordan, mas certamente não ia discutir com uma garota que havia perdido seu verdadeiro amor.

Enquanto dirigia pelas bombas de gasolina, seu celular apitou. Era Hailey. *A Noite Passada Foi Tão Divertida! Olha Só!*

Ela enviara diversas fotos delas na festa de estreia. A última era de Hanna grudada com Jared, em um beijo. Hanna apertou o telefone, horrorizada. *Por favor, delete isto!,* ela escreveu de volta, no mesmo instante.

Pode deixar. Seu segredo está seguro comigo. Hailey usou um emoticon piscando. E então: *Ei, você pode falar agora?*

Hanna estava para ligar para Hailey quando viu o carro de Emily no estacionamento. Estava na última vaga, perto das lixeiras. Hanna pôde ver a silhueta de Emily no banco do motorista através da janela. Ela estava olhando fixamente para a frente, totalmente sem expressão.

Desculpe-me, não é uma boa hora, Hanna respondeu a Hailey e jogou seu telefone no banco. Saindo do carro, deu uma corridinha até Emily, os cadarços de seus sapatos Ugg batendo no pavimento – tinha acordado tão confusa que se esquecera de calçar sapatos mais apropriados. O motor do Volvo ainda estava funcionando, e o ar quente soprava no rosto de Emily. Mesmo assim, ela tremia. As lágrimas escorriam pelo seu rosto. O coração de Hanna se quebrou em mil pedaços.

Pneus cantaram atrás dela. Spencer e Aria, no carro de Spencer, derraparam no estacionamento, saíram do carro e também correram até Emily. Como Hanna, ambas pareciam exaustas. Aria ainda usava maquiagem pesada, possivelmente de sua mostra de arte na noite passada. Spencer estava de shorts jeans e um suéter preto enorme; havia círculos escuros embaixo de seus olhos. Hanna queria perguntar a elas como suas noites tinham sido – as duas tinham tido programas legais e excitantes. Mas parecia inapropriado, considerando o que acontecera com Emily.

Hanna abriu a porta de Emily. Sua amiga nem levantou a cabeça para olhá-la.

– Em... – disse Hanna, pegando a mão de Emily. Estava congelada. – Sinto muito. O que houve?

Mais lágrimas correram pelas faces de Emily.

– É tudo mentira – disse ela, sem emoção. – O advogado de Jordan está dizendo que foi um episódio de violência prisional sem sentido. Um acidente. Mas eu sei a verdade. Foi Ali. Ela estava em Nova York... Spencer a viu no metrô. Ela deve ter ido à prisão depois. Ela entrou e matou Jordan.

Hanna piscou com força. Não fazia o menor sentido.

– Então você está dizendo que ela, tipo, invadiu a prisão e matou Jordan? – perguntou com gentileza.

– Sim – disse Emily, travando os dentes. Ela parecia tão certa.

– Mas as prisões não são *realmente* seguras? – perguntou Aria, sentando-se no banco de trás. – Você está dizendo que Ali não apenas invadiu o lugar, como também conseguiu chegar às celas?

– Acho que sim – teimou Emily. – Ou, talvez, um Gato de Ali tenha feito isto.

Spencer deu uma fungadela.

– Você acha que um deles está na prisão?

– Eu não sei! – Emily parecia exasperada. Ela fez uma pausa para limpar as lágrimas do rosto com um lencinho tirado de um pacotinho com figuras de um homem de neve. – Vocês não leram aquele post no site dos Gatos de Ali que eu mandei para vocês? Era sobre como alguns deles odeiam quem quer que odeie Ali, e como eles desejam machucar qualquer inimigo dela. Talvez essas pessoas sejam malucas o suficiente para matar em nome de Ali. Ali *precisa* estar por trás disso, meninas. Ela viu que eu estava feliz, e tinha de estragar tudo. – Emily fez uma pausa e engoliu com dificuldade. – Quando me encurralou na piscina, ela estava louca, tipo, dizendo: *Diga que me ama*. Eu não pude falar. Só podia pensar em Jordan. E o olhar no rosto dela quando eu disse não... Bem, ela ficou furiosa. Foi por isso que me empurrou para debaixo d'água, mas também foi por isso que ela me deixou ir. Acho que me matar não teria sido satisfatório. Ela precisou matar a pessoa pela qual eu estava apaixonada. Ela queria que eu vivesse e sofresse.

– Ah, meu Deus. – Hanna cobriu a boca com a mão. As outras pareciam tão espantadas quanto ela. Emily não havia lhes contado sobre a coisa do "Diga que me ama".

Emily olhou em volta para as outras com um ar tenebroso no rosto. Seu queixo tremia violentamente.

– Ela vai arruinar a felicidade de vocês, também. Marquem o que eu digo.

Hanna tremeu, seus pensamentos indo instantaneamente para o beijo com Jared na noite anterior. Ali não poderia saber *daquilo*, poderia? Emily tirou outro lencinho de papel do pacote.

– Precisamos pegá-la, gente. Antes que ela faça mais alguma coisa.

– Como? – perguntou Spencer. – O moletom foi um beco sem saída, lembram-se? Não temos ideia de onde ela está morando ou de como sabe o que fazemos. Estamos de mãos amarradas até vê-la novamente.

– Talvez possamos tentar descobrir na prisão se algum visitante entrou ou saiu na noite passada, não? – sugeriu Aria.

Spencer zombou dela.

– Não sei por quê, mas acho que Ali não se registrou lá usando a verdadeira identidade.

– Ou então nós poderíamos ir ver isto. – Emily se abaixou e tirou do chão uma revista sobre imóveis que Hanna sempre via exposta na mercearia orgânica de Rosewood. Ela folheou até uma página que estava marcada com um Post-it e apontou para a fotografia de uma casa de pedra com aspecto majestoso que parecia muito com a "Fallingwater", do arquiteto Frank Lloyd Wright. ASHLAND, dizia o anúncio, REFÚGIO ISOLADO, EM DEZ ACRES, dizia a descrição do corretor.

– Eu vi no noticiário que a família Maxwell tem muitas propriedades na Pensilvânia – explicou Emily em voz baixa. – Fiz algumas pesquisas, e uma delas era uma propriedade em Ashland, e está à venda. Eu virei a internet do avesso, e esta é a única casa que combina. Tem de ser esta.

No banco de trás, Spencer pegou a revista. Ela estudou a foto por um longo tempo e depois disse:

– E, já que o recibo do Turkey Hill era daqui, você acha que talvez Ali esteja lá?

Emily assentiu.

– Ali provavelmente sabia de todas as casas da família de Nick. E se as propriedades estão desocupadas por um tempo, talvez ela tenha descoberto que podem ser um bom lugar para se esconder.

Aria piscou.

– Mas os policiais não revistaram essas casas? Nick é, tipo, um assassino em série. Eles devem ter querido se certificar de não haver mais corpos ou evidências.

– Eles podem até ter revistado todas elas – disse Emily –, mas o relatório não mencionou nada. E não é como se eles pusessem os lugares sob vigilância constante. Ali pode ter se esgueirado para lá depois da busca.

Hanna gesticulou para a revista.

– Isto parece tão óbvio... Quero dizer, primeiro achamos um recibo que nos traz para Ashland, e nós *já* sabíamos que Ali ficou na casa dos Maxwell na cidade. Parece muito fácil.

– Ou talvez ela esteja ficando descuidada – sugeriu Emily. – Ela não tem mais o Nick para cuidar dela. Talvez não perceba que nós ligamos os pontos. Acho que nós deveríamos conferir a casa.

Aria torceu a boca.

– Eu não sei, Em.

Hanna concordou, embora não tivesse falado em voz alta. Parecia que Emily estava tentando forçar peças desencontradas de um quebra-cabeça para que se encaixassem.

Mas, por outro lado, a amiga *tinha* razão em um ponto. Hanna relembrou a voz leve, melodiosa, mais do que animada de Emily quando lhe falou sobre a provável libertação de Jordan. Não era exagero dizer que ela nunca, *nunca* tinha ouvido Emily tão feliz. Um tapete fora puxado de seus pés – uma *vida* inteira. Não admirava que ela agisse assim.

Spencer enrolou uma mecha de cabelo no dedo.

– Seria invasão de propriedade. E pode ser uma armadilha.

Os olhos de Emily faiscaram.

– Eu sabia que vocês agiriam assim, meninas. Ela arruinou minha vida. Vou até os confins do mundo para encontrá-la. E se precisar fazer isto sozinha, é o que farei. – Ela agarrou o volante, cheia de convicção.

Hanna olhou para Spencer e Aria, preocupada. As duas tinham a mesma expressão de choque no rosto.

– Ei – disse Hanna rapidamente, tocando o ombro de Emily. – Você não vai fazer isto sozinha. Nós vamos todas juntas, certo?

– Nós não vamos deixar você se machucar – acrescentou Spencer.

– Mas prometa que se alguma coisa parecer assustadora, saímos de lá – Aria fez coro. – Certo?

– Arrã – disse Emily automaticamente, mas o olhar duro em seus olhos fez Hanna pensar que Emily estava preparada para *todos* os tipos de coisas assustadoras. E se Spencer tivesse razão? E se Ali soubesse que elas estavam indo? E se estivesse esperando por elas?

No que estavam se metendo?

Mesmo colocando o endereço que constava na lista da imobiliária no GPS do telefone de Spencer, Emily deu várias voltas erradas antes de conseguir encontrar a propriedade dos Maxwell. O único indicativo de que ali havia uma casa era uma pequena caixa de correio vermelha que aparecia no meio das árvores, mas Emily entrou corretamente à esquerda, no final das contas. Um longo caminho de cascalhos conduzia em frente, quase reto. Os pneus do carro faziam um barulho alto nas pedras, esmagando-as. O carro estava cercado dos dois lados por pinheiros e carvalhos altos. De noite, o lugar deveria ser completamente escuro, com as árvores encobrindo as estrelas e a lua.

Elas chegaram a casa, que parecia ser exatamente como nas fotos da revista: muitos andares, fachadas de pedra, fileiras de janelas imensas e altas. A varanda estava limpa e varrida. Flores despontavam de canteiros no jardim frontal. Chaminés em formato de tubo se penduravam nos beirais. Hanna captou um odor levemente marinho, parecido com o de algas; talvez houvesse um riacho lá atrás no bosque. Havia um aviso no jardim da frente e uma trava eletrônica na porta.

Emily desceu imediatamente do carro e começou a olhar em volta. Hanna a seguiu, porque não queria que ela fosse muito longe sozinha.

– Não há ninguém aqui – chamou Hanna rapidamente. – Acho que estávamos erradas.

– Sim, vamos embora – disse Aria, com a voz tremendo. – Eu já vi tudo que precisava.

Mas Emily não parecia ouvi-las. Ela tocou a casca branca de uma bétula, que se desprendia, então caminhou até uma das janelas e espiou para dentro da casa.

– Em, tem uma trava eletrônica na porta – chamou Spencer, que também saíra do carro. – Ali não seria estúpida de continuar a se esconder aqui se há compradores em potencial visitando o lugar, não é?

– E eu aposto que esta casa tem um sistema de segurança particular – acrescentou Aria, com os olhos vasculhando a propriedade. – Um alarme dispararia se Ali tentasse entrar.

– Viu? Isso é tudo – disse Hanna, voltando ao carro. – Vamos sair daqui.

Mas então Emily apontou para um caminho no jardim lateral.

– O que é aquilo?

Ela correu até os fundos da casa. Hanna e as outras trocaram um olhar preocupado e a seguiram relutantemente. A varanda circundava a casa e se estendia até o jardim dos fundos. Um pátio de ardósia se destacava lá atrás, decorado com móveis baixos e uma lareira de granito. Havia também uma piscina oval de bordas infinitas, ainda com a cobertura de inverno.

– Este lugar é mais legal do que a casa dos Kahn – murmurou Aria, olhando uma enorme cachoeira nas pedras e três grandes estátuas gregas de mulheres esculturais nuas.

Alguma coisa estalou atrás de Hanna. Ela se virou e espiou o céu. Três galhos balançavam. Alguma coisa se moveu no bosque. Os pelos de seu braço se arrepiaram. Mais uma vez, ela pensou na mensagem escrita com giz no chão do lado de fora do estúdio. *Quebre umA perna, Hanna.*

– Meninas... – começou ela, nervosa.

Emily marchava pela área da piscina, parecendo incólume ao perigo. Hanna correu até ela, observando como Emily caminhava cheia de propósito por um caminho estreito, empurrando os galhos para fora do caminho e pisando em raízes grossas. Em poucos momentos, elas olhavam para uma construção quadrada e de dois andares escondida no bosque. Portas de celeiro meio apodrecidas fechavam a entrada. Teias de aranha dominavam a varanda. A maioria das janelas estava coberta. Folhas mortas e galhos quebrados cobriam o telhado, e uma das venezianas batia, fazendo barulho.

– Que lugar é este? – disse Aria sem fôlego, encarando o telhado erodido.

– Uma casa de piscina, talvez – disse Spencer. – Ou talvez algum tipo de galpão de ferramentas.

— Mal dá para *encontrá-la* — ressaltou Emily. Seus olhos brilhavam de repente. — Ali pode não ser cara de pau o suficiente para ficar na casa principal. Mas e *aqui*?

A sensação de arrepio na pele de Hanna se intensificou. Este *realmente* parecia um lugar em que Ali se esconderia. Ela se virou na direção do som que vinha do bosque novamente. Alguém podia estar escondido lá, observando-as enquanto descobriam a casa.

Antes que alguém pudesse impedi-la, Emily subiu os degraus e espiou por uma pequena parte da janela que não estava coberta com papelão.

— Não consigo ver nada — disse ela. Ela foi até a porta e testou a maçaneta.

— Em, não! — guinchou Aria, cobrindo os olhos. Hanna deu um pulo para a frente para agarrar sua mão.

Mas Emily empurrou Hanna para longe e mexeu na maçaneta com força. Ela virou, e a porta se abriu para dentro da casa. Hanna se encolheu e se moveu para trás, com medo de que alguma coisa explodisse. Ou, ainda pior, *Ali* aparecesse.

Mas só houve silêncio.

Todas esperaram um pouco. Spencer tossiu. Aria espiou por entre os dedos. Hanna olhou para dentro do espaço escuro, incapaz de fazer qualquer coisa além disso.

Emily endireitou as costas.

— Vou entrar.

Spencer gemeu e trotou atrás dela. Aria foi a próxima. Hanna tropeçou nos degraus da varanda, definitivamente não querendo ficar lá fora sozinha. Assim que ela cruzou o limiar da porta, o vento mudou, soprando um aroma familiar em suas narinas. Seu coração parou. Aria se virou e a encarou. Seus olhos também estavam arregalados.

— Baunilha — sussurrou Aria.

— *Viram?* — sibilou Emily.

Ela tirou uma lanterna de sua mochila e a acendeu. Hanna gemeu novamente, aterrorizada com o que elas poderiam ver, mas o cômodo estava praticamente vazio. Teias de aranha, enormes e sedosas, enfeitavam os cantos, a maioria salpicada de insetos aprisionados e mortos. No canto oposto do lugar, havia um pequeno balcão, uma pia, e uma geladeira enferrujada cujo cheiro Hanna podia apenas imaginar. Uma mesa pequena ficava no canto, com uma cadeira que combinava e não tinha uma das pernas. Embaixo da mesa, havia uma pilha de folhas mortas. Dava para ver outro cômodo à esquerda, e havia uma porta estreita à direita. Escadas conduziam ao segundo andar.

Ninguém se mexeu, à exceção de Emily, que correu até o balcão e abriu a única porta e a única gaveta dele. As duas emperraram um pouco, provavelmente empenadas. Ela abriu a geladeira — vazia —, passou a mão pelos peitoris das janelas e tentou o filtro de água — que não funcionou. Hanna espiou no segundo cômodo, usando seu celular como lanterna. Não havia nada lá, somente uma velha escrivaninha. Ela sabia que devia olhar nas gavetas, mas estava muito assustada. *Devemos ir embora*, uma voz ficava martelando dentro dela. *Isso não está certo.*

Emily abriu a porta estreita e se engasgou; havia um vaso sanitário nojento e uma pia enferrujada atrás dela. Depois de abrir o único armário, ela fechou a porta novamente e disparou escada acima. Hanna ouviu seus passos; antes que alguém pudesse segui-la, ela desceu. Emily trazia alguma coisa entre os dedos.

— *Vejam.*

Ela jogou o facho de luz no embrulho plástico. Era um saco de pretzels Rold Gold.

— Vocês se lembram de como Ali comia isto no dia da coletiva de imprensa dos DiLaurentis? – perguntou Emily excitada, quase histérica. – Sabem, quando eles anunciaram que Ali tinha uma gêmea?

Hanna nunca se esqueceria daquele dia bizarro. Courtney – *Ali*, na verdade – tinha aparecido em um palco do lado de fora da casa nova dos DiLaurentis, e a família havia explicado que eles tinham trazido Courtney do hospital para casa para ajudar em sua cura. *Mentira, tudo mentira.* Se eles apenas não a tivessem libertado. Nada disso teria acontecido.

Depois das perguntas da imprensa, Ali convocou todas para dentro – tinha sido o começo da trama para vencê-las, fazê-las acreditar que ela era sua velha amiga. Elas se sentaram em volta da mesa da cozinha, e Ali comera pretzel atrás de pretzel, o barulho de sua mastigação se tornando o único som do lugar. *Prometo que não mordo*, dissera ela com um sorriso assustador no rosto.

Aria ergueu a cabeça.

— Muitas pessoas gostam de pretzels, gente. E Rold Gold é uma marca comum.

— Sim, não tenho certeza do que isso prova – disse Spencer delicadamente. – Provavelmente não tem nenhuma impressão digital nele.

Emily se irritou com as amigas.

— Não me digam que ela não esteve aqui. Eu *sei* que vocês todas sentiram o cheiro de baunilha.

— Sentimos – concordou Hanna, surpresa com o tom agressivo de Emily. – Mas não podemos ir à polícia com isso. Não é suficiente.

– Então o que devemos fazer? – gritou Emily, com os olhos em brasa. – Esperar que ela volte? Porque eu vou. Eu vou dormir aqui no chão para ter certeza de que vou apanhá-la.

– Em... – Spencer colocou a mão no ombro de Emily. De repente, Emily tremia. – Você não pode fazer isso. Você precisa se acalmar.

Aria colocou as mãos na cintura e olhou em volta.

– Talvez possamos manter este lugar vigiado de algum modo, sem nos machucarmos.

Hanna não gostou da ideia.

– O que você quer dizer?

O rosto de Emily se acendeu.

– Que tal vigilância em vídeo?

– Poderia funcionar – disse Spencer, cautelosa. – Meu padrasto tem câmeras em todas as suas casas-modelo. Dá para acessá-las remotamente, até mesmo de um tablet.

Emily concordou apressadamente.

– Podemos plantar algumas aqui. Hoje.

Spencer olhou para as outras. Hanna queria dizer não – aquilo significaria ter de ir buscar todo o equipamento e então *voltar* –, mas tinha medo do que Emily faria se elas não concordassem. Dormir no bosque, talvez. Sentar na varanda a noite toda, esperando por Ali.

– Acho que sim – disse Spencer. Ela tirou seu telefone. – Acho que a Best Buy vende kits completos dessas coisas que são fáceis de instalar.

– E então... o quê? Observamos de longe? – perguntou Aria.

– Certo – disse Spencer. – Podemos fazer turnos, cada uma de nós observando a casa em turnos diferentes. Se virmos alguma coisa, vamos à polícia.

Hanna passou a língua pelos dentes. Certamente parecia mais seguro do que encarar Ali diretamente. E um vídeo de Ali seria prova suficiente para a polícia ver que ela ainda estava viva.

– Vamos fazer isso – disse Emily. – Vamos *agora*.

Emily iluminou com a lanterna a porta para o jardim, e, quando ela se abriu, Hanna se preparou outra vez. Ela piscou ao observar o jardim silencioso e vazio. Os galhos das árvores balançavam suavemente. O sol brilhava alto no céu. As sombras que Hanna pensou ter visto no bosque não estavam mais lá.

Talvez elas nunca tivessem estado lá. Talvez Ali realmente *não* soubesse que elas estavam ali.

E talvez, desta vez, elas realmente conseguissem apanhá-la.

18

OPERAÇÃO TOCAIA

As quatro amigas passaram os minutos seguintes andando em volta da velha casa da piscina para decidir onde colocar as câmeras de vigilância quando as comprassem. A ideia era que voltassem lá mais tarde com todo o equipamento e uma escada e montassem tudo, disfarçando as câmeras cuidadosamente com galhos de árvores. Com sorte, naquela noite, teriam uma operação de vigilância completa, montada e funcionando.

Antes de acabar a montagem, Aria caminhou de volta para o carro. Momentos depois, Hanna se juntou a ela. As duas trocaram uma garrafa de água silenciosamente; os únicos sons eram a água batendo na garrafa e as duas engolindo.

– Estamos realmente fazendo isto? – sussurrou Hanna.

Aria engoliu a água. Hanna parecia tão apavorada quanto ela.

– Acho que sim.

– Você realmente acha que Ali está se escondendo ali?

Aria fechou os olhos.

– Eu não sei. Eu *quero* acreditar nisso, pelo bem de Em. E havia aquele perfume de baunilha, eu acho...

– Estou preocupada com ela – interrompeu Hanna.

Aria abriu os olhos. Parecia que Hanna estava prestes a chorar.

– Eu não consigo imaginar como é perder, de verdade, a pessoa que você mais ama no mundo – disse Hanna, hesitantemente.

– Eu sei – concordou Aria, com lágrimas nos olhos só de pensar.

– Mas, quero dizer, tenho medo de que Emily faça alguma coisa... *destrutiva*. E estou com medo de que não consigamos ajudá-la desta vez.

Aria engoliu com dificuldade. Ela teve um pressentimento de que Hanna falava sobre a tentativa de suicídio de Emily. Aria nunca conseguiria se esquecer daquele dia, quando viu Emily na beirada da ponte. A expressão de seu rosto tinha sido assustadora: foi como se ela simplesmente... tivesse desistido. Parada lá, pronta para pular na água. Graças aos céus, elas conseguiram convencê-la e Emily prometera que nunca faria algo assim de novo.

Mas aquilo tinha sido há três semanas, e agora Emily parecia confusa novamente. Só que, em vez de entregar os pontos, ela agia meio como se estivesse... *maluca*.

– Vamos ficar de olho nela – disse Aria, tocando a mão de Hanna. – E torcer para que tudo isso acabe em breve.

Ela estava prestes a dizer mais, mas então Spencer e Emily apareceram perto do jardim lateral e entraram no carro. Spencer parecia esgotada, mas a expressão de Emily ainda estava determinada, desafiadora e alerta.

– Certo – disse Emily enquanto deslizava para o assento do motorista. – Vamos para a Best Buy.

Emily desceu a longa e íngreme ladeira que conduzia à rua. Aria espiou por sobre seu ombro, de volta para a casa, com uma sensação estranha. E se Ali realmente usasse a propriedade como esconderijo? Será que Ali *realmente* tinha matado Jordan? Será que Ali viria atrás delas?

Aria tirou o celular do bolso e conferiu a tela. Sua nova agente, uma mulher chamada Patricia, tinha enviado uma mensagem sobre o sucesso da mostra da noite anterior. *Quatro compradores interessados em obras novas,* ela escrevera. Tinha recebido uma mensagem de Harrison, também. *Tenho uma porção de acessos no site graças à minha matéria exclusiva com você!*

Seu coração deu um pulo, excitado com todas essas notícias – especialmente porque Harrison assinara com uma dúzia de *Xs* e *Os*. Mas Aria não se sentia tão animada quanto deveria. Elas realmente, *realmente* precisavam apanhar Ali antes que ela arruinasse tudo em suas vidas.

Emily pisou com força nos freios, fazendo Aria levantar voo contra o cinto de segurança. A garrafa de água que ela e Hanna compartilhavam rolou para o chão, a tampa pulando e o líquido se espalhando pelo tapete emborrachado.

– Que droga foi essa? – gritou Spencer.

– Olhem. – Emily apontou para uma mulher passeando pelo caminho que margeava a estrada. Tinha cabelo escuro e usava shorts jeans e uma camiseta azul desbotada. Um golden retriever com uma bandana em volta do pescoço andava a seu lado, balançando o rabo. – Aposto que ela mora aqui – acrescentou.

– E daí? – sibilou Hanna. – Isso não é motivo para nos assustar assim.

Emily parou o carro no acostamento, desligou o motor e saiu do carro. Spencer lançou um olhar nervoso para Aria. *O que ela está fazendo?*, ela articulou, sem som. Aria mordeu o lábio inferior e desceu do carro.

Emily deu uma corridinha até a mulher.

– Com licença, senhorita?

A mulher se virou e estreitou os olhos para elas. Ela era mais velha do que Aria inicialmente pensara, o rosto marcado por linhas e pelo tempo, com tendões musculosos despontando em seu pescoço. Ela puxou a guia para o cachorro parar.

– Posso ajudar vocês?

Emily apontou um dedo para a caixa de correio vermelha dos Maxwell.

– A senhorita viu alguém saindo ou entrando ali? Uma garota, talvez?

A mulher olhou para a caixa de correio por um longo tempo. Uma rajada de vento soprou nas pontas de seu cabelo. Os dedos de sua mão esquerda se enfiaram no pelo das costas do cachorro.

– Acho que não.

– *Pense* – insistiu Emily. – É realmente importante.

Aria tocou o braço da amiga, alertando-a. Emily estava meio que forçando a barra... e elas nem conheciam esta mulher.

Uma luz se acendeu nos olhos da mulher.

– Sim. Eu vi uma garota, na verdade. Uma loira, eu acho.

– Quando? – gritou Emily em uma voz alta e meio agressiva.

A mulher se encolheu.

– Eu... eu não sei. Ela não é filha dos donos da casa?

– Quando você a viu pela última vez? – pressionou Emily.

A mulher parecia repentinamente acuada. Aria agarrou o braço de Emily e a empurrou para longe.

– Precisamos ir. – Ela sorriu educadamente para a mulher. – Sinto muito.

A mulher puxou o cachorro para mais perto dela. Duas grandes rugas se formaram nos cantos de sua boca, então ela voltou a caminhar.

– Você deveria sentir mesmo – Aria pensou ouvi-la murmurar.

Quando elas voltaram ao carro, Aria viu que o rosto de Spencer estava vermelho-berrante.

– Em, o que deu em você? – gritou Spencer. – Você não pode assediar as pessoas!

– Ela sabia de alguma coisa! – gritou Emily. – E se *ela estiver* escondendo Ali? Se ela estiver levando comida para Ali? Ela pode ser um dos Gatos de Ali!

Emily tentou se libertar e correr atrás da mulher novamente, mas Spencer a segurou com mais força.

– Em, vamos lá. Você realmente precisa se acalmar.

O corpo de Emily relaxou. Ela apoiou a cabeça no ombro de Spencer e começou a soluçar.

– Eu não aguento mais – balbuciou ela, mal conseguindo articular as palavras. – Só quero *encontrá-la* e acabar com isso.

Aria deu um passo para a frente e acariciou as costas de Emily, tentando entender como devia ser terrível perder alguém tão importante. Claro que Emily não estava agindo de forma racional. Claro que ela queria respostas.

– Nós sabemos – disse Aria gentilmente. – E estamos aqui para você.

— E nós *vamos* encontrar Ali — insistiu Spencer. — Vamos colocar aquelas câmeras e vamos pegá-la. Certo?

— Certo — balbuciou Emily.

Gentilmente, Spencer tirou a chave das mãos de Emily e a acomodou no banco do passageiro. Então, acomodou-se no banco do motorista. Aria achou excelente a ideia — Emily estava desesperada além da conta para dirigir. Spencer saiu do acostamento vagarosamente, passando pela mulher e seu cachorro mais adiante na estrada. Aria virou a cabeça para o outro lado, envergonhada demais para fazer contato visual.

Em trinta minutos, chegaram na Best Buy de Rosewood. Entraram na loja, que cheirava a borracha e tinha uma música da Miley Cyrus tocando alto pelos alto-falantes.

— Então, vamos comprar quatro câmeras — disse Spencer enquanto elas andavam pelos corredores. — Elas vão ficar nos quatro cantos da casa. E vamos usar um servidor para podermos observar, mesmo quando estivermos no carro, ou na aula... em qualquer lugar. Nem mesmo precisaremos de um sinal wireless.

— Parece bom — disse Aria, quase batendo em um display de fones de ouvido quando tentou acompanhá-las. — E eu acho... — Ela tropeçou e parou brevemente. Um vulto familiar estava parado a poucos metros dela, observando os mouses de computador. Uma garota magra com cabelos longos compridos e sandálias de cortiça com aspecto caro estava de pé ao lado dele, seu braço pendurado em volta da cintura dele. O coração de Aria congelou em seu peito.

Era Noel.

Um som baixo escapou do fundo da garganta de Aria. Noel se virou e a viu, seus traços endurecendo, o pomo de adão pulsando.

– Ah... oi – disse Aria. Seu rosto enrubesceu. Não pôde evitar encarar o braço fino e bronzeado da garota envolvendo a cintura de Noel.

Noel olhou para a loira.

– Ah... Scarlett, esta é a Aria.

A garota sorriu sem mostrar os dentes, um olhar territorial brilhando em seu rosto. Depois de um momento, ela esticou a mão.

– Scarlett Lorie. Prazer em conhecê-la.

Aria balançou a cabeça, a mente disparando em um zilhão de direções diferentes. Ela não conhecia o nome nem reconhecia esta garota Scarlett, de maneira alguma. Será que ela era *namorada* de Noel? Por quanto tempo? Por que será que eles estavam comprando mouse de computador juntos. Por que Noel parecia tão *feliz*?

Spencer chegou até Aria com um carrinho cheio de caixas.

– Já terminamos – disse com uma voz superficial, então notou a presença de Noel e Scarlett, ainda parados lá, os braços entrelaçados. – Ah. Oi, Noel. – Ela agarrou a mão de Aria e a empurrou para longe. – Venha. Vamos embora.

Aria se virou e deu a Noel um meio olhar, mas ele não acenou. Ele apenas... *olhou fixamente* para ela, e Scarlett o abraçou com mais força, inclinando-se para sussurrar alguma coisa em seu ouvido. Aria mordeu o lado interno de sua bochecha com força enquanto o caixa fechava a conta e Spencer lhe entregava um bolo de notas de vinte dólares – era melhor pagar em dinheiro, elas decidiram, então ninguém poderia rastreá-las mais tarde.

Quando a transação terminou, Aria espiou na direção de Noel mais uma vez. Agora os dois flertavam e estavam rindo.

Talvez *dela*. Aria se sacudiu e se virou na direção da frente da loja. Que fosse. Não importava. Noel podia namorar quem ele quisesse.

Mesmo uma loira idiota e tolinha que parecia, perturbadoramente, com Ali.

19

SPENCER TEM UM FÃ

– Mais café, senhorita?

Spencer deu um pulo e escondeu seu iPad com um guardanapo. Uma garota asiática pequenina usando um avental pink que dizia SUE'S segurava um bule de café.

Spencer sacudiu a cabeça.

– Tudo bem por agora, obrigada.

Ela esperou até que a garçonete se virasse e caminhasse para longe antes de olhar para o iPad de novo. Ela estivera tão concentrada na vigilância em vídeo que instalara no dia anterior que tinha se esquecido de que estava observando de um pequeno café na Filadélfia e não em seu quarto.

Não que as câmeras de vigilância tivessem detectado qualquer atividade. Foi difícil camuflar as câmeras nas árvores, para começar, então só uma delas realmente mostrou o interior da casa. Os outros três ângulos mostravam a varanda, o jardim lateral e a frente da casa grande – talvez conseguissem ver alguém se aproximando. Mas, até aquele momento, não tinha havido o menor movimento em qualquer uma das câmeras. Apenas uns poucos cervos vagando pelo jardim, algumas folhas sopradas pelo vento. Suas amigas também não tinham visto nada durante seus turnos.

Só estamos fazendo isto há um dia, ela disse a si mesma, rearrumando, nervosa, os pacotes de açúcar e de adoçante no pequeno suporte cerâmico no centro da mesa, para que todos ficassem no mesmo sentido, uma coisa que sempre fazia para se acalmar. Talvez Ali ainda estivesse em Nova York.

– O que é tudo isto?

Spencer pulou de novo. Greg estava parado ao lado dela, sorrindo inocentemente.

– Ah! – Spencer cobriu a tela do iPad com a mão. – Só uma coisa boba no Vine. Então, como você está? – perguntou ela, tentando parecer casual.

– Bem. – Greg puxou uma cadeira. – Faz tempo que você está aqui?

– Hmm, o trânsito estava bom. – Spencer espiou na tela do iPad. Nada. Ela se desconectou rapidamente do servidor e enfiou o aparelho em sua sacola. – A propósito, eu adoro este lugar.

Greg sorriu.

– Estou feliz. É o único lugar que eu conheço na Filadélfia, na verdade. Não venho muito à cidade.

Greg havia enviado uma mensagem na noite anterior querendo vê-la, e, quando Spencer disse que sim, ele mencionou o Sue's e disse que poderia encontrá-la às 10 horas. O Sue's tinha mesas pitorescas e desencontradas, com conjuntos de chá em miniatura dispostos em prateleiras altas nas paredes e pilhas e pilhas de livros e jogos de tabuleiro que ocupavam um bom pedaço do chão. Havia alguma coisa tão prazerosamente casual sobre o lugar, como se você estivesse tomando café na sala de estar de um professor.

– Bem, obrigada por vir até a Filadélfia – disse Spencer, depois de a mesma garçonete despejar café na xícara de Greg.

Greg sorriu.

– Delaware é tão longe da Filadélfia quanto de Rosewood. E, de qualquer maneira, obrigado. Eu não tinha realmente certeza de que você ia querer, sabe, depois do nosso encontro em Nova York.

Um gole quente demais de café desceu pela garganta de Spencer. Ela pensou que Greg é que não ia querer se encontrar com ela. Depois que o trem de Ali tinha acelerado no túnel escuro, Greg tinha perguntado o que ela estava tentando lhe dizer. Depois disso, Spencer sabia que pareceria insana se dissesse alguma coisa, então ficou quieta. Mas o rosto de Ali não saía de seus pensamentos. Spencer passou o resto da noite distante, voltando a Rosewood mais cedo do que esperava.

Agora, Greg a encarava abertamente, como que esperando alguma coisa. Spencer baixou os olhos.

– Acho que devo uma explicação a você, não é?

– Só se você quiser.

Spencer olhou fixamente para os livros nas prateleiras. Ela queria? Não tinha certeza.

Quando tentou fazer as palavras saírem, elas não vieram. Os ombros de Greg subiam e desciam. Ele tomou um longo gole de café.

– Você provavelmente tem um monte de gente enfiando o nariz na sua vida agora, querendo saber mais de você. Mas o que eu vi na outra noite na estação do metrô foi... *pânico*. Quero ajudar. Quero ter certeza de que você está bem.

– Eu sei. E isso é fofo. – Ela tentou sorrir. Havia coisas piores na vida do que ter um cara maravilhoso se importando com o bem-estar dela.

– Você parece realmente apavorada. Eu *vivi* isso, Spencer. Sei como é e como parece. Então, você pode me dizer o que houve?

Spencer enfiou uma colher em seu café e mexeu devagar. Ela voltou a pensar em como Greg estava tão disposto a ouvir. Ele parecia completamente inocente. Spencer percebeu que acreditava nele muito embora mal o conhecesse.

Ela se mexeu para a frente um pouquinho.

– Certo. Eu não acho que Alison esteja morta.

Os olhos de Greg se arregalaram.

– Alison DiLaurentis. – Ele falou como uma afirmação, não como uma pergunta. – Você tem *certeza*?

Spencer engoliu com força, olhando em volta para ter certeza de que ninguém os ouvia. Aliás, aquela era a beleza do lugar – não havia ninguém *ali*.

– Sim – sussurrou ela. – Temos muita certeza. – Então contou a Greg que Ali a tinha assustado, e também à Hanna e até mesmo Aria, de certa maneira, e como ela quase tinha afogado Emily. – Tive um pressentimento assustador de que eu a veria em algum lugar em Nova York – explicou. – E então eu a vi no metrô. Nunca pensei que seria em algum lugar público. Comecei a gritar daquele jeito porque queria que mais alguém também a visse – assim nós poderíamos provar para a polícia que ela está viva. Mas havia tanto barulho... e como todo mundo em Nova York acha que todos os outros são malucos, ninguém prestou atenção em mim. O trem partiu. E ela se foi.

Greg entrelaçou os dedos.

— Então ela estava apenas... *andando* de metrô? E você por acaso a viu?

Spencer sacudiu a cabeça. Ela pensou muito naquilo.

— Acho que ela subiu na estação do Rockfeller Center, como nós. Ela *queria* que eu a visse... pegar o metrô em outra estação e tentar fazer o tempo coincidir não faz sentido. Talvez ela estivesse vagando pelo prédio da Time-Life, esperando que terminássemos o programa. E então, quando fomos para o metrô, ela se escondeu na outra plataforma até que teve certeza de que eu estava olhando.

— Mas por que ela não atacou você na estação de metrô? Por que apenas apavorá-la do outro lado da plataforma? Do que eu ouvi falar, a Alison parece ser bem mais agressiva do que isso.

— Porque ela não quer chamar atenção para si mesma. Os policiais acham que ela está morta. Ela não quer que mais ninguém saiba que não está. Acho que ela não planejava que eu me assustasse e tentasse denunciá-la. — Spencer tirou o cabelo dos olhos. — Ali tem feito isto com todas nós. Ela aparece esporadicamente, deixando que saibamos que ela ainda está por perto. Bem, exceto por Emily, Ali realmente a *machucou*. E ela matou a namorada de Emily.

Os olhos de Greg se arregalaram.

— Ela fez *isso*?

— Quero dizer, não temos certeza — emendou Spencer. — Jordan estava na prisão. Mas foi uma coincidência grande demais. — Spencer baixou os olhos, percebendo que a última parte pareceu loucura. Talvez não devesse ter mencionado aquilo.

Greg brincou com uma pequena colher de café.

— Por que você não conta à polícia? – perguntou ele.

Ela deu de ombros.

– A polícia acha que ela morreu. E eu sou a única que a viu em Nova York.

– Bem, talvez existam câmeras no metrô. Ou na estação.

Spencer pensou naquilo.

– Pode ser. Mas você precisaria de uma ordem judicial para ter acesso a elas. E, como eu disse, a polícia não acredita que Ali esteja viva. – Aquele era o mesmo motivo pelo qual não puderam ir à prisão de Jordan para pedir, elas mesmas, os registros de segurança. Além do mais, Ali era esperta demais para se deixar pegar por uma câmera. Será que isto significava que era esperta demais para se deixar apanhar pelas câmeras que elas colocaram na casa da piscina, também?

– Os policiais são uns imbecis. – Greg parecia bravo.

– Sim. – Spencer fingiu pegar um pelinho em sua camiseta.

– Bem, *eu* acredito em você.

Spencer ergueu os olhos para o rosto de Greg quando ele tomou suas mãos nas dele. Um nó se formou em sua garganta. Era tão bom ouvir alguém dizer aquelas palavras.

– Obrigada – disse ela delicadamente. – É bom ouvir isso.

Greg balançou a cabeça.

– É uma coisa horrível sentir que não há ninguém com quem contar e que ninguém vai ouvir você. Mas eu vou *sempre* ouvir. Você pode sempre falar comigo. Qual é o plano de vocês?

– Nós não temos planos – disse Spencer automaticamente. Não havia possibilidade de ela contar para ele sobre a construção escondida ou sobre as câmeras de segurança. Mas a voz dele era tão carinhosa que as lágrimas inundaram os olhos dela. – Obrigada, mesmo assim. Por... estar aqui.

– De nada.

Eles se encararam, com um olhar cheio de intenção. Greg se moveu para o lugar ao lado de Spencer e tocou seus lábios bem de leve. O cheiro de café e a música francesa desapareceram, e tudo o que Spencer sentia era a boca macia dele. A cabeça dela se inclinou com prazer. Ela puxou Greg para mais perto, o peito firme e forte dele comprimido contra o dela. Ela podia sentir os músculos fortes das costas e o bíceps dele através de sua camisa. Até o corpo dele parecia ser seguro. Ele realmente a *protegeria*. E, talvez, ao contrário dos outros garotos que ela havia conhecido, ele não fugiria quando as coisas ficassem assustadoras.

Eles se separaram, sorrindo um para o outro. Spencer procurou alguma coisa fofa e inteligente para dizer, mas então ela soltou:

– Você iria ao evento beneficente de Rosewood comigo?

Greg pareceu deliciado.

– Ficaria honrado. Quando é?

– Amanhã. – Spencer sorriu sem graça, cheia de culpa. – Sinto convidá-lo tão tarde. Mas eu adoraria se você pudesse vir. É em prol dos jovens problemáticos e carentes de Rosewood. Aparentemente, sou a convidada de honra... talvez por ser tão problemática. – Spencer riu.

– Ah – disse Greg. – Bem, pelas minhas regras, você é *sempre* a convidada de honra.

Spencer estava prestes a lhe dar um soco de brincadeira, mas o seu telefone começou a vibrar e a fez desistir. Ela espiou dentro da bolsa aberta. NOVO E-MAIL DE DOMINICKPHILLY.

Ela gemeu. O que *ele* queria? Ela sabia que devia ignorá-lo, mas ainda pensava muito na presença dele em Nova York. Especialmente no modo como ele saiu da sala dizendo: *Espero que você esteja feliz, Bela Mentirosa.*

— Com licença — disse ela a Greg, pegando o celular. Vagarosamente, ela apertou o botão para exibir a mensagem. Seu rosto murchou.

— O que foi? — perguntou Greg.

Spencer engoliu com força.

— Uma nova mensagem de Dominick.

— O cara que assediou você?

Ela concordou, então virou seu telefone para mostrar a ele. A testa de Greg se franziu enquanto ele inspecionava a tela.

— *Você pode fugir para a Filadélfia* — leu ele, em voz alta —, *mas não pode se esconder do fato de ser uma fraude.* — Ele travou a mandíbula. — Como ele sabe que você está aqui?

Ela passou as mãos no rosto.

— Eu não sei — disse ela, trêmula. Spencer olhou fixamente para fora do café, pela janela, meio esperando vê-lo no banco do parque do outro lado da rua, rindo. Mas os únicos visitantes do parque eram alguns pombos. — Talvez ele esteja me seguindo — disse ela, com um fio de voz.

— Mas... por quê?

Repentinamente, Spencer teve um terrível pensamento. Ela se virou para Greg.

— Você ouviu falar dos Gatos de Ali?

Greg franziu o rosto.

— Aquele fã-clube de Alison?

— Sim. Não quis acreditar que são perigosos, mas quem sabe? Talvez Dominick seja um deles. — Spencer não acreditara na teoria de Emily até que tinha relido o post dos Gatos de Ali. A pessoa que dissera que eles odiavam todos os inimigos de Ali *realmente* parecia muito veemente. Havia muitas pessoas malucas no mundo, e Dominick estava lá no meio deles.

— Então ele está querendo pegar você? — Greg parecia cético.

– Eu não sei. – Spencer sentia como se fosse chorar. Ela piscou diversas vezes, tentando apagar a imagem do rosto feio de Dominick.

Greg aninhou a mão dela na dele.

– Eu sei. Eu entendo, prometo. – Ele passou o braço em torno dos ombros dela e a puxou para perto. – Não vou deixar ninguém machucar você, Spencer – disse ele em uma voz cálida e macia.

Spencer afundou seu rosto no peito dele, abraçando-o apertado, desejando que ela nunca tivesse que deixá-lo ir.

20

EMILY EM FÚRIA

O sono de Emily foi interrompido por uma batida abafada vinda de algum lugar distante. Ela abriu um dos olhos, depois o outro e então olhou em volta. As roupas nos cabides flutuavam sobre sua cabeça. Um tênis sujo estava caído de lado perto de seu nariz. Tinha adormecido em seu armário. *Novamente.*

Ela se esticou, saindo da posição fetal em que estava, e abriu a porta com um chute. O sol se derramava pela janela por sobre a sua cama perfeitamente arrumada. Então ela ouviu a batida de novo. Alguém estava na porta.

– Emily? – chamou a voz de sua mãe. – Há alguma coisa aqui para você.

Ela passou os olhos pelo quarto, reparando na pilha de cobertores no armário, a foto de Jordan sobre sua cama e as telas das câmeras de segurança já carregadas em seu laptop – ainda não era sua vez de monitorá-las, mas de alguma maneira ela se sentia mais segura com elas ligadas o tempo todo, por isso havia deixado o programa atualizando durante a noite. Ela enfiou a foto de Jordan embaixo do colchão e fechou a tampa do laptop, caminhou pelo quarto e abriu uma fresta da porta.

A sra. Fields segurava uma caixa em suas mãos, e havia um olhar preocupado em seu rosto.

– Você recebeu alguma coisa da Unidade Correcional de Ulster?

Um arrepio percorreu o corpo de Emily.

– Obrigada – disse ela, rapidamente, agarrando o pacote e fechando a porta.

Sua mãe enfiou o pé na fresta da porta antes que Emily pudesse fechar a porta completamente.

– Você não recebeu uma carta de lá, também? – continuou ela, a voz se partindo. – Você... *conhece* alguém que viva lá?

Emily agarrou a caixa com força contra o peito. EMILY FIELDS, estava escrito na tampa.

– Não – murmurou ela. Era a verdade, no final das contas.

– Então por que alguém de uma *prisão* está enviando coisas para você?

Viu? Era por *isso* que Emily não havia contado nada para a mãe. Claro, ela estava morrendo de vontade de explicar que o amor de sua vida tinha partido... e que Ali era a responsável... e que ela se sentia como se estivesse caindo por um abismo escuro do qual nunca seria capaz de escapar. Mas sua mãe não escutaria nada daquilo. A mãe não escutaria nada além do fato de Emily amar alguém na *prisão*. Ela não entenderia nenhuma das boas qualidades de Jordan, ou que teria sido libertada em breve. Então por que ela deveria se preocupar em tentar contar?

Emily se virou, desanimada, e andou de volta para sua cama.

– Eu estou muito cansada.

Ela esperava que a mãe entendesse aquilo como uma dica para sair, mas a sra. Fields permaneceu parada na porta. Um momento depois, Emily ouviu uma fungadela e se virou. O rosto da sra. Fields estava vermelho e seus olhos, cheios de lágrimas.

– O que há de errado com você, querida? – implorou ela. – Por favor, diga para mim.

– Nada – resmungou Emily. *Agora, vá embora para que eu possa abrir a caixa,* ela queria gritar.

A sra. Fields ainda não se mexia. Seu olhar mudou para as manchas no pescoço de Emily.

– Você vai me explicar isto agora – exigiu ela, parecendo muito brava. Ela usava um tom de voz bravo com frequência, Emily sabia, quando se sentia *realmente* apavorada. – Se não contar, vou deduzir que alguém machucou você.

Emily fechou um punho.

– Eu fiz isso a mim mesma – interrompeu ela antes que conseguisse pensar.

Os olhos de sua mãe se arregalaram.

– Você se machucou deliberadamente? Por quê?

– Não interessa! – rugiu Emily. Ela marchou até a porta e a fechou com força. – Estou bem, mamãe! Só me dê um pouco de espaço!

Ela trancou a porta e esperou. Ela podia ouvir a mãe parada do lado de fora, fungando um pouquinho, as roupas farfalhando. E então, sem dizer nenhuma outra palavra, a sra. Fields se virou e se afastou pelo corredor afora. Emily escutou enquanto ela descia as escadas. Ouviu o barulho das chaves, depois o rumor da porta da garagem se abrindo. Aonde sua mãe estava indo? Emily não tinha certeza de que ela havia saído de casa desde o ataque cardíaco. Mas talvez fosse uma coisa boa. Ela havia pedido por espaço, e estava conseguindo exatamente isso.

Emily olhou para a caixa, ergueu o colchão e puxou de lá a fotografia de Jordan que tinha escondido. Jordan sorria, contente, para ela, abençoadamente ignorante do que a aguardava no futuro. Emily olhou fixamente para a imagem até que seus olhos se desfocaram, tentando imaginar que Jordan ainda estava viva. Mas tudo o que ela viu quando fechou os olhos foi o corpo de Jordan em uma maca fria e dura no necrotério. Morta.

Bem devagar, ela abriu a caixa. Sobre uma camada de plástico bolha, havia um bilhete datilografado. Emily o apanhou e o examinou de perto. *Os pertences de Jordan Richards*, estava escrito. E então, *Retornar para: Emily Fields.*

Um nó se formou no peito de Emily, e ela fechou a caixa com força. Estas deviam ser as coisas que Jordan usava quando foi presa. Seja qual for a razão, Jordan tinha desejado que *ela* as recebesse, não seus pais. O que havia dentro? Um relógio, talvez. Alguns brincos. *Itens pessoais.* Emily não conseguia olhar isso agora. Talvez nunca conseguisse.

Ela precisava de barulho, de notícias, de *alguma coisa*. Atualizando o celular e o computador com as últimas imagens das câmeras de segurança, ela se encaminhou para o andar de baixo. A casa estava silenciosa, a televisão na saleta, desligada, e a louça do café da manhã cuidadosamente arrumada no escorredor. Emily ligou a televisão na cozinha e viu um comercial de uma loja local de carros. Um prato cheio de rosquinhas estava na mesa da cozinha, provavelmente uma dica de que Emily deveria comer alguma coisa. Mas ela não conseguia se imaginar colocando qualquer coisa na boca e engolindo e tendo qualquer sensação de saciedade. Emily não tinha certeza de que sentiria aquilo novamente.

Os comerciais da televisão acabaram, e o noticiário retornou.

— Temos novidades sobre o assassinato perturbador da jovem na prisão conhecida como Ladra bonitinha — disse a âncora do telejornal, uma loira de aspecto genérico com uma echarpe no pescoço.

A cabeça de Emily deu um estalo. Era como se o noticiário estivesse mostrando isso só para atormentá-la. A tela mostrava uma foto de Jordan em um cais, o cabelo comprido ondulando ao vento e um grande sorriso brilhante no rosto. Era de paralisar o coração ver aquilo. Jordan parecia tão *viva*. Tão vibrante. Emily se moveu como um zumbi até a televisão e tocou o rosto de Jordan, o aparelho estalando de estática.

— A agressora foi Robin Cook, que foi detida por agressão e lesão corporal. A srta. Cook está desaparecida de sua cela na prisão desde o assassinato. Cidadãos da área do condado de Ulster estão em alerta para manter vigilância, ela pode ser violenta e perigosa.

Uma foto da assassina apareceu, a primeira que Emily viu — ela havia feito uma busca no Google por qualquer informação a respeito de Robin Cook, mas não encontrara nada. Emily estudou a foto atentamente, então recuou. Ela conhecia essa garota. Era a ruiva corpulenta que tinha visto na sala de visitas no dia em que falou com Jordan. A que medira Emily de alto a baixo, como se estivesse paquerando-a.

Aquela era a assassina de Jordan? Ela e Jordan mal se *olharam*. Nem havia um traço de animosidade entre as duas.

Então Emily se lembrou da visitante de Robin Cook naquele dia. Tinha sido uma garota de capuz, certo? Emily não conseguia se lembrar dela com detalhes; a garota tinha se apressado tanto para sair quando Emily chegou que parecia que Emily a assustara.

E se fosse porque a visitante era *Ali*?

Os pensamentos de Emily quicavam em todas as direções. Será que era possível? Talvez, de alguma maneira, Ali conhecesse aquela garota. E talvez ela tivesse se encontrado com ela naquela manhã para planejar como Robin mataria Jordan. Talvez Hanna e as outras estivessem certas: Ali *não tinha* invadido a prisão e matado Jordan. Tinha conseguido alguém para fazer isto por ela – e então, presumivelmente, ela tirara aquele alguém da prisão.

Robin era um membro dos Gatos de Ali.

Ela colocou as palmas das mãos sobre a mesa e deixou um grito escapar. O som ecoou satisfatoriamente através do cômodo... Mas não foi nem perto de ser suficientemente satisfatório. De repente, ela se sentiu ansiosa, como se suas roupas estivessem cheias de pelos. Um sentimento desconfortável e perigoso despertou dentro dela, algo que mal reconheceu, mas abraçou imediatamente. Era *aquilo*. A última gota. Ela se levantou e pegou suas chaves. Era hora de *fazer* alguma coisa de verdade.

Emily iria até aquela casa. Ela encontraria Ali, custasse o que custasse.

Uma hora depois, Emily estava sentada em seu carro, os dedos apertando com força o volante de couro como se fosse uma bolinha antiestresse. Árvores, montes, espaços abertos e celeiros ocasionais passavam por ela, mas ela não parou para apreciar o cenário. Seu telefone, largado no banco do passageiro, não parava de vibrar.

Eram suas amigas, procurando por ela. Talvez também tivessem visto as notícias sobre Jordan e Robin na televisão. Mas Emily não podia atender suas ligações – não havia a menor possibilidade de que ela lhes dissesse que estava indo até Ashland sozinha. As meninas já estavam preocupadas com ela. Alguma coisa que viu no rosto de Robin – e saber que ela esteve *ao lado* de Emily no dia em que Jordan morreu, e que talvez Emily pudesse ter *impedido* – mudou algo dentro nela. Agora, tudo o que podia imaginar era o momento em que encontraria Ali e apertaria seu pescoço com força. Com muita força, até que ela não pudesse mais respirar. Emily imaginou os olhos de Ali ficando cada vez maiores, a boca aberta buscando o ar que ela não conseguia inspirar. Ali finalmente imploraria para Emily parar.

E será que Emily pararia? *Não, ela não ia parar.* Pelo menos, não em suas fantasias. Ela não tinha vergonha de se sentir daquele jeito. Sentiu que havia ultrapassado o ponto em que não há mais volta. Não era mais possível retornar.

Ela virou na caixa de correio vermelho marcada com *Maxwell* e subiu a ladeira íngreme pelo caminho de carros. A casa principal se erguia alta e orgulhosa, uma placa de À VENDA agora no jardim frontal. Emily estacionou o carro embaixo de uma das bétulas, saiu e agarrou o bastão de beisebol de metal que estava no banco traseiro, o único objeto que se assemelhava a uma arma que ela pôde achar em sua casa. Então, olhou em volta. As folhas balançavam alegremente nos galhos. Em algum lugar, um cachorro latiu. Era tão silencioso lá em cima. Tão pacífico.

E tão horrível.

Emily se apressou até a casa da piscina. A adrenalina fluía vigorosamente por sua corrente sanguínea enquanto ela marchava até as janelas. Fechou as mãos em concha e espiou lá dentro. A sala estava escura. Mas Ali *tinha* de estar ali. Emily não aceitaria nada menos que aquilo.

O cérebro de Emily estalou e ferveu. Quando ela chutou a porta para abrir passagem, pareceu que não era seu corpo que estava fazendo aquilo, mas alguém diferente – alguém forte e corajoso. A porta se abriu para a sala vazia, e ela entrou, com as narinas abertas e o bastão em riste. A sala ainda cheirava de uma maneira doentia a sabonete de baunilha. Emily nunca mais queria sentir o cheiro de baunilha.

– Ali? – chamou Emily, vagando pela sala como um gato. Ela imaginou o som sendo registrado pelas câmeras de segurança. Mas não importava: era seu turno agora. Ninguém mais estava assistindo. – Ali? Onde está você? – rosnou ela.

Emily parou e ouviu. Nada. Mas tudo que ela pôde deduzir era que Ali estava se escondendo em um armário, pressionando a mão contra a boca para sufocar uma risadinha. Talvez Robin estivesse com ela – talvez as duas estivessem rindo juntas. Emily enfiou a cabeça na segunda sala do primeiro andar. A mesma escrivaninha vazia, o chão enlouquecedoramente sujo. Ela puxou a porta de um armário, então a bateu com força. *Nada, nada, nada.*

Ela correu intempestivamente escada acima e olhou nos dois pequenos cômodos. Cheios de teias de aranhas. Ela praticamente podia ouvir as risadas de Ali.

– Ali! – gritou Emily, girando em volta do quarto, uma veia pulsando com força e muito rápido em seu cérebro. – Sei que você está por perto! E eu sei o que você fez a Jordan. *Eu sei que foi você!*

Mas Emily não recebeu resposta alguma. A mesma coisa de *sempre* – Ali estava sempre arrancando alguma coisa delas, e nunca havia um jeito *sequer* de consegui-la de volta. Quanto Emily havia perdido desde que essa confusão começara? Quanto Ali havia estragado? Como alguém continuava a se safar com tudo isso? Como uma alma doentia, negra e desprezível como aquela conseguia continuar tendo sucesso?

Parecia que havia um grande acúmulo de pressão dentro dela. Deixou escapar um gemido intenso e cambaleou pelas escadas abaixo, com a visão embaçada. Primeiro ela disparou até a gaveta na cozinha improvisada, puxando-a. Era bem satisfatório jogá-la no chão e bater nela com o bastão de beisebol. Ela caminhou até o armário em seguida, resmungando enquanto arrancava a porta de suas dobradiças frágeis.

Ela usou o bastão para estraçalhar o vidro que ainda restava nas janelas. Então se virou para o corrimão de madeira. Ela arrancou a única cortina que restava, jogou no chão e pisoteou-a.

Não havia muito para estragar, mas Emily destruiu tudo o que pôde. Quando terminou, ficou parada no centro do cômodo, respirando com força. O suor escorria pelo seu rosto. Havia pó sob suas unhas, e sangue em seus braços e pernas, graças a um vidro quebrado. Ela podia sentir farpas em suas mãos. Ela olhou em volta, ainda sentindo que Ali estava por perto.

– *Como* você fez isto? – sussurrou ela para o teto. – Por que você fez isto comigo?

Era uma pergunta estúpida para se fazer, porque Emily já sabia a resposta. Soluços atravessaram seu corpo.

– Eu nunca vou amar você! – gritou ela para a sala vazia. – Nunca, jamais! E eu vou matar você! Você vai pagar por isto!

As palavras ecoaram pela sala, verdadeiras, mas também cruas demais. O bastão escorregou de seus dedos suados. De repente, Emily se sentiu horrorizada pelo que disse. *Era o que Ali queria*... e Emily sabia ser capaz daquilo. Mas ela não podia acreditar que se tornara esta pessoa.

Emily olhou em volta da sala destruída com novos olhos. *O que ela havia feito?* Suas amigas veriam os restos disto durante seus turnos de vigilância. Elas iam pensar que havia uma pista... e Emily teria de contar a verdade a elas. E se os Maxwell ou um corretor fosse conferir o lugar? E se eles vissem todo aquele estrago?

Ela deu um pulo, limpou as mãos sujas de sangue nas calças jeans e rapidamente juntou todas as gavetas que quebrara e tentou recolocá-las de volta em seus lugares da melhor maneira que pôde. Então ela usou as mãos para juntar o vidro em uma pilha. *Você é uma pessoa terrível, você é uma pessoa terrível,* ela pensou, as palavras como socos. Como ela pôde dizer que ia matar alguém? Como Ali a conduzira a *isto*? Ela imaginou se Ali tinha sido bem-sucedida em seu plano. Ela transformara Emily em uma louca. Ali a havia mudado da garota doce, sensível e cautelosa que um dia fora para alguém *exatamente como ela.*

No meio da tarde, ela havia limpado tudo e saiu da casa suada, cheia de sangue e exausta. Caminhou até o carro e se jogou no banco, mal notando todo o sangue que estava deixando no volante. Ela olhou através do para-brisas, sem ver, sem ter ideia de onde estava indo. Ela se sentia esgotada, usada, acabada. Estava pronta para acenar com a bandeira branca.

– Eu me rendo, Ali – disse ela em uma voz inexpressiva enquanto dirigia ladeira abaixo até a estrada principal. – Você venceu.

O que *também* era uma coisa horrível de se dizer em voz alta.

21

SEREI SUA NOVA MELHOR AMIGA

– E é por isso que nós não somos mais amigas, Hanna Marin – disse Hanna agressivamente, olhando para Hailey sob as luzes do set. A peruca de sua Naomi Zeigler fazia sua cabeça coçar, mas ela resistiu à vontade. – Porque você é *maluca*. E é uma mentirosa. E é demais para uma garota só aguentar.

Em vez de parecer chocada, como o roteiro indicava, Hailey olhou sem expressão para a parede, quase pegando no sono. Um segundo tarde demais, ela deu um pulo e voltou a prestar atenção.

– Mas, Naomi – lamuriou-se ela. – Você não sabe, tipo, a história completa.

– Corta! – gritou Hank. – A iluminação está toda errada.

A campainha tocou. Todos saíram do personagem, e Hailey se jogou, agradecida, em um sofá de ráfia.

– Ah, meu Deus – murmurou ela, passando a mão pelos olhos. – Estou morrendo.

– Foi dormir tarde? – perguntou Hanna cautelosamente. Hailey realmente parecia exausta. Apesar de ter passado horas fazendo o cabelo e a maquiagem, seu cabelo estava opaco e o rosto, amarelado e inchado. Mesmo quando ela sorria, parecia irritada, como se estivesse prestes a estourar com alguém.

– Sim, muita diversão. – Hailey tirou a mão dos olhos e espiou Hanna. – Eu ia convidar você, também, mas você não respondeu a mensagem que eu te enviei.

Ela parecia magoada. Hanna de repente se lembrou da mensagem *"Ei, você pode falar agora?"* que Hailey enviara bem na hora em que ela estacionara no Turkey Hill no dia anterior. Havia se esquecido completamente de ligar para Hailey, embora aquilo talvez fosse uma coisa boa. Agora mesmo, a última coisa de que precisava era se meter em mais confusão. Todas as vezes em que tinha falado com Mike pelo telefone em suas folgas no acampamento de futebol, aquela imagem horrível em que ela e Jared se beijavam girava em sua cabeça.

Hank fez seus ajustes, então se enfiou atrás da parede novamente.

– Preciso que você responda mais rapidamente desta vez, Hailey! – gritou ele. – Você perdeu sua deixa.

Hailey virou os olhos.

– O que *ele* sabe? – murmurou ela para Hanna, baixinho. – *Eu é* que estive em doze grandes filmes e duas séries de sucesso na televisão.

Hanna enfiou a língua na bochecha. Por quanto tempo mais ela conseguiria assistir Hailey assassinar seu personagem? Ela não disse nada enquanto andava de volta para a primeira marca.

Hank gritou ação, e elas recomeçaram a cena de novo. Desta vez, Hailey não apenas perdeu a deixa, como também estragou completamente a maior parte de suas falas ou passou por elas completamente sem expressão. Hank gritou corta novamente. Hailey caiu no sofá mais uma vez.

– Quanto tempo mais isso vai *levar*?

Hank saiu de trás da parede e andou diretamente até Hailey, se inclinando para ela.

– O que você está fazendo? – ele exigiu saber.

Os olhos de Hailey se estreitaram.

– Ahn?

– Você perdeu sua deixa. – Hank colocou as mãos na cintura. – *De novo*. E eu não consegui nem mesmo entender a maioria de suas falas. Você não teve entonação. E seus olhos estavam completamente mortos.

Daniel, o assistente de Hank, correu até ele com o roteiro da cena preso em uma prancheta. Hanna deu um pequeno passo para longe dele – ele ainda a assustava –, mas Daniel não estava prestando atenção nela. Seu dedo comprido buscou a página abaixo, encontrando a fala.

– Na metade da cena, você deveria dizer 'Naomi, há algo que você precisa saber', não apenas 'Ei, Naomi'.

Hailey fez uma careta.

– E daí?

Hank olhou para o câmera.

– Certo, vamos precisar refazer esta. *De novo*. – Ele virou os olhos e voltou à sua cadeira, resmungando alguma coisa em voz baixa. Soou como "E desta vez, Hailey, tente não mostrar ao mundo que você está de ressaca".

Hailey endireitou o corpo.

– Como é?

Hank continuou andando, ainda resmungando.

– Ei! – chamou Hailey. – Eu fiz uma pergunta!

Hank não respondeu.

– Hmm, será que eu preciso lembrar a você que *eu sou* a estrela aqui? – berrou Hailey. – E você é só o diretor gordinho e acabado.

As palavras dela ecoaram pela sala. Hanna engasgou. Ela estava quase certa de que todo mundo ali no set também tinha engasgado.

Hank se virou, com os olhos em chamas.

– Você está passando do limite, Hailey.

Hailey empinou o queixo.

– É isso que você ganha por falar pelas minhas costas.

Hank rangeu os dentes.

– Talvez você mereça. Sua cabeça não está aqui. Seu comportamento é inaceitável. Você está sempre atrasada, você está sempre de ressaca e suas atuações ruins, uma depois da outra, estão fazendo a qualidade desta produção cair.

A voz dele ecoou pela sala com teto alto, e, assim que ele parou de falar, houve um silêncio mortal. Hailey piscou com força, como se Hank tivesse acabado de socá-la no estômago. Abriu a boca para falar, mas então a fechou rapidamente, as lágrimas inundando seus grandes olhos azuis.

O estômago de Hanna se revirou. Ela havia rezado para que Hank finalmente falasse com Hailey, mas odiou que estivesse acontecendo daquela maneira. Era tão público. Tão constrangedor.

Hank inspirou profundamente, fechou os olhos e pareceu se acalmar.

– Ou você se endireita e me escuta, ou já era – disse ele numa voz mais calma. – Entendeu?

Hailey se virou um pouquinho.

– Você não pode me demitir.

— Hailey... — avisou Hank.

Hailey ergueu a mão para impedi-lo de falar.

— Porque eu *peço demissão.*

Então ela se virou, empurrou Daniel para fora do caminho e saiu intempestivamente em direção ao seu camarim, batendo a porta com tanta força que algumas das luzes sobre as cabeças deles balançaram. Em segundos, Hanna podia ouvi-la no telefone com alguém — seu agente, talvez. Hailey parecia estar furiosa.

Hanna ousou olhar em volta. Cada ator estava parado, em choque, com olhares estranhos em seus rostos. O cameraman agarrava as laterais da câmera, a boca entreaberta. A boca do cabeleireiro era um O perfeito. Os assistentes de produção se cutucavam, e um dos caras do bufê já estava digitando em seu telefone.

De repente, a sala estava muito quente. Hanna se virou e saiu pela porta lateral, precisando respirar um pouco. Ela saiu no mesmo corredor que a havia assustado no outro dia, embora agora ele estivesse claro e arejado, e completamente o oposto de ameaçador. Ela espiou no pavimento. A mensagem *Quebre umA perna, Hanna* tinha desaparecido.

— *Droga* — disse uma voz. Hanna se virou. Jared tinha saído pela rampa próxima a ela.

Hanna concordou, fazendo um gesto para o edifício.

— Será que eu deveria ir até o camarim de Hailey ver se ela está bem?

Jared balançou a cabeça.

— Deixe que ela se acalme. Ligue para ela amanhã. — Ele passou a mão pelo cabelo grosso. — É uma droga, mesmo assim. Eles vão precisar substituí-la em breve.

Hanna travou os dentes. Ela não tinha pensado naquilo.

— Quem você acha que eles vão trazer?

— Eu não sei, mas espero que seja alguém bem melhor.

Os pensamentos de Hanna começaram a girar. Talvez fosse uma coisa boa. O personagem de Hanna ia se redimir. Ninguém mais ia zombar dela quando o filme estreasse. E Hailey conseguiria outros papéis, não é? Ela era uma grande estrela. Seu agente provavelmente já tinha alguma coisa em vista.

— Como Lucy Hale — sugeriu ela, subitamente excitada. — Ou então aquela garota bonita daquela série do Netflix?

— Na verdade eu acho que *você* deveria se candidatar.

Hanna piscou com força. Jared estava encarando-a com uma expressão completamente séria.

— Desculpe? — interrompeu ela.

Jared se aproximou.

— Estou falando sério — murmurou ele. — Você é boa. Boa mesmo. Hank não consegue parar de falar de você. E nós dois sabemos que você faria uma Hanna Marin melhor do que Hailey...

Ele sorriu cheio de charme, com uma sobrancelha levantada. Hanna baixou os olhos, sentindo-se culpada sobre o que ela havia dito para Jared sobre a atuação de Hailey — e sobre o beijo.

Mas *era* verdade. Hanna pensou sobre como Hank não tinha feito nada além de elogiá-la depois de cada cena. Claro, o papel de Hanna era mais exigente e consumia mais tempo do que o de Naomi, mas Hanna podia dar conta dele. De qualquer modo, por que contratar outra atriz quando a Hanna de verdade estava aqui, pronta e esperando?

Será que Hanna estava pronta e esperando? Será que ela podia pedir o papel? Ela pensou em algo que Hailey havia dito em Nova York: *Nunca deixe uma oportunidade passar. Você nunca sabe aonde ela vai levar você.*

Jared trocou o peso de perna. Quando Hanna olhou para cima, ele a analisava de perto, um traço de sorriso em seu rosto, como se soubesse no que Hanna estava pensando.

– Fale com Hank – sugeriu ele. – O máximo que ele pode fazer é dizer não.

E então, dando um tapinha no braço dela, ele se virou e voltou ao estúdio.

22

UMA NOITE A DOIS... A TRÊS... NO MUSEU

Na noite de quinta-feira, Aria ficou de pé nos degraus do Museu de Arte da Filadélfia enquanto o sol se punha. Apesar de o museu estar quase fechado, os visitantes ainda permaneciam por ali, comendo pretzels do carrinho que estava no pé da escadaria, subindo e descendo os degraus, correndo como Sylvester Stallone no filme *Rocky*, ou ouvindo um saxofonista tocar uma versão de *Let It Be*.

Um carro verde-berrante com a inscrição na lateral TÁXI RÁPIDO DA FILADÉLFIA encostou no meio-fio, e Harrison, vestido com um jeans texturizado e uma camisa de abotoar de risca de giz, saltou. Quando ele avistou Aria, seu rosto inteiro se iluminou. Aria acenou alegremente.

– Ei! – gritou ele, depois de subir as escadas saltando para encontrá-la. Ele se inclinou e deu um abraço em Aria. Ela suspirou feliz, inspirando o aroma amadeirado de sândalo de seu casaco.

– Pronta? – perguntou Harrison quando se afastou dela.

Aria inclinou a cabeça, se sentindo repentinamente tímida.

– Um passeio particular no museu? Claro que estou pronta.

– É o mínimo que eu poderia fazer – disse Harrison com sinceridade.

Ele havia enviado uma mensagem para Aria naquela manhã dizendo quantos comentários o artigo dele já tinha recebido, embora ela estivesse muito amedrontada para olhá-los pessoalmente. Ele também tinha acrescentado que conseguira diversos novos anunciantes e tinha sido solicitado para dar seu parecer de "expert" em uma retrospectiva de arte que o jornal *New York Times* estava fazendo para sua edição de domingo. Neste ritmo, ele tinha dito, poderia começar a fazer dinheiro de verdade com o blog e largar seu emprego de meio período como bartender.

Enquanto ele pegava em sua mão, Harrison a encarou intimamente nos olhos, e Aria não baixou o olhar. Ela queria ir mais devagar com ele, mas, toda vez que ele a olhava daquela maneira, parecia que havia manadas de cavalos galopando em seu peito. O que era um sentimento bem-vindo, especialmente depois de ver Noel e Scarlett na Best Buy.

Não que aquilo a tivesse deixado realmente na pior ou alguma coisa assim.

Eles subiram as escadas até o museu. Todos estavam saindo ao invés de entrar.

– Como você conseguiu arranjar um passeio fora do horário, posso saber? – perguntou Aria.

Harrison sorriu.

– As vantagens de ser ligeiramente bem relacionado. Diversos críticos de arte podem conseguir passeios fora de horário em todos os museus... deste modo, podem realmente apreciar os trabalhos sem precisar disputar espaço com os turistas. Tudo o que foi preciso foi uma ligação e a menção de seu nome.

Aria engasgou. O nome dela abria portas?

Harrison segurou a porta aberta para ela.

— Mas, na verdade, eu esperava que *você* liderasse o passeio. O Museu de Arte da Filadélfia, ao estilo de Aria Montgomery.

Aria levantou a cabeça.

— Ficaria honrada, sr. Superblogueiro.

Eles andaram pelo saguão, que Aria conhecia como a palma de sua mão. Era estranho ver o lugar tão vazio, sem a movimentação de crianças correndo para as salas de armaduras e armamentos ou para a loja de recordações. Um eco os envolveu acima deles, e então ouviram um *clank* alto. Aria olhou em volta, nervosa. Ela não gostava da ideia de ficar *totalmente* isolada.

Mas então um guarda apareceu de um corredor. Uma garota saiu da chapelaria, enfiando-se em um casaco. Aria deu um suspiro.

Ela e Harrison andaram por uma mesa de folhetos sobre os próximos eventos do museu e um grande balcão com anúncios de oportunidades para afiliados. Aria sentiu uma leve pontada. Ela e Noel vieram ao museu há poucos meses, pararam na frente daquele balcão e discutiram sobre o que veriam. É claro que Noel queria visitar os machados e espadas antigos, mas Aria tinha insistido em ver primeiro a nova mostra de objetos infantis do século XVIII. No final, ela havia conseguido ganhar.

Aria piscou. Será que sempre forçava as coisas daquela maneira? Será que era por isso que Noel não queria mais vê-la? Talvez ele tivesse listado todas as diferenças deles e percebido que tinham muito pouco em comum. Tinha de ser aquilo, porque, na última noite, quando fuçou no Facebook de Scarlett – a garota tinha *pedido por* aquilo ao dizer a Aria seu sobrenome –, descobriu que Scarlett tinha frequentado uma escola preparatória particular em Devon, que era totalmente apaixonada por cavalos, era a capitã da equipe de cheerleading, e quase certamente não tinha ideia do que diferenciava um Kandinsky de um Rothko. Em outras palavras, o oposto completo de Aria.

Ela se repreendeu. *Você não liga.* Ela estava lá com um rapaz, afinal de contas. *Ela havia* superado aquilo, exatamente como Noel tinha feito.

Uma acadêmica correu até eles, com um grande sorriso no rosto.

– Sr. Miller! Srta. Montgomery! É um prazer encontrá-los. Sou Amy, e estou encantada com a presença de vocês. – Ela espetou pequenos bottons que tinham a imagem do cavalo alado do logotipo do museu nas camisetas deles. – Querem uma visita guiada?

– Não, ficaremos bem sozinhos – insistiu Aria.

Amy se afastou apressada, dizendo que os procuraria mais tarde.

– Vamos – disse Aria para Harrison, saltando pelos degraus de mármore, subitamente cheia de confiança. – Nosso passeio começa agora.

Ela o conduziu para a sua seção favorita do museu, a ala de arte contemporânea. As salas estavam vazias, e somente um dos guardas estava parado na entrada principal, mexendo em seu telefone. No começo, os dois caminharam pelas paredes, estudando silenciosamente as peças. Então, Aria começou a escolher suas obras favoritas. Ela apontou para o quadro

Three-Part Windows, de Robert Delauney, uma obra de arte composta de formas representando vistas da Torre Eiffel através de uma janela.

— Eu *gostaria* de pintar alguma coisa assim – suspirou ela. – É tão sugestivo.

Então ela se adiantou para outro trabalho cubista, *Nude Descending a Staircase,* de Marcel Duchamp, e apontou para algumas composições gráficas de Jean Hélion. – Por alguma razão, eu sempre quis ter desenhado estes – comentou ela.

— Humm – disse Harrison, com o queixo na mão.

Aria engoliu com dificuldade, repentinamente insegura. De repente, ela se lembrou de como Harrison era legal, tinha boas ideias e muita cultura. Será que as escolhas dela pareceriam tolas para ele? Será que eram prosaicas? – Quero dizer, acho que provavelmente há trabalhos aqui que são melhores exemplos da forma, ou do período histórico, ou de um movimento particular – disse ela, rapidamente. – Eu não estudo História da Arte a sério e...

Harrison olhou para ela.

— Arte é subjetiva. Você sabe disso. Você gosta do que se parece com você. – Harrison apertou a mão dela. – Você sabe, é por isso que você é tão única. Você é tão... *humilde*. Eu convivo com artistas egocêntricos o dia todo, é realmente um sopro de ar fresco. E você não se parece com uma garota do ensino médio, também. Você é tão madura.

Aria ficou vermelha.

— Bem, obrigada, eu acho. – Ela não estava acostumada a receber tantos elogios. Eles passaram por uma sala cheia de esculturas, os saltos altos dela ecoando no chão de mármore. – Eu costumava vir aqui quando era mais jovem, tipo, no 4º e no 5º ano, e me sentava aqui por horas – murmurou. – E quando fiquei mais velha, minha sala do 1º ano do ensino médio fez uma excursão para cá. Eu quis ver todos os quadros de novo, parecia que eles eram meus amigos. Mas minha amiga *de verdade*, a garota que estava comigo, quis voltar para a entrada, sentar nos degraus e paquerar alguns garotos da Penn. Eu fiquei meio desapontada.

Um sentimento amargo a preencheu subitamente. Ela havia contado a história toda sem estar totalmente consciente de que a amiga era Ali. Não a Ali *maluca*, mas Courtney, que também agia como uma doida – e forçava a barra, também – à sua própria maneira.

Harrison estalou a língua.

– Eu também costumava pensar nos quadros como meus amigos. Nunca conheci ninguém desta maneira.

Aria piscou com força.

– Parece que temos várias coisas engraçadas em comum.

– Várias coisas *legais*. – Harrison deu um passo em sua direção.

O coração dela bateu com força enquanto ele olhava significativamente para ela. Viu, *este* era o porquê de ela estar atraída por ele. Porque eles *entendiam* um ao outro.

Ele se aproximou cada vez mais, até que seu peito quase tocou o dela. Aria segurou o fôlego, sabendo o que viria a seguir. Quando ele se inclinou para beijá-la, ela fechou os olhos.

– Tudo bem para você? – sussurrou ele suavemente, com seu hálito suave no rosto dela. Aria concordou e sentiu-o beijá-la novamente. Os lábios dele eram firmes e tinham um pouco de sabor de frutas. Seu maxilar era anguloso, e havia um traço de barba em seu queixo. Era uma sensação desconhecida: Noel sempre se barbeara muito bem. Ela explorou a pele de Harrison cuidadosamente, incerta se gostava ou não da barba.

Então, o guarda no canto tossiu bem alto. Aria deu uma risadinha e o empurrou para longe, e os olhos de Harrison se abriram com culpa. Mas, então, ele deslizou a mão e segurou a de Aria. Aria a apertou, com um sentimento trêmulo crescendo dentro do peito. Talvez fosse excitação. Será que era estranho ela pensar em Noel durante o beijo deles? Por que ela não conseguia simplesmente *superá-lo*?

Ela se virou e contemplou Harrison.

– Você quer ir a uma festa comigo em Rosewood amanhã? – disse ela. – É um evento beneficente, e é por uma boa causa. Não posso prometer que vai ser divertido, ou mesmo que vai ser alguma coisa perto de legal, mas juntos poderíamos fazer a coisa ficar melhor.

Ela tinha que perguntar, percebeu. Quanto mais encontros tivesse com Harrison, provavelmente mais gostaria dele – e pensaria menos em Noel.

Harrison sorriu.

– *Qualquer coisa* com você é no mínimo legal, Aria. Claro que eu vou.

Aria estava prestes a envolvê-lo com os braços, mas então ouviu passos. Ela se virou bem na hora em que uma sombra desapareceu de vista. Ela franziu o rosto e olhou de volta para Harrison.

– Você ouviu aquilo?

Ele levantou a cabeça.

– Ouviu o quê?

Aria andou até a porta. O guarda que estava ali antes havia sumido. Teria sido ele? O silêncio ecoava em seus ouvidos, mais alto que quaisquer barulhos. Ela ouviu atentamente, buscando outros sons, e então ouviu mais alguma coisa. A risada mais leve e suave. Seus braços se arrepiaram.

Não havia ninguém no corredor. Aria o atravessou em direção à próxima sala, um espaço comprido e estreito cheio de telas enormes. Então, ouviu passos novamente e se engasgou.

– *Isso* – Aria chamou a atenção de Harrison. – Estes passos.

Desta vez, eles vinham do corredor principal.

Aria se virou e os seguiu, o coração batendo com força.

– Aria? – chamou Harrison, atrás dela, enquanto ela virava a esquina até o salão principal. Estava vazio. Ela olhou em volta. Enquanto se virava para a esquerda, quase trombou com alguém vindo de outra ala. Aria pulou para trás e gritou. Mas era apenas Amy carregando um suporte descartável para copos de café.

– Desculpem! – gritou Amy, pulando para trás. – Eu estava procurando vocês dois. Uma garota que ainda está no café comprou para você, Aria. Ela disse ser uma amiga e uma grande fã.

Amy fez um gesto para os cafés. Aria olhou para eles. Os copos não estavam tampados, revelando uma espuma branca espessa. No copo da esquerda, uma letra havia sido desenhada no creme – estava desaparecendo rapidamente, mas era um *A* bem óbvio.

O estômago dela afundou. Antes que Aria pudesse pensar direito naquilo, ela desceu as escadas e correu pelo corredor, até o café, parando rapidamente na porta. Os funcionários estavam limpando as bandejas que estavam nas mesas. Alguém trocava o saco de lixo na lata próxima à porta.

Então Aria viu um brilho loiro desaparecendo numa porta dos fundos. Ela correu até lá – apenas para achar uma funcionária loira da cafeteria, enfiando uma grande bandeja de metal em uma pia funda de aço inoxidável.

– O que você está *fazendo*?

Harrison e Amy estavam parados atrás dela. Os dois tinham olhares estranhos no rosto, especialmente Harrison. Os copos de café haviam sumido. Aria correu as mãos pela face.

– Sinto muito – gaguejou ela. – Eu... eu só queria achar a visitante que nos comprou estes cafés. E... e agradecê-la.

Era uma desculpa ridícula, e nenhum dos dois parecia ter acreditado nela. Harrison deu um passo à frente, colocando o braço em torno dos ombros dela.

– Vamos tirar você daqui – disse ele, virando-a em direção à entrada principal. – Um amigo me falou de um ótimo restaurante italiano aqui perto.

– Parece perfeito – disse Aria, com um fio de voz, grata por Harrison não estar fazendo um drama com sua esquisitice. *Chega de ataques de pânico esta noite,* ela chamou a própria atenção. O *A* no topo daquele café pode ter sido só um incidente, uma coincidência. *Ali. Não estava. Aqui.*

Ela teria acreditado naquilo, não fosse pelo leve traço de baunilha que subitamente a atingiu enquanto eles deixavam o museu, um pequeno rastro de aroma que seguiu Aria, assustadoramente, por todo o caminho de pedras grandes até a rua movimentada da cidade.

23

HÁ ALGUÉM LÁ FORA

Spencer entrou no estacionamento do Turkey Hill. Ela bateu o dedo para pausar uma música de Taylor Swift no estéreo quando passou pela bomba de gasolina. Quando entrou na loja, reconheceu um dos garotos pré-adolescentes de um grupo que conversava perto da máquina de gelo em sua primeira visita ao local.

– Com licença – disse ela aos garotos. Todos seguravam skates, e um deles tinha um pacote de cigarros saindo do bolso do casaco. Eles olharam para ela com cara de tédio estudado e, na maioria, sem interesse, embora todos tivessem medido Spencer rapidamente, seus olhares passeando por seus seios. – Vocês viram uma garota com mais ou menos a minha idade? Bonita, mas com alguns dentes faltando? Provavelmente não falava muito?

Os garotos balançaram suas cabeças. Um deles, na verdade, riu. *Tudo bem, uma fora.* Spencer tocou no braço de outro cliente que parecia ter algum tipo de cargo importante e perguntou a ele a mesma coisa, mas ele disse que não tinha visto Ali tampouco. *Duas fora*. Dentro do minimercado, ela abordou um homem próximo ao estoque de refrigerantes – não, disse ele – e uma mulher que servia a si mesma uma xícara de café.

– Querida, eu não moro nessa cidade – disse a mulher em uma voz rouca. – Sinto muito.

Spencer abaixou os ombros. *Três fora?* Finalmente, ela marchou até o balcão.

– Você sabe se Marcie está aqui? – perguntou ela ao funcionário, que tinha a cabeça raspada e os olhos preguiçosos.

Ele balançou a cabeça.

– Marcie não trabalha mais aqui.

Spencer franziu o rosto.

– Por quê?

Ele pareceu desconfortável.

– Ela faleceu, na verdade. Faz alguns dias. Foi meio inesperado.

Spencer piscou com força.

– Ela estava doente?

Ele deu de ombros.

– Ouvi dizer que foi um acidente de carro. – Então ele olhou para Spencer, com expectativa. Ela pegou um pacote de chicletes e pagou por ele, sabendo que deveria se afastar do balcão e parar de fazer perguntas. Seu coração batia com força. Marcie tinha falado coisas sobre uma loira comprando água... e agora estava *morta*? Em um *acidente de carro*? Não parecia ser coincidência.

Spencer estava ligando o motor quando o telefone tocou. ARIA, dizia o identificador de chamadas.

– Sinto que estou enlouquecendo – disse Aria depois que Spencer atendeu. – Eu estava no Museu de Arte da Filadélfia, e eu juro que Ali, ou talvez um de seus asseclas?, me seguia. Diga que isto não é possível.

Spencer espiou seu iPad no banco do passageiro. O vídeo das câmeras de vigilância estava ligado, mas, como sempre, as câmeras não exibiam nada fora do normal.

– Não é *impossível* – disse ela, com cautela.

Aria deu um gritinho nervoso.

– Não entendo por que Ali está por aí, exibindo-se para o mundo. Quero dizer, e se alguém que não fôssemos nós *realmente* a reconhecesse e a delatasse? Ela está correndo uma série de riscos. E usar comparsas é uma loucura, também. Como ela pode confiar que estas pessoas não vão dar com a língua nos dentes?

– Eu sei – disse Spencer. – Imagine se alguém *realmente* falar e contar à polícia que ela está viva. Mesmo que Nick tenha assumido a culpa por quase nos matar, a polícia ainda tem aquela carta de Ali, contando que matou a própria irmã. *E* Ian e Jenna. Ela ainda é uma criminosa. – Ela fechou os olhos, deliciando-se com a possibilidade. Seria *tão* sensacional se aquilo acontecesse. Supor que Dominick ou esta tal de Robin Cook realmente *fossem* Gatos de Ali, mas ficaram cansados do joguinho de Ali e abriram o jogo. Era possível, não? Eles seriam heróis.

Aria deu uma risada que mais parecia com um rosnado.

– Talvez nós devêssemos *esperar* que Ali faça mais aparições públicas. Ela pode se complicar. – Ela suspirou. – Preciso ir. Meu acompanhante provavelmente está se perguntando onde é que eu estou.

Spencer largou o telefone no colo e esfregou os olhos, sentindo-se ainda mais sem esperança do que antes. Ali não seria pega, e seus comparsas não a denunciariam. Ela iria até o fim do mundo para permanecer escondida.

Um pequeno tremor em uma das câmeras de vigilância capturou sua atenção. O coração de Spencer disparou, e ela agarrou o laptop do assento e o colocou próximo ao rosto, olhando fixamente para as imagens em preto e branco na tela. A câmera que apontava para a varanda capturou algum movimento. Alguma coisa grande se movia no canto. Parecia uma pessoa.

Seu coração disparou. Ela conferiu as outras imagens; não havia ninguém dentro da casa e nada acontecia no jardim. Então a silhueta se moveu novamente para parar próxima a uma janela, dando a Spencer uma vista perfeita. *Era* uma pessoa, vestida com um casaco escuro com o capuz puxado e apertado na cabeça. Pela altura e compleição, parecia um homem.

Dominick. Ele não estava usando um casaco escuro na entrevista? Isto provaria com certeza – ele *estava* perseguindo-a.

Ela enfiou a chave na ignição e engatou a ré, quase batendo em uma picape próxima às bombas de gasolina. Se Dominick fosse um Gato de Ali, talvez ele pudesse levá-la diretamente a Ali.

Ela desligou os faróis e embicou no pátio cinco minutos depois. Não havia carros estacionados próximo à casa; Dominick devia ter estacionado em algum outro lugar. Ela espiou as câmeras de vigilância mais uma vez. Ele ainda estava perto da janela. Será que procurava alguma coisa? Esperava alguém?

Spencer saiu do carro tão silenciosamente quanto pôde. A grama molhada se infiltrou em seus sapatos de tecido enquanto atravessava o gramado, mas ela não deu atenção a isso. A casa da piscina entrou em seu campo de visão. Dominick ainda estava parado ao lado da janela. Spencer estacou em seu caminho, insegura sobre o que fazer em seguida. Dominick também congelou, talvez por sentir que alguém estava próximo. Spencer andou sem fazer barulho até um grande arbusto de juníperos. Ela tentou não respirar.

Beep.

Era seu telefone. Ela o buscou em seu bolso para silenciá-lo, então espiou a tela. Era um e-mail do site sobre bullying, de um participante completamente desconhecido. Se ela apenas tivesse se lembrado de silenciar a campainha do aparelho.

As folhas fizeram barulho ao serem pisadas. Galhos se partiram. Ela olhou para cima. De repente, Dominick estava entrando no bosque, como se tivesse ouvido o telefone.

Spencer saiu atrás dele tão silenciosamente quanto pôde, afastando galhos perdidos do caminho. Estava quase escuro demais para enxergar onde ele estava indo. No momento em que atingiu o topo do monte para ver aonde ele tinha ido, o bosque estava vazio.

Spencer ficou parada, imóvel, tentando ouvir passos, mas não houve ruído. O único som era o do vento assobiando através dos galhos. Spencer se voltou, imaginando se teria se perdido enquanto andava pelo bosque, mas tudo o que ela viu foram árvores e tocos e arbustos. Nada mais. Ele simplesmente havia... *desaparecido*.

Desapontada, Spencer voltou para a cabana aos tropeços, com espinhos machucando-a no percurso todo. O céu estava completamente escuro, e as únicas luzes, fraquinhas, tremulavam na estrada ao longe. Spencer vagou pela escuridão até que encontrou a janela em que Dominick tinha ficado, enfiou a mão no bolso, pegou o telefone e acendeu a luz dele em direção ao batente dela. Estava nojenta com teias de aranha e poeira. Alguma coisa feita de vidro tinha sido quebrada ali, também; quando ela o apanhou, uma gota de sangue apareceu em seu dedão.

Spencer fez a luz incidir na moldura da janela, mas não conseguiu ver nada. Direcionou o facho para a sala, mas ela também estava vazia. Talvez Spencer nunca descobrisse o que Dominick estava fazendo ali.

Mas a grande questão é que ele *realmente* estivera fazendo algo.

24

EMILY ESTÁ SÓ

Na manhã seguinte, Emily se sentou em seu Volvo no estacionamento da escola Rosewood Day antes da aula de Química, durante uma conversa em grupo no celular com Spencer e as outras. Spencer falava sozinha quase a maior parte do tempo.

– Havia alguém na casa da piscina – disse Spencer, apressada, depois de descrever o cerco que tinha feito. – Eu corri para tentar apanhá-lo.

– Mas como você pôde segui-lo através do bosque? – questionou Hanna. – Você poderia ter se machucado de verdade, Spence! Você deveria ter ligado para a polícia!

Emily murmurou uma concordância, mas ela se sentiu culpada – Spencer estava levando a bronca que *ela* também merecia. Suas amigas não souberam sobre seu descontrole no outro dia na casa da piscina, e tinha alguma esperança de que nunca saberiam. Tecnicamente era possível: poderiam rebobinar os arquivos manualmente e assistir a tudo que ela havia feito. Só de pensar naquilo, Emily se sentiu meio irritada e envergonhada. Todas aquelas coisas que ela estragara. Todas aquelas coisas horrorosas que dissera.

— Olhem, sei que foi loucura, mas eu não estava pensando direito – disse Spencer. – E, de qualquer maneira, estou bem. Mas o cara escapou. – Ela suspirou dramaticamente. – O que é uma droga, porque eu tenho *quase certeza* de que era o Dominick. Não sei quem mais poderia ser.

— Afinal quem é esse cara? – perguntou Aria.

Spencer descreveu brevemente o sujeito que a tinha assediado on-line e no programa sobre bullying em Nova York.

— Em parte, foi por isso que eu corri para lá... pensei que fosse ele, mas a imagem da câmera não estava clara, e ele correu rápido demais para mim, não consegui ter uma visão mais clara. Até rebobinei a gravação de vigilância, mas não pude ver o rosto dele, de jeito nenhum.

— Então, como podemos encontrar este tal de Dominick? – perguntou Hanna, a voz alta e aguda. – Você sabe onde ele mora?

— Só tenho o perfil que ele usava para me atormentar no blog. Ele diz que é da Filadélfia, mas quem sabe se isso é verdade?

— O que você acha que ele estava procurando? – perguntou Aria.

— Bem, quando eu assisti ao vídeo de segurança novamente, ele aparentou só estar parado lá – disse Spencer. – Então, não sei. Talvez estivesse esperando por Ali. Por qual outro motivo estaria lá, a não ser que *ela estivesse* lá?

— Então aonde isso nos leva? – perguntou Aria. – Se os Gatos de Ali são reais, e Ali confia em alguns deles, será que isso significa que eles todos estão atrás de nós?

Emily fechou os olhos. Nos últimos dias, depois de seu ato cretino de vandalismo, vivia apavorada que Ali e Robin Cook invadissem sua casa enquanto estava dormindo, rindo ao lado da cama dela antes de sufocá-la até a morte. Emily mal conseguia dormir. – Como podemos lutar contra alguma coisa quando nem sabemos que coisa é essa? – perguntou ela, sem forças.

– Não vamos entrar em pânico – disse Spencer, com firmeza. – Talvez eu possa encontrar Dominick e fazer algumas perguntas a ele. Ou talvez possamos denunciá-lo à polícia, contando que ele invadiu a propriedade dos Maxwell.

– E se a polícia nos perguntar como soubemos que Dominick estava lá? – relembrou Hanna. – Precisaremos contar sobre nossas câmeras. E então *nós* também teremos problemas por invadir uma propriedade.

As meninas ficaram em silêncio por um momento. Então Aria suspirou.

– Vamos todas nos encontrar hoje à noite naquela coisa do evento de caridade?

Spencer gemeu.

– Eu não *quero ir*.

– Eu também não quero – disse Emily.

– Venha, por favor, Em – pediu Aria rapidamente, tão rapidamente, na verdade, que deixou Emily um pouco incomodada. Ela percebeu como as amigas estavam cheias de dedos perto dela nos últimos tempos. Elas provavelmente estavam preocupadas com ela; Emily sabia que vinha agindo de um jeito estranho. Mas, em alguns momentos, desejava apenas que a deixassem em paz.

Depois daquilo, não havia muito mais a ser dito, e todas desligaram. Emily agarrou o volante por um momento, uma sensação ruim fazendo seu coração afundar. Muitas garotas atravessavam o estacionamento a caminho da aula, os rabos de cavalo balançando. Até onde ela sabia, *elas* bem poderiam ser dos Gatos de Ali. A escola inteira poderia ser.

Olhou para a caixa ao lado dela no banco do passageiro. Eram os pertences de Jordan que vieram da prisão; *ainda* não tinha mexido neles, mas também não gostava da ideia de deixá-los em casa, onde seus pais poderiam xeretar. Um dos lados da tampa estava empurrado para baixo, permitindo que espiasse lá dentro, mas Emily temia a dor que sabia que sentiria quando fizesse isso. Era possível que reconhecesse alguns itens daquela caixa: um par de brincos de Jordan, sua carteira de motorista, os sapatos que usava quando foi presa. Outra pessoa poderia achar que estar próxima àqueles objetos pudesse fazê-la se sentir mais próxima a Jordan, mas Emily discordava. Eles apenas a faziam se sentir mais desconectada, muito mais distante.

Quando seu telefone tocou de novo, deixou escapar um gritinho. Um número desconhecido apareceu na tela. Emily atendeu com um "alô" nervoso.

– Srta. Fields – disse uma voz áspera. – Meu nome é Mark Rhodes, e sou detetive do Departamento de Polícia do Condado de Ulster. A agente Fuji do escritório do FBI na Filadélfia me deu seu número. Estou investigando a morte de Jordan Richards.

Emily se sentou mais reta no banco do carro.

– Investigando? – repetiu ela. – Robin Cook foi indiciada pelo crime, não?

O detetive pigarreou.

– Bem, houve alguns boatos na prisão que a senhorita Cook foi, de algum modo, injustamente acusada, ou até mesmo que o crime foi armado. E, nesta manhã, seu corpo foi encontrado em um bosque ao lado de um shopping em Nova Jersey.

Emily piscou com força.

— Robin Cook está morta?

— Nós acreditamos que há mais coisas em jogo aqui do que pensamos inicialmente. Você visitou a senhorita Richards na manhã em que ela foi morta. Ela lhe disse alguma coisa? Mencionou se não estava se dando bem com alguém?

— Não... — A cabeça de Emily girava.

— E você não sabe se alguém de fora da prisão pode ter, digamos, seguido a senhorita Cook como vingança porque ela assassinou Jordan?

Emily ficou alarmada. Ela odiou o caminho que o detetive estava seguindo.

— Com certeza, não — ela praticamente gritou. — Jordan, ou a *turma* dela não teve nada a ver com a morte de Robin. Alison DiLaurentis a matou.

Houve uma longa pausa.

— Desculpe-me? — disse o detetive, por fim.

Emily sabia que não podia parar agora.

— Ali deu um jeito para que Robin matasse Jordan... elas se encontraram na manhã da morte de Jordan. Então ela ajudou Robin a escapar da prisão e a matou, para fechar o círculo. — Seu coração batia com força. Fazia muito sentido. Era assim que Ali ia manter os Gatos de Ali em silêncio. Ela os assassinaria.

Houve estática na ligação.

— Sinto muito. Você está falando sobre Alison DiLaurentis, a garota que matou a irmã e que morreu naquele incêndio?

— *Sim*, ela! — Emily quase gritou. — Ali não está morta, certo? Ela está *lá fora*. Eu a *vi*.

— Será que Jordan *mencionou* a senhorita DiLaurentis quando vocês duas conversaram? — perguntou o detetive. — Ela viu Alison? E eu não entendo... você está dizendo que a senhorita DiLaurentis estava na prisão feminina de Ulster? — Houve um barulho de papéis sendo amassados.

Emily fechou o punho. Ele *não* entendia.

— É claro que Jordan não falou dela. Jordan nunca a *viu*. E não, Alison não estava na prisão. Robin era o contato dela do lado de dentro, e Ali a ajudou a escapar. Ela matou Cook logo que ela escapou e puderam ficar sozinhas, porque não queria Robin contando o que havia acontecido.

— Então a senhorita DiLaurentis usou a senhorita Cook como sua assassina particular.

Agora o tom do detetive não era inquisitivo — era sarcástico. Emily sentiu um golpe de frustração.

— Eu sei que parece loucura — disse ela. — Mas analise isso com calma, certo? Procure nos registros de visitantes da senhorita Cook. Sei que Ali a visitou na terça-feira. Confira as câmeras de vigilância. Procure impressões digitais. Faça *alguma coisa*. Porque, neste exato momento, eu me sinto completamente desprotegida. Assim como Jordan estava. Você sabe que eu nem mesmo vi a agente Fuji ou alguém da escola onde eu fui atacada, tentando descobrir quem *fez* isto se não foi a Alison?

— Isto é verdade? — O agente pareceu preocupado.

Emily nem pensou enquanto falava, mas agora ao olhar para as portas duplas que davam para o recinto da piscina, percebeu que era verdade. Ela esteve lá todos os dias para as aulas de Química, desde seu ataque, e ainda não vira ninguém procurando impressões ou fazendo perguntas. Nem uma vez. E então ela se deu conta. Talvez Fuji não acreditasse nela. Talvez pensasse que Emily armou o ataque, em busca de atenção.

Um rugido escapou do fundo da garganta de Emily. Ela jogou o telefone no banco traseiro, antes mesmo de o detetive ter desligado. *Eles não acreditavam nela*. Ninguém acreditava nela. Enquanto isso, poderia haver centenas de Gatos de Ali espionando-as, observando-as, sabendo *de tudo*. E a polícia não ligava. Nem um pouquinho. *Ninguém* mais ligava para ela – não da maneira que Jordan se importava.

E Emily estava certa de que ninguém mais se importaria novamente.

25

A FAMA SOBE À CABEÇA

Na tarde de sexta-feira, Hanna se sentou em seu trailer no set de filmagens, respirando profundamente, sem parar. Seu telefone vibrou. MIKE, o identificador de chamadas dizia. Quando ela atendeu, Mike parecia feliz e relaxado.

– O garçom da cafeteria do trem me deixou pedir uma cerveja! – sussurrou ele na linha cheia de estática.

Hanna deu uma risadinha.

– Então você vai ficar bêbado para a festa de hoje à noite, não é? – Ele havia embarcado em um trem, vindo do acampamento de futebol, e estaria em Rosewood logo após às 16 horas, o que lhe dava tempo suficiente para se arrumar para o evento beneficente.

– Não, só alegre. – Mike suspirou, melancolicamente. – Mal posso *esperar* para ver você, Han. O que você está fazendo agora? Se embelezando? Ficando bonita?

Hanna olhou fixamente para seu vestido prateado, pendurado em um saco de lavanderia em um gancho na porta de seu armário. Ela havia escolhido a roupa momentos antes de vir para o set, mas ainda não estava pronta para vesti-la.

– Hum, estou começando a me preparar – disse ela, sentindo-se trêmula e supersticiosa demais para dizer a Mike o que ela estava *realmente* começando a fazer. – Eu ligo para você daqui a pouco, certo? – Ela fez um som de beijo e desligou.

Então ela se olhou no espelho, jogando o cabelo castanho-avermelhado para trás dos ombros.

– Você pode falar com Hank – sussurrou ela para seu reflexo. – Você *merece* ser a próxima Hanna.

Logo após Jared ter plantado esta ideia em sua cabeça, sobre pegar o papel de Hailey, Hanna havia subido as escadas até o camarim de Hailey e batido discretamente na porta. Hailey a deixara entrar e imediatamente começara a reclamar, dizendo o quanto *Burn It Down* era um filme estúpido.

– A trama do filme é idiota – disse ela, jogando seus pertences em um monte de caixas de papelão que ela tirara do pequeno armário. – Os personagens são idiotas. Este filme vai ser um fracasso de bilheteria. – Ela deu uma olhadinha para Hanna. – Sem ofensas.

Hanna tinha encolhido os ombros, deixando a observação resvalar nela.

– Bem, talvez isso seja uma coisa boa, então – tentou Hanna. – Você parecia tão infeliz.

Hailey concordou veementemente.

– Com certeza. Eu estava mais do que infeliz. Esta foi a melhor mudança de último momento na minha carreira. Estou tão feliz que isso acabou.

– E você vai encontrar alguma coisa – acrescentou Hanna.

– Naturalmente! – pavoneou-se Hailey, erguendo um punho no ar. – Só sinto de deixar você para trás, querida.

– Então ela disse a Hanna que ligaria para seu agente no dia seguinte e o faria acertar tudo para que Hanna voasse para Los Angeles o quanto antes para visitá-la.

– Nós vamos nos divertir tanto! – gritou Hailey, jogando um monte de vestidos em uma mala aberta. – Os clubes de Los Angeles são zilhões de vezes melhores do que esses lugares caídos de Nova York. E as lojas? São de morrer!

Hanna deixara o camarim de Hailey com um sentimento de realização. Hailey estava fora – e estava feliz de cair fora. As chances de ela receber uma nova oferta de trabalho no dia seguinte em um novo filme eram enormes.

E Hanna? Bem, talvez, só talvez, ela pudesse se candidatar. Ela só tinha que perguntar primeiro para Hank.

Mas, antes que ela pudesse se mexer, seu telefone tocou novamente. Desta vez, era Emily ligando. Hanna apertou o botão verde de ATENDER e pigarreou.

– O que está acontecendo?

Emily deu um suspiro trêmulo.

– A assassina de Jordan está morta.

Hanna franziu a testa.

– E isso é bom?

– Claro que não é bom! – guinchou Emily. – Hanna, *Ali* a matou! Ela recruta esses comparsas malucos para trabalharem por ela, e então os joga fora como lencinhos de papel!

Hanna roeu a unha. Ultimamente, em todas as vezes que ela ouvia o tom de voz preocupado e confuso de Emily, seu estômago doía um pouco mais.

– Você tem *certeza* de que foi Ali? – perguntou ela, insegura. – Há alguma evidência disso?

Emily suspirou.

— Seria fácil demais. Você simplesmente não entende. — Com um gemido, ela desligou.

Hanna encarou o telefone. Então, retornou a ligação para Emily, mas ele ficou tocando sem que ela atendesse. Será que Emily estava brava de verdade com ela? Será que Hanna simplesmente deveria ter concordado sem fazer perguntas? Graças a Deus Emily tinha concordado em ir ao evento de caridade em Rosewood à noite – pelo menos elas poderiam ficar de olho nela.

Hanna se olhou no espelho mais uma vez, tentando com todas as forças deixar as preocupações de lado. Aprumando-se, saiu do trailer, desceu as escadas em suas sandálias altas e amarradas no tornozelo e entrou em um trailer adjacente que servia como escritório de Hank. Hanna tinha optado por visitá-lo naquela tarde porque sabia que haveria uma pausa na gravação e ele não estaria ocupado.

Ela respirou fundo de novo e bateu na porta. Houve uma tossida, e Hank abriu, o cheiro de fumaça de cigarro rodando para fora do espaço pequeno e apertado.

— Hanna! – disse ele, levantando uma das sobrancelhas. – Entre, entre.

Hanna subiu os degraus e entrou no trailer, que tinha uma mesa, um sofá de couro com aspecto caro e diversos prêmios e menções honrosas emoldurados e pendurados nas paredes. Sua mesa estava cheia de papéis e de coisas que pareciam formulários, uma coleção de papéis de copo da Starbucks e diversas fotos de rosto em preto e branco de garotas bonitas da idade de Hanna. Hanna reconheceu diversas de seriados de televisão e filmes. Ela sabia por que Hank analisava aquelas fotos: ele estava à procura de uma nova Hanna.

– Então... – Hank se sentou em sua cadeira e colocou as mãos nas coxas. – O que posso fazer por você?

Hanna desviou o olhar das fotos, tentando não se sentir tensa com a maneira que todas elas pareciam profissionais – ela nem mesmo *tinha* uma foto de rosto.

– Gostaria de ficar com o papel de Hailey como Hanna. Quero interpretar a mim mesma no filme.

Por um momento, o rosto de Hank ficou inexpressivo, e Hanna imaginou se teria cometido um enorme erro. Ela era amadora, uma garota boba que eles provavelmente só trouxeram para a produção porque seria um ótimo golpe publicitário. Aquelas garotas das fotografias eram as atrizes *de verdade*. Mas Hank se inclinou para trás na cadeira.

– Interessante.

Hanna se ouviu dizendo a fala que ela ensaiara a manhã toda:

– Ainda não filmamos muitas cenas de Naomi, então se você recontratar alguém para interpretá-la, não perderia muito tempo. E eu sei que sou bastante inexperiente nisso tudo, mas vou trabalhar muito duro, e não darei o trabalho que Hailey deu. Sei o papel porque passei as cenas com Hailey, ouvi todas as suas observações para ela, e acho que sei que tipo de personagem você está procurando. Além disso, eu sou bem mais barata do que aquelas garotas. – Ela gesticulou para as fotografias, um gesto que ela esperou não ser presunçoso. – Só quero uma oportunidade.

Hank cruzou os braços sobre o peito, parecendo incerto e impressionado ao mesmo tempo. Ele não falou nada por alguns momentos, mordendo a unha de um dedo pensativamente. Finalmente, ele acenou com a cabeça.

– Certo. Você me convenceu. Vamos tentar.

O queixo de Hanna caiu.

— *Sério?* — Ela não tinha realmente achado que seus argumentos funcionariam.

Hank concordou.

— Mas se não der certo, você volta a interpretar Naomi. — Ele se levantou e apertou a mão dela. — Parabéns. Vou conversar com a equipe jurídica para acertar os papéis.

— Você não vai se arrepender! — gaguejou Hanna, chacoalhando a mão dele para cima e para baixo. Ela falou novamente sobre como esta era uma oportunidade incrível e como ela ia trabalhar muito, muito duro, enquanto saía do trailer, de costas. Depois que Hank fechou a porta, um sorriso enorme se espalhou por seu rosto e ela deixou um grito estridente e feliz escapar.

— Sim! — berrou Hanna. — Sim, sim, sim!

— Não *acredito* nisto.

Hanna se virou, praticamente tropeçando nos degraus do trailer. Hailey estava parada na sua frente, com uma sacola de lona cinza pendurada no ombro. Ela olhava para Hanna com um olhar traído no rosto, como se tivesse acabado de ouvir toda a conversa entre ela e Hank.

Antes que Hanna pudesse falar alguma coisa, Hailey marchou até ela.

— Como você ousa passar por cima de mim desta maneira? — rosnou.

Hanna piscou com força.

— Você desistiu! — esganiçou-se ela. — E você disse que não estava gostando!

As narinas de Hanna se abriram.

— Você me *convenceu* de que eu estava fazendo a coisa certa.

A boca de Hanna se abriu, depois se fechou.

— Mas...

Hailey ergueu a mão para impedi-la de continuar.

– Mas *nada* – sibilou ela. Seus olhos estavam duros e frios. – Você é uma vaca mentirosa, Hanna. Perguntei a você várias vezes como eu estava indo e você mentiu e mentiu e mentiu. *Você está ótima, Hailey. Bom trabalho, Hailey.* – Ela sacudiu o dedo na frente do rosto de Hanna. – Eu vou *machucar* você. Anote minhas palavras.

E então ela deu meia-volta, pisando duro na direção de seu carro alugado, uma Escalade enorme da qual ela frequentemente reclamava de ter de dirigir pelas estradas vicinais cheias de curvas de Rosewood.

– Hailey! – chamou Hanna, sem força na voz. Mas, como já esperava, a garota a ignorou, jogando-se no banco da frente do carro, engatando a marcha e saindo do estacionamento tão rápido quanto pôde.

Algumas horas depois, Hanna estava na estação de trens de Rosewood, espiando seu telefone sem parar. Até então, ela havia mandado doze mensagens para Hailey, mas ela não respondera a nenhuma. *Eu cometi um erro. Sinto muito. Eu abro mão do papel, é só dizer.* Hanna tentou falar com Jared, também, na esperança de que ele pudesse falar para ela que Hailey às vezes ficava assim mesmo, mas se acalmava em alguns dias, mas ele também não a respondia. Não era justo: a coisa mais maravilhosa tinha acontecido. Ela *deveria* estar totalmente feliz. Só que se sentia nervosa e desconfortável, com uma dor que corroía seu coração.

Pelo menos Mike chegaria a qualquer minuto; ele comemoraria com ela. *Tenho uma surpresa para você,* Hanna tinha escrito em uma mensagem para ele, embora não tivesse dito o que era. Ela caminhou pela plataforma, conferindo o relógio diversas vezes. Apesar de ser pouco mais de 16 horas, com muito tempo de dia claro ainda, a estação vazia e assustadora a deixava em estado de alerta. Alguma coisa metálica soou nas escadas, fora de seu campo de visão. Ela se virou com tudo. *Ali?* Houve outro barulho, seguido de um longo suspiro. A pele dela se arrepiou. Ela esperou, aterrorizada com quem poderia aparecer. Mas ninguém veio.

Um assobio estridente soou. O trem entrou na estação soltando fumaça, e Hanna esperou, animada, enquanto os passageiros desembarcavam. Mike trouxe a mala Jack Spade que ela lhe comprara no Natal pendurada no ombro. Hanna deixou escapar um gritinho e acenou para ele, mas, quando Mike olhou para ela, seus olhos estavam inexpressivos. Ele caminhou até ela e passou por Hanna, em direção às escadas.

– Ah, olá? – disse Hanna, andando em volta dele. – Quantas cervejas eles lhe deram no trem? Você está tão bêbado que não se lembra da aparência de sua namorada?

Mike alcançou o topo da escada, mas, em vez de se dirigir ao carro de Hanna, andou até o estacionamento que havia na lateral da estação.

– Para onde você está indo? – quis saber Hanna, subitamente se sentindo nervosa.

– Meu pai vem me buscar – disse ele em uma voz monocórdia.

– Mike. – Hanna agarrou a manga de sua camiseta. – *Eu* estou de carro. O que está acontecendo?

Mike olhou para ela friamente. Seus olhos estavam vermelhos, como se tivesse chorado. O coração de Hanna disparou. Finalmente, ele enfiou o telefone no rosto dela.

– É *esta* a sua surpresa?

Hanna olhou fixamente para a tela. Era a versão para celular do site do TMZ. AS ESTRELAS DE *BURN IT DOWN* CONFRATERNIZANDO! era a manchete em letras vermelhas brilhantes.

E então, bem abaixo, havia uma foto de Hanna e Jared se beijando no clube noturno de Nova York.

Hanna pôde sentir o sangue se esvaindo de seu rosto.

– Ele me beijou por *um* segundo – ela deixou escapar. – E então Hailey tirou uma foto antes de eu me afastar.

Mike riu, irônico.

– Sim, claro. – Ele agarrou o telefone de volta. – E então por que o artigo diz que *você o beijou*? Você faria qualquer coisa para conseguir a atenção de uma grande estrela de cinema, mesmo trair seu namorado?

– Mike, não!

Ela esticou a mão para ele, mas ele se afastou.

– Um cara do meu andar me enviou o link quando eu estava a apenas quinze minutos daqui. *Ei, a sua namorada está ficando com um outro cara.* Alguns dos comentários ainda diziam que *você mesma* postou a notícia.

– É claro que eu não fiz isso! – rugiu Hanna.

– Então quem foi?

Hanna piscou com força. A ficha tinha acabado de cair. *Vou machucar você,* Hailey tinha dito. Fazia todo o sentido.

Ela baixou os olhos. Se não tivesse sido tão ambiciosa, se não quisesse tanto ser uma estrela, nada disso teria acontecido. Ela nem podia culpar Ali por nada. Hanna procurara por aquilo.

– Mike, eu sinto muito – murmurou ela, sentindo as lágrimas correndo pela face. – Por favor, deixe-me explicar.

Mike puxou a bolsa que estava em seu ombro mais para cima.

– Preciso ir – murmurou ele, dirigindo-se ao estacionamento. Pela segunda vez naquele dia, Hanna observou alguém que ela gostava ir embora em um silêncio irritado.

26

O MECENAS MISTERIOSO

A barbatana no vestido tomara que caia verde-esmeralda que Aria usava no evento beneficente se enterrava nos seios dela, e ela calçava sapatos de salto desconfortáveis, mas, quando se olhou no grande espelho do saguão do Country Clube, precisou admitir que estava bem bonita. Bonitos também estavam seu pai, vestindo um terno escuro, e Meredith, que usava um vestido vermelho estruturado com uma gardênia enfiada na orelha.

Mas era Harrison que parecia verdadeiramente incrível. Ele tinha aparecido em Rosewood mais cedo no mesmo dia, usando um terno de tecido texturizado, ajustado perfeitamente, com um enorme buquê de flores para Aria. Enquanto Harrison examinava os dois no espelho, ele passou o braço em torno de sua cintura.

– Estou, com certeza, acompanhado da garota mais bonita da festa.

Aria ergueu a cabeça timidamente e disse alguma coisa que soou como "Ah, para". Ela queria sentir alguma coisa por

Harrison – realmente queria. Ele era *perfeito* para ela: ele dizia coisas doces, a mimava, e os dois tinham os mesmos interesses. Mas um sentimento persistente lhe dizia que deveria se sentir ainda *mais* lisonjeada do que estava, *mais* feliz e *mais* excitada pelo modo como ele parecia maravilhoso naquele terno. Era difícil reunir qualquer sentimento além do nervosismo generalizado de estar no Country Clube de Rosewood entre todos os presentes.

Aria olhou em volta. Mesmo ela não tendo voltado ali desde a festa em que Mona Vanderwaal promoveu para Hanna depois de ela ter sido atingida por um carro – a mesma noite, na verdade, que elas descobriram que Mona era A –, o lugar não mudara nem um pouco. O mesmo papel de parede xadrez e o mesmo mogno pesado revestindo as paredes, os mesmos carpetes ornamentados no chão, e o lugar ainda cheirava a diversos tipos de charutos, a vinho tinto e a molho cremoso. Havia montes de pessoas andando pelo salão de baile principal, parecendo perfeitos em seus vestidos de festa e ternos, com bebidas nas mãos. Um bando de crianças em seus melhores trajes corria pela escadaria dramática que ocupava dois pisos do saguão. Um grande cartaz com EVENTO BENEFICENTE escrito estava montado em uma mesa, junto com fotos e uma descrição da caridade que o evento apoiava. As pessoas mal olhavam para ele, entretanto, mais interessadas em achar os cartões que indicavam os lugares que suas famílias ocupavam. Aria não pôde evitar em reparar que ninguém em particular parecia um jovem problemático ou carente.

– A garota do momento! – Uma mulher com o cabelo cheio de laquê e em um terno Chanel de tweed surgiu do nada. Ela agarrou o braço de Aria. – Meu nome é Sharon Winters, e eu sou a chefe do comitê que organizou esta festa.

É tão *maravilhoso* que você tenha vindo, Aria. Agora, venha comigo! Eu coloquei você sentada na frente!

Aria agarrou a mão de Harrison, e Sharon os puxou através de uma multidão de uma grande sala na qual um bufê havia sido montado, e por uma área para o jantar que comportava um bar enorme e pelo menos vinte banquetas. No final do salão, havia um palco, e antes dele uma mesa comprida com arranjos de jantar para quatro pessoas. Hanna, usando um vestido brilhante que Aria não reconheceu, já estava sentada na ponta, roendo as unhas pintadas de vermelho.

Aria se deixou cair na cadeira perto de Hanna, e sua amiga virou os olhos para Sharon, que atravessou a sala para falar com mais convidados.

– Sharon me disse que eu deveria fazer um discurso esta noite. *Até parece!*

– Bem, você é a estrela de cinema – Aria não pôde deixar de provocar. Então ela se virou para Harrison. – Este é Harrison. Ele escreve no *Fire and Funnel,* o blog de arte.

– Você é uma estrela de cinema? – perguntou Harrison, apertando a mão de Hanna.

– Não exatamente. – O olhar de Hanna se moveu para Aria. – Você sabe se Mike vem hoje?

Aria balançou a cabeça, cheia de pena. Ela soubera que Mike estava no trem voltando para casa para ver Hanna, mas então o pai dele contou a ela que Mike tinha mudado de ideia e sairia com alguns colegas do lacrosse nesta noite. Ela não quis se intrometer, mas pelo olhar no rosto de Hanna, perguntou-se se eles tiveram algum tipo de discussão.

– Seja lá o que for, isso vai acabar. Eu sei como Mike se sente a seu respeito – disse ela baixinho. Hanna só olhou para outro lado, parecendo pouco convencida.

Eles se acomodaram em seus lugares, com Harrison sentado à esquerda de Aria. A multidão no salão de jantar estava enorme; quase todas as mesas estavam ocupadas.

— *Muitas* pessoas da escola estão aqui — murmurou Aria. Lá estavam James Freed e Lanie Iler, rindo sobre um prato de ravióli. Kirsten Cullen e Scott Chin estavam na fila para o caricaturista. Então, ela viu Mason Byers, parecendo atlético de camisa e gravata, e diversos outros garotos do time de lacrosse jogados em uma mesa perto da saída de emergência à esquerda.

— Não é porque eles querem apoiar a juventude problemática — disse Hanna, com amargura. — É provável que estejam aqui porque podem beber de graça. — Então seu rosto ficou pálido quando viu alguma coisa do outro lado do salão.

Aria tentou seguir seu olhar, mas Hanna deu um pulo e ficou de pé em sua frente.

— Hum, nós deveríamos nos misturar. Apresentar o Harrison, você não acha?

Aria franziu o rosto. A voz de Hanna ficou tão estridente de repente. Ela esticou o pescoço por sobre a figura magra da amiga e olhou para a mesa de lacrosse. Então ela viu o que Hanna tentava esconder. Noel também estava sentado à mesa de lacrosse. Com Scarlett.

Você não deveria estar aqui!, Aria queria gritar. Noel não tinha dito a ela que ele estaria ocupado nesta noite? Pensando mais uma vez, *ocupado* poderia significar "Eu já tenho um encontro".

Ela espiou Scarlett. A loirinha usava um vestido preto que caía perfeitamente em sua figura estreita, e seu cabelo estava preso em um penteado complicado. Noel se inclinara para ela e sussurrava alguma coisa em sua orelha. Scarlett jogou a cabeça para trás e riu, tocando a mão de Noel.

Nesse momento, Noel ergueu os olhos. Seu olhar encontrou o de Aria instantaneamente, e seus olhos se estreitaram. Seus lábios se afastaram um do outro. Ele não soltou a mão de Scarlett. Aria se virou rapidamente para Harrison, que folheava o programa que descrevia o evento. Ela agarrou a mão dele com força, apertando-a, então escorregou para mais perto e fingiu estar absorvendo cada palavra da história que ele contava a Hanna sobre a escola particular onde tinha cursado o ensino médio, no condado de Montgomery.

Depois de um tempo decente, ela espiou a mesa dos jogadores de lacrosse de novo; para sua frustração, a atenção de Noel estava em Scarlett e na massa com que ela se servira no bufê. De repente, Aria sentiu calor. Não conseguiria ficar mais um momento sequer naquela sala. Ela ficou em pé num pulo e disparou pelo salão.

– Preciso... – murmurou ela para Harrison e Hanna e disparou pela porta, sem terminar a frase.

Não havia fila no banheiro feminino, e o pequeno vestíbulo na frente das cabines também estava vazio. Aria se jogou em um sofá forrado com tecido estampado e esfregou suas têmporas com força. *Não fique com raiva dessa estúpida Scarlett,* ela disse a si mesma com firmeza. Mas era doloroso demais ver Noel com alguém. Alguém tão diferente. Alguém tão mais bonita. A porta se escancarou, e Aria levantou a cabeça. Primeiro ela achou que estava vendo coisas.

Noel estava parado na porta.

Ele se dirigiu a ela, os braços pendurados ao lado do corpo. Ele parecia sem fôlego, as bochechas ruborizadas.

Aria deu um pulo do sofá.

— Você não pode entrar aqui!

Antes que Aria se desse conta do que estava acontecendo, Noel deu um passo à frente e a pegou pelos ombros, pressionando os lábios contra os dela. Aria fechou os olhos, a sensação familiar se espalhando pelo corpo dela enquanto ela o beijava.

Então Aria o empurrou para longe, os olhos arregalados.

— O que você está *fazendo*? – explodiu ela.

Noel estava muito sem fôlego para responder. Ele ficou olhando para os lábios dela.

— Nós *terminamos* – acrescentou Aria. – Você mesmo disse. E aquela garota?

Noel parecia atormentado.

— Eu não sei o que eu quero – soltou ele, e disparou para a porta. Com uma lufada de ar, ele tinha escapado.

Aria se afundou de novo no sofá, seu pulso disparado. Ela ainda podia sentir os lábios de Noel nos seus. Seu corpo todo parecia revigorado e ruborizado. Parte dela queria correr atrás dele, mas outra parte a manteve ali. Noel provavelmente já estava com Scarlett, arrependendo-se do beijo. E, de alguma maneira, aquilo a fez se sentir ainda pior.

A porta se abriu novamente, e Aria meio que se levantou, esperando que fosse Noel... e se odiando por esperar. Mas Spencer entrou, usando um vestido de franjas, no estilo dos anos 1920, olhando para baixo, para sua bolsa-carteira enorme. Ela parou quando viu Aria, e sua expressão ficou preocupada.

— Você está bem?

Aria piscou. Ela não explicaria o que tinha acontecido de jeito nenhum.

— Onde você esteve? – perguntou ela.

Spencer colocou algum tipo de loção nas palmas das mãos.

– Passei a manhã inteira tentando adivinhar quem é o Dominick. Liguei para uns cinquenta investigadores particulares para ver se eles podiam ajudar, mas eles precisam de um nome completo antes de qualquer coisa. Até mesmo liguei para a organização antibullying que fez o vídeo para ver se eles têm um registro de todos os nomes das pessoas que estavam na plateia, mas ninguém retornou a ligação.

– Isso é uma droga – disse Aria, fraquinho. Mas sua mente ainda estava em Noel. Ele havia seguido-a para dentro do banheiro e a *beijara*. Será que ele estava pensando nela o tempo todo? Ou será que vê-la do outro lado do salão, em um vestido que ela só usara em um único encontro com ele, havia trazido memórias e sentimentos?

– Aria?

Com um estalo, ela retomou a atenção. Spencer apontou para a bolsa de Aria.

– Seu telefone está tocando.

A tela estava acesa; Aria estava tão perdida em pensamentos que tinha se desligado completamente. Havia um número na tela. Ela engoliu com dificuldade, então atendeu.

– Aria Montgomery? – soou uma voz desconhecida. – Meu nome é Frank Brenner. Estou ligando do jornal *New York Post*.

Aria correu a mão pelo topo da cabeça.

– Sinto muito, eu realmente não estou em um lugar apropriado para dar uma entrevista no momento.

– Ah, eu não estou ligando para fazer uma entrevista propriamente dita. – A voz do sr. Brenner adquiriu um tom bajulador. – Estou ligando para obter uma declaração sua sobre a pessoa que se fez passar pelo sr. John Carruthers que comprou um quadro seu.

Aria piscou. Por um momento, ela não lembrava quem era o sr. Carruthers. Então veio a lembrança: *o quadro de Ali*.

— Me desculpe? – disse ela. – Que pessoa?

— Ele está dizendo que não comprou seu quadro. – O sr. Brenner parecia deliciado.

— *O quê?*

— Ele estava na África quando o quadro foi vendido. Aparentemente, alguém se fazendo passar pelo assistente dele o comprou. Mas não era o assistente *verdadeiro*.

Aria caminhou pelo pequeno recinto.

— Mas eu fui paga. Presumivelmente o dinheiro veio da conta de Carruthers.

— Não. Ele conferiu sua contabilidade. Não há transação que indica essa compra. Ele alega que alguém pagou pelo quadro e apenas usou seu nome. Disse também que nunca compraria um retrato como aquele... Acho que as palavras exatas que ele usou foram 'berrante e perturbador'.

O estômago de Aria se contraiu.

— Ele *disse* isso?

— Com certeza ele disse!

Aria se incomodou com toda a animação do jornalista. Ela lutou para manter todas as partes do quebra-cabeça juntas, a mente ainda confusa com tudo o que tinha acontecido com Noel, e agora isso. O que estava acontecendo?

— Mas... por que alguém *mais* pagaria todo esse dinheiro pelo quadro e alegaria que o sr. Carruthers o comprou? – perguntou ela, vagarosamente. – Por que não revelar o próprio nome?

A risada do sr. Brenner foi afiada e meio desagradável.

— Eu esperava que *você* pudesse *me* contar, Aria. É verdade que você fez a ligação e encomendou a obra, tudo sozinha, se fazendo passar pelo assistente do sr. Carruthers? E que você pagou por ela de uma conta particular?

– É claro que não! – gritou Aria. – Eu não tenho tanto dinheiro. E, de qualquer maneira, minha mãe foi quem recebeu a ligação do assistente. Não tinha ideia até que ela me contou a respeito mais tarde.

O repórter deu uma risadinha.

– Acho que sei por que as pessoas chamam você de Pretty Little Liar. Então eu posso colocar aqui que você orquestrou a coisa toda?

– Não! – Aria agarrou o telefone com força. Sua mente estava dando saltos-mortais. – Espere. Comece de novo. Como era o nome do assistente que fez a operação? Que conta supostamente foi usada para pagar pelo quadro?

O sr. Brenner deu um estalo com a língua.

– Acho que *eu* é que deveria estar fazendo perguntas, não *você*.

– Por favor, me conte! – gritou Aria, uma sensação quente e efervescente borbulhando dentro dela. – Digamos que eu *não saiba* sobre essa conta. Qual é o nome do titular? Você sabe? – Ela teve um pressentimento de que sabia para onde ia a conversa. Mas precisava saber, com certeza, agora mesmo.

O repórter suspirou. Então Aria ouviu o som de papéis sendo remexidos.

– É Maxime Preptwill – leu ele, gaguejando com as sílabas. – Isto soa familiar?

Os joelhos de Aria amoleceram.

– Pode repetir?

O sr. Brenner falou o nome outra vez. Um zumbido fino e baixo dominou os pensamentos de Aria, e ela desligou o telefone sem dizer mais nada. Ela afundou até o chão, olhando aturdida para as rosas enormes e levemente psicodélicas no tapete.

Spencer se jogou no chão ao lado dela.

– Aria! – sibilou ela. – Que diabos está acontecendo?

– Maxime Preptwill – repetiu Aria em um sussurro enquanto as paredes começavam a girar. Ela conhecia aquele nome. Era o codinome que Noel e Ali tinham usado para se comunicar quando Ali estava na Preserve.

Ali estava por trás do sucesso de Aria o tempo todo. E agora ela estava arquitetando sua queda.

27

MIAU MIAU MIAU

Spencer levantou Aria do chão e a ajudou a sair do banheiro. Durante alguns minutos, Aria não conseguia falar, então elas se sentaram em um banco, longe do barulho, enquanto Spencer massageava suas costas. Finalmente, Aria contou tudo a ela.

– Era Ali – sussurrou Aria, com olhos arregalados. – A assistente ao telefone com minha mãe naquele dia na galeria... bem, ou ela ou um dos Gatos de Ali, caso achasse que Ella reconheceria sua voz. E o dinheiro veio da conta *dela*, não da minha. Nick tem tanto dinheiro, ele deve ter deixado algum para ela.

Spencer engoliu em seco. Não parecia justo que Ali tivesse cem mil dólares para gastar por aí, sem pensar.

– Talvez pudéssemos rastrear a conta bancária – disse ela. – Isso pode nos levar até ela, certo?

– Ou pode nos levar até outro Gato de Ali que não nos contará nada – resmungou Aria.

Spencer pensou outra vez em Dominick. Talvez tivesse sido *ele* o assistente ao telefone.

– Ei.

Greg estava de pé junto delas, vestido com uma camisa azul bem passada e calça esporte escura.

– Oi! – gritou Spencer, se pondo de pé de um salto. – Você... você está aqui!

O olhar dele caiu sobre Aria, que agora estava curvada, com a cabeça nas mãos.

– Estou interrompendo alguma coisa? – perguntou ele baixinho.

Spencer alisou a saia.

– Greg, esta é minha amiga Aria. Aria, Greg. Nós nos conhecemos na gravação antibullying.

Aria ergueu a cabeça e apertou a mão dele, quase sem forças. Então ela se deixou cair novamente na cadeira, sem dizer nada. Poucos segundos desconfortáveis se passaram, e então Spencer disse:

– Aria, por que nós não vamos procurar comida?

– Não – respondeu Aria, com voz monocórdia, olhando fixamente para a frente. – Vão. Divirtam-se. Aproveitem a vida enquanto podem.

Spencer mordeu o lábio inferior. Depois de um instante, ela se virou para Greg.

– Volto já.

Ela pegou Aria pelo braço e caminhou com ela através da multidão, rumo à mesa das convidadas de honra. Hanna ainda estava lá, conversando com um cara alto usando um blazer caro, que devia ser o blogueiro, o acompanhante de Aria. Mas Aria balançou a cabeça negativamente.

— Você sabe onde meu pai está? – perguntou ela, com voz fraca.

— Claro – disse Spencer, colocando o braço em torno dos ombros de Aria e guiando-a até a mesa de Byron e Meredith, no fundo do salão. Meredith pareceu preocupada ao ver o rosto abatido de Aria.

— Você está bem? – perguntou ela.

— Problemas com rapazes – disse Spencer, dando palmadinhas no ombro de Aria e gentilmente fazendo-a sentar-se. Era a desculpa perfeita.

Assim que Aria estava a salvo, cercada pela família, Spencer voltou até Greg, que ainda a esperava no corredor.

— Vamos pegar alguma coisa para comer – disse ela, conduzindo-o em direção à sala do bufê. A fila tinha umas vinte pessoas. Na frente, uma mulher coberta de diamantes se servia desajeitadamente de molho de macarrão, fazendo uma bagunça. Uma das amigas de sua mãe, cheia de botox e parecendo engessada em seu terninho Chanel, pescou com os dedos um canapé de uma bandeja de prata. Algumas vezes, pensou Spencer, gente rica conseguia ser terrivelmente mal-educada.

Greg tomou seu lugar atrás de Spencer, mas seu olhar rapidamente encontrou Aria na mesa com o pai.

— Ela está mesmo bem?

— Claro – respondeu Spencer rapidamente, pegando um prato e talheres da pilha. Ela não queria falar sobre Ali naquele momento. – E então, como estava o trânsito? Foi difícil encontrar este lugar?

— Eu tenho GPS. – Greg espichou o pescoço, aparentemente ainda procurando por Aria no salão. – Ela também acha que a Ali está atrás de vocês?

Spencer se encolheu ao ouvir o nome de Ali. Ela apontou para uma sopeira, desesperada para mudar de assunto.

– Ah, a sopa de cebola francesa deles é maravilhosa. Você precisa experimentar.

Ela entregou um prato fundo a Greg, mas ele continuou com os braços caídos ao longo do corpo.

– Eu não sou idiota, Spencer. Alguma coisa aconteceu, não foi? – Ele chegou mais perto. – O que houve? Eu quero ajudar.

Spencer fechou os olhos. Era tão bom ouvir mais alguém oferecer ajuda, mas ela não queria envolver Greg mais do que o necessário. E se Ali viesse atrás *dele*?

– Não é nada – sussurrou ela.

– Não é verdade. Tem alguma coisa a ver com Ali, certo?

Spencer olhou ao redor atentamente, mas todas as mães peruas e os pais golfistas estavam ocupados demais enchendo seus pratos com pernil glaçado e salmão para reparar na conversa deles. Tudo o que ela queria era algumas poucas horas sem pensar em Ali. Mas podia adivinhar, pelo jeito que Greg a olhava, que ele não ia deixar o assunto morrer.

Ela colocou o prato de sopa vazia de volta na pilha e pegou a mão dele.

– Eu não posso falar aqui.

Spencer levou Greg através de um labirinto de salas até um bar calmo, com uma lareira, para onde ela e Ali costumavam ir depois de longos dias de verão passados na piscina. Havia um velho bartender, chamado Bert, que saía de seu posto por longos períodos para usar o banheiro do outro lado do salão; elas se serviam de secretos goles de vodca ou vinho branco enquanto ele estava ausente. Hoje não havia uma alma ali, exceto por um bartender desconhecido e mais jovem, secando copos de martíni com um pano de prato. Ele cumprimentou Spencer e Greg com um aceno de cabeça e voltou a assistir ao jogo de beisebol na televisão do bar.

Spencer se sentou no sofá de couro em frente ao fogo, um tanto desnecessário, dado o calor que fazia lá fora, e Greg se juntou a ela. Spencer ficou um longo tempo olhando para ele.

– Ali está chegando mais perto de nós – finalmente admitiu, em voz baixa.

Greg piscou várias vezes.

– Como assim?

Ela lhe contou sobre o assassinato na prisão e a fraude da compra da pintura de Ali.

– Maxime Preptwill era um nome secreto que Ali costumava usar – disse ela. – Ela sabia que nós o reconheceríamos, mas ninguém mais o faria. Era tipo um código.

Greg acenou com a cabeça mostrando que compreendera, as rugas de preocupação em sua testa se aprofundando.

– Talvez vocês possam rastrear a conta, não?

– Foi o que eu sugeri – disse Spencer, dando de ombros. – Acho que podemos tentar.

Greg tomou sua mão e a apertou.

– Mas não foi só isso, foi?

Do lado de fora, uma porção de garotos passou fazendo barulho, arrastando atrás de si balões onde se lia EVENTO DE CARIDADE DE ROSEWOOD!. O cheiro de cloro da piscina coberta que ficava no fundo do edifício subitamente chegou às narinas dela. Spencer suspirou.

– É sobre Dominick – sussurrou ela. – Ele é um Gato de Ali, tenho certeza.

– Como você sabe?

— Porque... simplesmente sei.

Ele trincou os dentes e olhou para a lareira.

— Isto não vai dar certo, a menos que você realmente *fale* comigo, Spencer.

Ela olhou fixamente para as palmas de suas mãos.

— Nós rastreamos Ali até um local, a cerca de uma hora daqui. Ela definitivamente havia estado lá. O lugar cheirava a sabonete de baunilha, que é totalmente a marca registrada *dela*. E mais do que isso, nós simplesmente sentimos... uma presença.

Os olhos de Greg se arregalaram.

— Ela está vivendo em uma casa?

— Em uma espécie de casa da piscina, que fica nos fundos de uma casa da família de Nick, em Ashland. Nós entramos, mas Ali não estava lá. Então decidimos monitorar o lugar com câmeras sem fio. Nós as escondemos com o maior cuidado, para que ela não encontrasse.

Greg levantou a cabeça abruptamente.

— Vocês... *câmeras*?

Spencer não entendeu a reação horrorizada dele. Esconder as câmeras não tinha parecido assim *tão* perigoso.

— Eu as escondi entre as folhas. Não dá para vê-las do chão, de forma alguma. E não há fios... elas funcionam com energia solar. Não dá mesmo para ninguém descobrir, a menos que estejam procurando para valer.

Greg passou a mão pela cabeça.

— Eu não acredito que vocês conseguiram fazer isso sem que ela descobrisse.

Spencer passou os braços em torno de si mesma.

— Bem, eu acho que conseguimos. Nós temos vigiado dia e noite, e, até agora, Ali não as tirou de lá nem voltou. Mas...

alguém esteve lá. – Ela sentiu um nó na garganta. – Dominick. Tenho certeza quase absoluta.

Spencer contou a ele sobre ter seguido Dominick uma noite. Greg se recostou no sofá. Seus olhos estavam meio vidrados.

– E o que você acha que Dominick estava fazendo lá?

– Eu vi o vídeo de novo. Parecia que ele estava esperando por alguém. – Seus lábios se retorceram. – Talvez por Ali.

Greg assentiu de leve com a cabeça, então olhou para o telefone em seu colo. Ele apitou, e Greg começou a digitar, respondendo a uma mensagem de texto, tão casualmente como se eles tivessem estado conversando sobre o tempo. Mas um músculo em sua mandíbula estava contraído. Spencer se perguntava se ele estaria muito abalado. Talvez estivesse irritado por ela ter corrido tantos riscos malucos. Ou talvez pelo fato de ela não ter lhe contado antes.

– Olhe, eu sei que você não quer que eu cuide disso sozinha, mas eu não tenho escolha – disse ela. – Ninguém nos ouve. Ninguém quer ajudar. Nós precisamos pegá-la. – Spencer balançou a cabeça. – Mas, agora, com toda essa coisa dos Gatos de Ali, estou começando a ficar em dúvida. E se as pessoas que realmente deveriam nos preocupar forem os Gatos de Ali? E se eles estiverem por trás de tudo, e Ali *estiver mesmo* morta?

– Ah, ela não está morta.

Spencer estremeceu. O rosto de Greg estava de perfil, delineado em laranja pelo fogo.

– O que você disse? – perguntou ela.

Ele se voltou para encará-la. A expressão dele era estranhamente plácida, não mais assustada ou preocupada.

– Eu disse que ela não está morta – repetiu ele, sorrindo. – E ela definitivamente está vindo atrás de vocês.

O coração de Spencer deu um salto. Ela puxou a mão, soltando-a da de Greg, e se afastou dele no sofá.

– O... O quê?

Greg sorriu calmamente.

– Eu devo agradecê-la, Spencer. Eu estava me perguntando se haveria câmeras. Pensei nisso quando estive lá ontem.

Spencer piscou com força. Sua mente buscava um ponto de apoio.

– Como assim, *ontem*?

Ele deixou o braço pender nas costas do sofá.

– Não foi Dominick que você viu na casa da piscina. Dominick nem mesmo existe.

Spencer saltou do sofá e se pôs de pé, nauseada.

– Ah... claro que ele existe. Ele tem me enviado e-mails. Eu o vi, no painel de discussão em Nova York.

Greg apenas sorriu.

– Aquele era um amigo a quem eu pedi ajuda aquela noite. E os e-mails? Fui eu quem escreveu. – Ele ergueu os olhos. – *Você acha que você é tão incrível, mas você não é,* a mensagem dizia. *Você não é nada além de uma metida, e, logo, as pessoas vão sacar você.*

O coração de Spencer estava acelerado. Ela deu um passo atrás, se afastando dele.

– *Você* é Dominick? Por quê?

– Porque eu precisava da sua confiança, precisava criar uma ameaça, para que você deixasse eu me aproximar. – Ele cruzou os braços sobre o peito, orgulhoso. – E funcionou direitinho. Você me contou o que eu precisava saber.

Spencer sentiu seu estômago virar de ponta-cabeça, igual na vez em que seu carro havia aquaplanado durante uma tempestade e ela quase batera na grade de proteção.

– *Você é* um dos Gatos de Ali – murmurou ela.

Ele sorriu.

– Ela vai me amar tanto por isso.

Ela. Spencer sabia que essa palavra estava vindo, mas ouvi-la a fez cobrir a boca com a mão do mesmo jeito.

Greg se levantou do sofá e deu um passo em sua direção, com o mesmo sorriso estranho no rosto. Spencer recuou, quase se chocando com a lareira. Ela se moveu para a direita, evitando por pouco um aparador de madeira. Greg seguiu-a, com as costas empertigadas e os olhos frios. Com um salto, ele poderia derrubá-la no chão. Do que ele seria capaz? O que Ali teria ordenado que ele fizesse?

– Você *conhece* Ali – sussurrou ela, sua voz trêmula. – Você realmente *falou* com ela?

Greg fez que não com a cabeça.

– Nunca diretamente. Mas sim. E eu a amo.

– *Por quê?* – perguntou Spencer, quase ganindo.

– Porque ela é fascinante. E arredia. E linda.

Era a coisa mais doida que Spencer já ouvira na vida.

– E todo esse tempo... foi por *isso* que você quis me conhecer? – Lágrimas encheram seus olhos. – Porque ela *pediu*?

Greg riu com desdém.

– Ela me disse que você se apegaria assim. Ela falou que você era sentimental.

Ela me disse. Ela falou. Como se Ali realmente soubesse como Spencer era. Mas isso doía – porque Ali estava certa. Ela *havia* se apegado. Todas as suas promessas de nunca mais confiar em ninguém, todos os seus votos de ser cuidadosa, e ela havia entrado direto na armadilha de Ali. Ali sabia que Spencer estava solitária. Sabia que ela estaria procurando por alguém que inflasse seu ego. Era como se Ali tivesse projetado Greg do zero, programado-o para que ele atingisse todos os pontos fracos de Spencer.

Então, algo lhe ocorreu. Finalmente, ali estava alguém que realmente sabia de alguma coisa. Lentamente, cautelosamente, tocou o telefone que estava em seu bolso. Precisava chamar a polícia. Tentou ao máximo chamar 911 sem que Greg percebesse. Então ela ouviu alguém dizer:

– Qual a sua emergência?

Spencer olhou para Greg.

– Diga-me como você contatou Alison DiLaurentis. E diga-me onde ela está agora.

Greg explodiu em uma gargalhada.

– Spencer, eu não sou burro.

Com reflexos rápidos como um raio, ele tirou o telefone do bolso dela, foi até o corredor e o atirou em uma fonte. Houve um barulho alto de água se espalhando, e o telefone afundou.

– Ei! – guinchou Spencer, enfiando as mãos na água fria. O celular respingava quando ela o tirou da água. A tela estava apagada e a chamada, interrompida.

Ela ouviu alguém prendendo o fôlego às suas costas e se virou rápido. Um garotinho com um balão azul onde se lia EVENTO DE CARIDADE DE ROSEWOOD! estava no corredor, de olhos arregalados.

– Seu celular morreu?

Spencer olhou em volta, com o coração acelerado. Greg havia desaparecido.

– Onde está o cara com quem eu estava conversando? – perguntou ela ao garotinho. Ele apenas olhou para ela, sem expressão, e voltou a agitar seu balão no ar.

Isso não podia estar acontecendo. Spencer correu pelo salão descontroladamente, tropeçando com os saltos altos.

– Greg! – gritou. Ela correu para as janelas francesas que davam para os campos de golfe, achando que o veria se afastando até sumir atrás de uma colina.

Mas ele havia evaporado completamente. E levado os segredos de Spencer consigo.

28

ANDANDO EM CÍRCULOS

– Ora, se não é a nossa garota do momento! – arrulhou uma mulher usando um terno de tweed, tomando a mão de Emily e arrastando-a para dentro do saguão do Country Clube. – Emily Fields, eu me chamo Sharon Winters! Que prazer! Entre, minha querida! Tome um pouco de ponche!

Nervosa, Emily olhou por cima do ombro para seus pais, que tinham vindo com ela à festa, mas eles já estavam falando com alguém do comitê de boas-vindas da mãe. Que belo apoio eles eram.

Disfarçadamente, checou o celular escondido na bolsa. As imagens das câmeras de segurança estavam na tela, as mesmas quatro imagens da casa inalterada, exceto por uma ocasional folha seca batendo contra as janelas. Mas não seria de se espantar, com a sorte que tinha, se alguma coisa acontecesse no segundo em que desviasse o olhar. Spencer tinha visto alguém nas câmeras. Essa mesma pessoa, ou qualquer outra, poderia voltar.

Sharon continuou a arrastá-la através do salão de baile. Emily olhou em volta. Em um dos cantos, um DJ comandava a festa de sua picape, e alto-falantes gigantes despejavam música eletrônica. Um monte de garotos e garotas que Emily reconheceu do ensino médio agitava braços e batia uns contra os outros. Só de ver o ar despreocupado em seus rostos, Emily desejou dar meia-volta e nunca mais voltar ali.

Mas Sharon a segurava com força.

– Ali está Hanna! – cantarolou, apontando para uma longa mesa do outro lado do salão. Hanna era a única sentada ali. Ela digitava, desesperada, no teclado de seu celular.

Emily se livrou da mulher e foi até onde estava a amiga. Hanna, parecendo péssima, empurrou um prato de biscoitos em sua direção.

– Sharon trouxe para nós. Mas *não* consigo comer de jeito nenhum. – Ela olhou em volta e, em seguida, baixou os olhos para suas mãos. – Mike não está falando comigo. Está tudo uma confusão.

Emily também não conseguia nem pensar em comer.

– Há quanto tempo você está aqui? – perguntou à Hanna.

– Há mais ou menos uma hora. Eu não sei onde Aria se enfiou. O cara que veio com ela foi procurá-la. – Ela suspirou, desanimada. – Mandei uma mensagem de texto para Spencer, mas também não tenho notícias dela.

Emily espiou as imagens de vigilância uma vez mais – nada. Então, olhou pelo salão. Não viu sinais das outras duas meninas. Seu olhar se fixou em uma grande faixa perto do DJ com os dizeres AMAMOS TUDO E TODOS EM ROSEWOOD!. Havia fotos de lugares ao redor da cidade: as lojas na avenida Lancaster, a ponte coberta, as árvores do bosque com sua folhagem de outono, o campanário de Hollis. Enquanto observava as imagens, percebeu que fazia uma associação negativa com cada uma delas. Tinha recebido mensagens de texto de A do campanário e das portas das lojas. Lembrou-se de chutar pilhas de folhas secas no outono passado, quando ainda tentava entender que Ali, sua velha amiga, tinha tentado matá-las. E o fato de ter tentado se matar pulando da ponte coberta.

– *Odeio* tudo e todos em Rosewood – sussurrou, percebendo que odiava mesmo. Além de sua amizade com Spencer, Aria e Hanna, não teria memórias ternas e engraçadas para levar com ela quando fosse embora. Viver ali, depois de tudo o que tinha acontecido com A, tirou anos de sua vida.

Ela olhou para todas aquelas garotas que dançavam usando vestidos Marc Jacobs e sapatos Jimmy Choo. Elas não eram capazes de entender o que Emily tinha passado – não de verdade. Provavelmente jamais poderiam entender. Por que *elas* podiam ter vidas felizes? Como podiam amar e rir e *aproveitar* suas existências despreocupadas, quando tudo que ela enfrentou foi experiência dolorosa atrás de outra?

Ali *merecia* pagar por isso.

– Emily! – A sra. Fields avançava na direção dela, com o rosto rosado. Ela puxava uma garota de cabelo curto pelo pulso.

– Esta é Melodie. Melodie, Emily! Eu conheço a mãe dela! E Melodie vai trabalhar no clube de campo este verão como treinadora-assistente de golfe feminino júnior e também jardineira-assistente! – A mãe de Emily se virou para Melodie e sorriu esperançosa. – Acho que vocês têm alguns, hummm, interesses comuns.

– Ah... oi? – perguntou Emily, hesitante, irritada porque a mãe queria obrigá-la a fazer uma amiga nova bem naquele momento. De onde a mãe tirou que ela gostaria de conhecer essa garota? Mas então percebeu que Melodie a avaliava, os olhos fixos no decote de seu vestido. Emily ficou vermelha de vergonha. *Interesses comuns.* A mãe estava realmente *tentando arrumar um encontro para ela?*

Emily não conseguia pensar em nada que preferisse fazer menos. Levantou-se, sentindo-se constrangida, e começou a se afastar.

— É muito legal conhecer você, Melodie, mas preciso fazer uma coisa agora e...

Melodie pareceu ficar decepcionada.

— Emily! — chamou a sra. Fields. Mas Emily não se virou. Passou por seus colegas de classe sem enxergá-los, desesperada por uma saída. Do outro lado do salão, ela notou Spencer junto à porta, com uma expressão apavorada no rosto. Mas Emily não conseguiria falar com ela naquele momento. Precisava de alguns minutos sozinha.

Encontrou um corredor escuro nos fundos do Country Clube e seguiu por ele. Ela se encostou na parede e respirou profundamente várias vezes. *Trate de se controlar,* disse a si mesma, mas em sua cabeça ela sentia como se estivesse descendo por uma longa colina íngreme em direção a uma ravina. Constatar a expectativa na expressão de Melodie a fez pensar: *De que adiantaria sequer tentar? Ali ia dar um jeito de arruinar aquilo também.*

O rosto vermelho e furioso de Ali, vagando sobre ela na beira da piscina, invadiu seus pensamentos, enchendo-a com tanta raiva que ela se virou e esmurrou a parede. Por que não conseguiam *encontrá-la*? Por que ela não *morria,* simplesmente?

Risadinhas pareceram se afastar pelo corredor, assim como os acordes iniciais da música "Royals", de Lorde. Emily escorregou para o chão e verificou mais uma vez as imagens das câmeras de segurança. Tinha de haver alguma coisa lá. Mas os mesmos pássaros pousavam nos mesmos galhos que roçavam na janela. A mesma imagem oscilante era mostrada pela quarta câmera, a única que mostrava a sala principal.

Até que ela percebeu.

As folhas continuavam a bater contra a janela *exatamente* da mesma maneira. Era estranho... Uma folha de bordo ficara totalmente esmagada contra a janela por um segundo, depois caiu. Fora o vento lá em cima? O vento continuava soprando na mesma direção.

Então ela notou o mesmo farfalhar e um estouro do mesmo ângulo da câmera. Parece haver um padrão: farfalhar-estouro, então sopro do vento, depois folha esmagada, então um longo período de nada. Emily olhou seu relógio. Cinco minutos se passaram, mas a sequência se repetiu. Ela contou mais cinco minutos. Houve um farfalhar-estouro e uma folha esmagada novamente.

Suas mãos começaram a tremer. Parecia que o vídeo estava em looping, se repetia sem parar. Tinha visto isso em filmes. Os assaltantes usavam esse recurso e colocavam a câmera de segurança em looping para enganar os guardas de segurança para que pudessem esgueirar-se e roubar as joias. Ali tinha feito a mesma coisa? Aquele ângulo da câmera mostrava o *interior* da casa, ao contrário dos outros. Quando isso tinha começado?

— Emily! — Spencer correu pelo corredor, com o cabelo esvoaçando atrás dela, respirando com dificuldade.

— Eu nem sei como dizer isso. Sabe o cara com quem tenho saído? Ele é um Gato de Ali. E eu contei tudo a ele. Sobre as câmeras. Sobre como nós sabemos onde Ali está. — Ela fez uma careta. — E agora ele sabe. O que significa que Ali também sabe.

Ainda tremendo, Emily exibiu a tela do celular.

— Eu sei — disse ela com voz trêmula. — E acho que Ali já fez alguma coisa a respeito.

29

ATRAÍDAS PELA LUZ

Dez minutos depois, Hanna, no banco do motorista do Prius, ligou o motor. Suas amigas, acomodadas ao lado dela, parecendo nuas em seus vestidos de festa pequeninos. No escuro, as luzes do painel refletiam em seus rostos e elas pareciam esverdeadas.

– Tudo bem, o que *significa* tudo isso? – perguntou Hanna.

– Não é óbvio? – perguntou Spencer, com os olhos arregalados. – Quando contei a Greg sobre as câmeras, ele pareceu totalmente surpreso. Ele deve ter dito a Ali, e ela então manipulou as imagens para nos enganar. O que significa que Ali precisava estar na casa da piscina para ter acesso às câmeras, a fim de mexer com as imagens. E a única razão pela qual ela quis alterar as imagens é porque ela está *lá*, agora mesmo, fazendo alguma coisa na casa da piscina. Precisamos apanhá--la antes que ela desapareça!

Hanna olhou por cima do ombro para os balões e banners indicando o EVENTO DE CARIDADE DE ROSEWOOD bem na entrada. Ela sentiu uma pontada de culpa. Parecia estranho abandonar a festa, ainda que estivesse uma chatice. E se Mike aparecesse? Tinha mandado mil mensagens de textos para ele, desculpando-se de novo e de novo e implorando que ele viesse para que pudessem se reconciliar. Mike não tinha respondido, mas Hanna odiava pensar que ele poderia mudar de ideia e que ela não estaria ali.

– E se for uma armadilha? – perguntou baixinho. – E se Ali não estiver lá? Talvez ela tenha alterado as imagens exatamente para fazer com que fôssemos até lá.

Spencer franziu a testa. Lançou um olhar preocupado para Aria. Mas Emily balançou a cabeça.

– Não saberemos do que se trata enquanto não formos até lá. Vamos pegá-la esta noite, posso *sentir* isso.

– Mas só há uma câmera alterada, não é isso? – perguntou Hanna. – Então as outras câmeras não deveriam mostrar Ali para lá e para cá pela varanda? Entrando e saindo pela porta?

– Ela pode estar usando uma janela nos fundos – disse Emily. – Pelo que sabemos, ela pode até mesmo ter escalado uma parede para subir até o segundo andar.

– Não deveríamos chamar a polícia? - perguntou Hanna, em uma última tentativa.

As meninas ficaram em silêncio por um momento. Spencer umedeceu os lábios.

– E dizer... o quê?

– Poderíamos levar a polícia até a casa da piscina – sugeriu Hanna, sentindo-se desesperada. – Ou poderíamos contar sobre Greg... que ele conhece Ali.

Aria rodou o anel de prata em seu dedo.

– Se eles forem até a casa, Ali vai ver os carros de polícia e vai fugir. E, provavelmente, nunca mais vai se aproximar do lugar. *E* a polícia vai ficar furiosa porque invadimos a propriedade e plantamos câmeras lá.

– E não sei o que poderíamos dizer sobre Greg – disse Spencer. – Mesmo que o encontrassem e lhe fizessem perguntas, ele mentiria. Diria que nunca falou com Ali. Duvido que tenha mantido qualquer prova de que esteve em contato com ela.

– É por isso que precisamos ir sozinhas – disse Emily, cheia de determinação.

Hanna correu os dedos por sua bolsinha.

– Odeio essa ideia de irmos sós – disse ela em voz baixa.

Spencer agarrou a mão dela.

– Não estamos sozinhas. Estamos juntas. E desta vez, vamos realmente acabar com isso.

Hanna não sabia mais o que fazer a não ser ligar o carro e dirigir até Ashland. Todo mundo ficou em silêncio enquanto ela dirigia pelas ruas suburbanas e vazias. Passaram pelas casas enormes em volta do campo de golfe, que brilhavam majestosamente ao sol poente. Passaram em frente ao estúdio onde *Burn It Down* estava sendo filmado. Hanna sentiu outra pontada de arrependimento. Ela *deveria* estar eufórica – tinha um grande papel em um filme. Mas sem Mike para comemorar com ela, a coisa toda parecia... sem sentido.

O céu escureceu quando o carro entrou na via expressa para Ashland. A viagem parecia estranhamente calma e tranquila, como um céu sem nuvens antes de uma tempestade. Em pouco tempo, o familiar minimercado Turkey Hill apareceu bem na frente delas. Hanna tomou a saída da esquerda, que a levou a uma via sinuosa e de menor porte. O crepúsculo lançava sombras longas do outro lado da calçada. Ela viu a caixa de correio vermelha e deu seta para entrar na garagem.

– Espere! – gritou Emily, agarrando o volante. – Talvez devêssemos estacionar na rua. Vamos chamar menos atenção.

– Boa ideia. – A trezentos metros, Hanna encontrou uma vaga grande na rua. Quando desligou o motor, a escuridão as envolveu. Era lua nova; Hanna mal podia ver alguns centímetros na frente de seu nariz. Pegou o telefone e mexeu na tela para a luz se acender. Aria fez o mesmo. Emily ainda estava usando o dela para verificar as câmeras.

– Tudo bem – sussurrou Hanna, respirando fundo. – Vamos lá.

Os únicos sons eram seus saltos esmagando o cascalho e um ocasional piado de coruja no bosque. Chegaram à caixa de correio vermelha e encararam a subida íngreme que levava até a casa. Sob sua respiração ofegante, Hanna resmungou por ter torcido o tornozelo em um buraco. A propriedade dos Maxwell erguia-se acima delas, e a luz da varanda acendeu.

– Vamos lá – disse Spencer, avançando.

O facho de luz do celular de Hanna ziguezagueou pelo jardim. A luz atingiu a cobertura da piscina de plástico e, então, foi refletida contra as paredes da casa da piscina. Emily passou o braço pelo peito de Hanna para detê-la.

– Aquela luz não estava ali antes, estava?

Realmente, uma única lâmpada brilhava no segundo andar. O coração de Hanna disparou. Talvez fosse Ali. Aquilo poderia realmente ser o fim de tudo.

De mãos dadas, as meninas avançaram lentamente em direção à casa da piscina. Faltando três metros, elas hesitaram. Spencer engoliu em seco.

– Então, vamos entrar ou o quê?

Aria se ajeitou. Hanna estava com muito medo de se mover. Então, Emily soltou sua mão e seguiu, na ponta dos pés, para a varanda. Pisou de leve e o chão rangeu. Hanna estremeceu, com medo de que o som pudesse atrair a atenção de alguém.

Emily estava com os olhos arregalados quando espiou pela janela. O coração de Hanna martelava.

– O que você está vendo? – perguntou aos sussurros. – Tem alguém aí?

Emily olhou para as outras, uma expressão de horror no rosto.

– Não é Ali – disse ela em uma voz vacilante que atemorizou Hanna. – Mas é *algo* a ser visto.

30

FAXINA TOTAL

Aria correu para a janela e espiou lá dentro. Primeiro, tudo o que pôde ver foram sombras compridas e escuras em uma sala vazia. Mas, à medida que seus olhos se acostumaram, percebeu que o cômodo estava muito diferente de quando o vira pela última vez – e de forma alguma se parecia com o que o vídeo da câmera de segurança exibia na gravação em looping. Havia outra mesa lá dentro. E uma segunda cadeira, virada ao contrário. Havia jornais espalhados pelo chão. Um esfregão estava apoiado contra a parede, com um balde ao lado. E havia *alguma coisa* nas tábuas do assoalho. Era espesso e viscoso, penetrando na madeira.

– Eu vou entrar – insistiu Emily.

– Não! – Hanna agarrou a manga de seu vestido. – E se ela ainda estiver lá?

– Estou pronta para ela – disse Emily, afastando-se. – E se ela não estiver, pode ser que haja evidências lá dentro. Alguma coisa que a polícia realmente possa usar. Tudo o que precisaremos fazer é achar um fio de cabelo ou uma impressão digital. Então, chamaremos a polícia.

Aria deixou escapar um murmúrio de protesto. Isso parecia *realmente* errado. Tudo o que desejava, de repente, era voltar à festa do evento beneficente. Ela sequer havia avisado ao pai que estava indo embora. E Harrison? Depois de seu beijo com Noel, ela não tinha sido capaz de encontrá-lo no salão de banquetes. Tinha até perguntado a Hanna, que disse não ter percebido se ele foi embora. Será que Harrison, de alguma maneira, soubera do beijo em Noel? Será que tinha ouvido as notícias sobre a venda fraudulenta de seu quadro e fugido?

Spencer tocou seu braço.

– Em está certa – disse ela em uma vozinha. – Estamos aqui. Podemos pelo menos entrar.

Emily virou a maçaneta. Ela cedeu facilmente, e a porta se abriu com um rangido alto. O mesmo aroma pungente de baunilha invadiu suas narinas, virando o estômago de Aria. Será que Ali tinha *tomado banho* ali?

Elas entraram. Spencer tateou a parede e achou um interruptor de luz, mas nenhuma das lâmpadas se acendeu. Aria oscilou contra a mesa e encarou sua superfície de madeira. Ela estava coberta com a mesma substância espessa do chão. Seu nariz coçou, enchendo-se com o cheiro de alguma coisa azeda e familiar. Subitamente, ela soube o que era. Olhou para as outras, vendo o horror da percepção refletido em seus rostos.

– Isto é *sangue*? – gritou Aria.

– Ai, meu Deus. – Emily enrolou as mãos contra o peito, como se estivesse com medo de tocar o sangue.

Hanna andou nas pontas dos pés para a pequena cozinha.

– Tem mais sangue aqui.

– E aqui – Spencer falou alto de um armário nos fundos.

– De quem é este sangue? – gritou Emily.

Um silêncio assustador se seguiu. Estava claro que todas pensavam a mesma coisa. Talvez tivesse acontecido um assassinato bem ali.

Aria espiou a escadaria para o segundo andar, respirou profundamente e começou a subir os degraus. Agarrou-se com força ao corrimão, sentindo-se instável. Quando chegou ao topo, percebeu outra luz brilhando de um cômodo nos fundos. Seu coração parou. Será que Ali ainda estava *lá*, se escondendo?

Ela se adiantou, ignorando o medo desesperado que a envolvia. Mais tábuas do assoalho estalaram enquanto ela espiava do canto. Quando viu formas estranhas no meio da sala, deixou escapar um gritinho, mas, enquanto se movia para perto, percebeu que era apenas um rato morto... e um vestido amassado.

Aria correu até o vestido e o apanhou, segurando-o longe de seu corpo. O tecido cheirava fortemente a baunilha, e também estava coberto de sangue. Partes dele ainda estavam úmidas, provavelmente do sangue.

– Meninas – chamou ela, segurando o vestido com dois dedos. – Venham aqui.

Todas subiram como um raio pela escadaria e se juntaram no quarto.

– Vejam – sussurrou Aria, balançando o vestido de um lado para outro.

Emily colocou a mão sobre a boca.

– Isso era de Ali?

– É o que estou pensando – disse Aria. – Talvez ela estivesse com ele enquanto... vocês sabem... fez o que quer que ela tenha feito lá embaixo. – Ela apontou para o chão. – Isto pode ter todos os tipos de amostras de DNA. Cabelos, células de pele, talvez até mesmo o sangue de Ali. Tudo o que a polícia precisa, certo?

– Ótimo – sussurrou Hanna, excitada. – Vamos levá-lo à polícia e cair fora daqui.

Crick.

O coração de Aria deu um salto, e ela segurou a mão de Emily. Parecia-se com uma janela abrindo. *Por favor, que seja o vento,* desejou ela. Mas então ela ouviu passos pelo piso.

Todas voltaram para o fundo da sala e se amontoaram. Aria procurou o telefone no bolso. As câmeras de vigilância estavam ligadas, mas as imagens não mostravam nada na varanda nem silhuetas no jardim. A última imagem, a que *mostraria* quem quer que estivesse no andar de baixo, ainda mostrava aquele loop enlouquecedor.

Um som gorgolejante se seguiu. Aria olhou para as outras. *Gasolina?,* murmurou ela. Será que Ali incendiaria o lugar com elas lá dentro, como quis fazer em Poconos? Mas então um odor chegou até as narinas das garotas. Não era gasolina, no final das contas.

Aquilo cheirava a *alvejante.*

Outro *crick* soou, então um pequeno *pffft* de uma janela se fechando. Todas permaneceram muito quietas pelo que pareceu serem horas. Finalmente, Aria caminhou nas pontas dos pés até a porta e espiou pela escadaria. A sala estava vazia, mas o odor de alvejante dominava o ambiente. Alguém movera os móveis pela sala. O sangue no chão e a mesa tinham desaparecido. O esfregão e o balde, também. Parecia que alguém tinha vindo, despejado um monte de alvejante pelo lugar todo, e tentara limpar tudo.

Mas limpar *o quê?*

Ela se virou para as amigas, seus instintos gritando para que ela corresse, *imediatamente.*

– Precisamos sair daqui.

Todas se mexeram, tomando providências. Aria agarrou o vestido encharcado, chutou o rato de lado e disparou pelas escadas como um raio, tão rápido quanto pôde. Emily disparou contra a porta da frente, abrindo-a e tropeçando para fora. Enquanto Aria e as outras a seguiam, nenhuma explosão soou atrás delas. Ninguém surgiu das árvores para atacá-las.

Elas correram até a estrada tão rápido quanto foram capazes. Aria nunca ficou tão feliz em ver o carro de Hanna. Elas se apressaram a entrar, e Hanna trancou as portas e deu a partida. Quando Aria inspirou, ela só conseguia sentir o cheiro de alvejante. Ele havia penetrado em suas peles e roupas. Ela até podia prová-lo, em sua língua.

Enquanto elas se afastavam, Aria se virou e olhou pelo vidro traseiro do carro. A estrada estava escura e desolada. Mesmo que houvesse alguém lá, ela não conseguiria ver quem seria.

Bipe. Aria olhou para o telefone. Byron estava ligando, mas ela deixou cair na caixa postal. Como atenderia sem parecer completamente aterrorizada?

Depois verificou suas mensagens. Havia quatro de Byron. Várias de Harrison, também, dizendo que ele estava indo embora, já que não conseguiu encontrá-la em lugar algum. E um de Ella, que nem mesmo tinha comparecido à festa: *Seu Pai Me Ligou. Onde Você Está? Me Ligue. Assim Que Receber Esta Mensagem.*

Quando ela olhou em volta, as outras também olhavam seus telefones.

– Droga – sussurrou Spencer. – Minha mãe está *revoltada.*

Hanna mordia o lábio inferior, olhando para seu celular enquanto dirigia. Apenas Emily olhava diretamente para frente, as mãos dobradas no colo. Lágrimas rolavam silenciosamente pelo seu rosto.

– O que acabou de *acontecer*? – sussurrou ela. – Era a Ali? Por que nós não a pegamos? Eu deveria ter *feito* alguma coisa.

Aria deu tapinhas em sua mão.

– Não, você não devia. Nós não sabemos o que ela estava fazendo naquele andar de baixo. E ela podia ter uma arma, Em. Fizemos a coisa certa ficando afastadas.

– Mas o que ela estava fazendo? – disse Emily, chorando. – Qual o motivo de tanto alvejante? – Ela olhou em volta para as outras. – Ela matou alguém naquela casa?

– *Alguém* matou alguém – disse Aria devagar. Ela olhou para o vestido em suas mãos. Talvez ela estivesse imaginando coisas, mas parecia que ele emanava uma espécie de calor, como se o calor do corpo de Ali ainda não o tivesse deixado completamente.

Ela engoliu com dificuldade, percebendo de repente o que precisavam fazer. Ela sacou seu telefone e destravou a tela. Emily observou-a com cautela, então inspirou.

– O que você está fazendo?

– Acho que nós precisamos chamar a polícia – disse Aria.

Emily sustentou o olhar de Aria, mas não protestou. Era a coisa certa a se fazer. O que quer que elas testemunharam estava além de seu controle. E mesmo que não *fosse* Ali quem tinha matado alguém naquela casa – o que Aria duvidava com toda força –, *alguém* tinha cometido um assassinato.

31

AGORA É ESPERAR

Emily sugeriu às garotas que todas dormissem juntas em sua casa, já que nenhuma delas queria ir para casa sozinha. Elas entraram na garagem, e Emily abriu a porta de casa. A sala estava silenciosa e escura, as luzes e a televisão apagadas. O aroma suave de uma vela recém-apagada permanecia no ar.

– Você deve algumas explicações.

Todas gritaram. Uma luz se acendeu. Os pais de Emily estavam sentados na namoradeira no canto. Seu pai ainda estava de terno e sua mãe ainda de vestido florido e de salto que usaram na festa do evento beneficente. O nariz e os olhos da sra. Fields estavam vermelhos, como se ela tivesse chorado.

Emily baixou os olhos. Suas amigas todas contornaram a situação com suas famílias no caminho para casa. Emily sabia que a coisa certa a fazer era ligar para seus pais, também, mas de alguma maneira ela não conseguiu ordenar aos músculos de seus dedos para fazer a ligação. A mente dela também estava distraída demais, seus pensamentos ainda em Ali e na casa da piscina e no que quer que tivesse acontecido.

A sra. Fields disparou para ela e a agarrou pelos ombros.

— Por onde você *esteve*?

— Nós... — Emily deu de ombros e balançou a cabeça. Ela não tinha ideia do que dizer. — Sinto muito. Eu não deveria ter deixado a festa sem falar com vocês.

— Sente muito? — Os olhos da sra. Fields estavam saltados. — Você desapareceu, e só consegue dizer que sente muito? Você não atendia o telefone, não estava aqui... nós tememos o pior.

O pai de Emily estava com o rosto tenso.

— Estávamos pensando em chamar a polícia.

— Foi minha culpa — interrompeu Spencer, com um fio de voz. — Eu reuni as meninas e pedi que nós saíssemos por alguns momentos. Nós nos sentimos meio traumatizadas por estar na mesa da frente, com todos nos olhando... nos trouxe de volta algumas memórias difíceis. Fomos comer alguma coisa. Foi isso.

Emily lançou um olhar cheio de gratidão para Spencer. Foi a mesma história que as outras contaram aos seus pais, mas ela ficou impressionada em como Spencer conseguia mentir tão facilmente bem na cara da mãe de Emily. Aquilo até que *foi* uma meia verdade, com exceção da parte de ir comer. Elas *estavam* traumatizadas. Só que por motivos diferentes.

O sr. e a sra. Fields trocaram um olhar. A sra. Fields parecia que ia começar a chorar de novo.

— Estávamos tão preocupados — ela repreendeu Emily. — Você tem estado tão... *problemática* ultimamente. Todas aquelas coisas que você disse sobre provocar essas manchas em seu próprio pescoço. E você tem passado tanto tempo em seu quarto. Eu *sei* que você tem dormido em seu armário e não na sua cama. E eu *ouvi* você chorando...

Emily podia sentir suas amigas se mexendo desconfortavelmente. Ela manteve os olhos no chão. Talvez pudesse ter contado à sua mãe sobre Jordan há muito tempo. Talvez agora sua mãe entenderia... e pararia de questioná-la.

— Se você não queria ir à festa, deveria ter dito alguma coisa — acrescentou o sr. Fields, mal-humorado.

— Eu não sabia que tinha escolha — murmurou Emily, as palavras saindo um pouquinho mais duras do que pretendia.

A sra. Fields suspirou. Emily não sabia se aquilo era um sinal de confusão ou desapontamento — talvez os dois. Ela estava muito anestesiada para se importar de verdade.

— Vamos ter de colocar você de castigo — disse a sra. Fields. — Duas semanas. Sem sair. Todas as vezes em que você sair de casa, um de nós vai com você.

Emily mal pôde reagir. Por que ela deveria se importar se estava de castigo? Não havia mais nada para ela lá fora.

Ela olhou para a mãe.

— Ah... A minha punição pode começar amanhã? Será que pelo menos elas podem ficar aqui esta noite? — Emily gesticulou na direção das amigas. Elas não dormiriam sozinhas de jeito nenhum.

A sra. Fields apertou os lábios, então olhou para as outras.

— Vocês ligaram para seus pais? Eles sabem onde vocês estão? — Todas assentiram, e a mãe de Emily fechou os olhos. — Bem. Está tarde, então vocês podem dormir aqui. Mas sem televisão. E se eu ouvir vocês, meninas, acordadas mais tarde, vou mandar todas para casa.

A mãe e o pai de Emily saíram da sala. Os degraus rangeram enquanto eles foram para o quarto.

Spencer olhou para Emily, uma sobrancelha levantada.

– Dormindo no armário?

– É uma longa história – murmurou Emily.

– Por que você disse a seus pais que machucou a si mesma? – perguntou Hanna.

Emily olhou para ela, exasperada.

– O que eu *deveria* ter contado a eles?

Suas amigas trocaram olhares. Era aquele olhar de novo, aquele olhar que significava *Emily está perdida*. Mas ela estava desgastada demais para se importar. As meninas estavam preocupadas com ela. Seus pais estavam preocupados com ela. Por que todos eles não podiam apenas deixá-la em paz?

Aria se afundou no sofá e abraçou uma almofada bordada junto ao peito.

– O que vocês acham que a polícia está fazendo agora? Vocês acham que eles estão na casa?

Era uma pergunta que elas não tinham ousado se fazer. Quando Aria entrou em contato com a delegacia de polícia, ela havia contado a um policial de Ashland que as quatro amigas estavam caminhando pelo bosque, havia escurecido rapidamente, e elas se perderam na mata, até que encontraram uma casa de piscina cujos pisos estavam cobertos de sangue. O policial disse que eles enviariam alguém para o endereço imediatamente, mas, quando ele perguntou o nome de Aria, ela desligou. A polícia não precisava saber que eram elas. Eles iriam até lá, encontrariam as impressões digitais de Ali – porque *certamente haveria* algumas. E, uma vez que Fuji fosse envolvida, ela tiraria suas próprias conclusões.

Emily andou até o armário perto da sala de estar e tirou cobertores e travesseiros que a família mantinha lá para visitas.

– Espero que eles estejam cercando a casa da piscina bem agora. Talvez até peguem a Ali no bosque.

Aria a ajudou a espalhar os cobertores no chão.

– Você realmente acha que seria assim tão fácil?

Hanna tirou o celular da bolsa de mão.

– Vamos olhar as câmeras de vigilância. – Elas tinham observado as câmeras periodicamente no caminho de volta; o loop ainda estava ativo na câmera quatro, e os outros ângulos não mostravam movimento algum. Elas até voltaram as gravações para ver se havia algum flash de alguém entrando na casa, mas não havia. Ali devia ter entrado na casa por algum lugar que as câmeras não focalizaram.

Mas, agora, certamente, as câmeras mostrariam alguma coisa diferente. A polícia investigando o espaço. As equipes forenses testando os rastros de sangue.

Hanna bateu na tela e se conectou ao site. Sua boca se abriu.

– Oh-oh.

– O quê? – Emily correu e olhou para a tela. Cada uma das imagens das câmeras dizia *Sem Sinal*. As imagens dos vídeos tinham sumido.

Os olhos de Spencer se arregalaram.

– Ali desligou as câmeras?

– Talvez isso seja bom – disse Emily. – Talvez ela estivesse desabilitando as câmeras quando a polícia chegou.

Aria fez uma careta.

– Ou então ela fugiu.

Um nó se formou na garganta de Emily. Se Ali tivesse fugido, aquilo significava que ela podia estar vindo atrás delas. Ela olhou para os cobertores e travesseiros no chão. Elas estavam de frente para uma janela enorme. A tranca da porta da garagem era, na melhor das hipóteses, frágil.

Endireitando o corpo, ela empurrou uma poltrona contra a porta da garagem. Depois, moveu o sofá para bloquear as janelas. Suas amigas pareceram pressentir o que ela fazia, porque Aria correu até a cozinha e fez uma barricada de cadeiras contra a porta de correr. Hanna conferiu as trancas da porta da frente mais de uma vez.

Não havia mais nada a fazer depois daquilo, exceto colocar camisetas e calças de pijama que Emily emprestou a todas, e se acomodarem juntas embaixo das cobertas. Por um longo tempo, elas ficaram muito quietas, ouvindo os sons das respirações uma da outra. Emily pensou em ligar a televisão, mas ela sabia que nenhuma delas ia assistir. Ela nem mesmo sabia sobre o que *conversar*. Ficou atualizando o telefone, pensando em uma notícia sobre um assassinato na propriedade de Ashland. Mas não havia nenhuma novidade. Hanna atualizava o site de vigilância sem parar. As linhas continuavam sem sinal, as imagens fora do ar.

Toc.

Emily se sentou em um pulo. Os cabelos da sua nuca se arrepiaram.

Toc.

– O que foi isso? – sussurrou Hanna.

Emily pensou que talvez fosse vomitar. Parecia que o som vinha da cozinha. Ela ouviu com mais atenção. Uma sequência de sons de batidas se seguiu, as garotas gritaram e se abraçaram com mais força ainda. Mas então Emily percebeu o que eram os sons.

– É o congelador – sussurrou ela, levantando-se e apontando para a geladeira do outro lado da cozinha. O eletrodoméstico era velho; às vezes ele produzia um cubo de gelo que batia no depósito com um barulho alto e grande. Sentindo-se corajosa, espiou o cômodo escuro. As cadeiras da cozinha ainda estavam apoiadas contra as portas de correr. A bolsa de mão que sua mãe levara à festa estava na ilha da cozinha, o fecho prateado brilhando sob o único facho de luz que havia sobre a pia.

– Ali não está lá – disse Emily quando se voltou para as amigas.

Aria piscou.

– *Ainda* não.

Elas voltaram aos cobertores. Emily olhou fixamente para a escuridão, a mente frenética e alerta. As horas se arrastavam. Cada barulho, cada mínimo estalo, a deixava em pânico. Ela se sentia ceder ao sono de vez em quando, voltando à consciência com poucos minutos de descanso. Na última vez, quando ela acordou, havia um forte aroma de baunilha flutuando pela sala. Uma sombra pairava sobre ela. Emily piscou com força. O cabelo loiro de Ali estava preso em tranças que caíam sobre seu peito. Seus olhos estavam vazios, a postura paralisada.

Emily se sentou apressadamente, com o coração disparado na garganta. Ela estava esperando por isso, mas mesmo assim era horripilante.

– Por favor – disse ela, inclinando-se para trás. Ela olhou para as amigas. Surpreendentemente, todas dormiam. – Por favor, não nos machuque.

Ali inclinou a cabeça e abriu um sorriso para Emily.

– Ah, Em. Eu não machuquei você. Você *me* machucou.

– O quê? – sussurrou Emily. Ela olhou para suas amigas, mas nenhuma delas se mexeu. – O que você quer dizer?

O sorriso de Ali permaneceu intacto.

– Você verá. – Então ela subiu sobre a poltrona que Emily tinha empurrado contra a porta da garagem e escorregou para lá. Uma risadinha mínima a seguiu. Ela bateu a porta com um barulho alto.

Emily se sentou bruscamente e olhou em volta. Uma luz pálida entrava pelas janelas. A sala não cheirava mais a baunilha. Ela correu as mãos pela nuca suada. Será que ela *sonhara*?

Houve outro barulho alto, mas desta vez era seu pai abrindo e fechando armários na cozinha. Hanna se mexeu perto de Emily. Aria rolou em seu lugar. Spencer se sentou, com os olhos arregalados.

– Que horas são? – sussurrou ela. – O que está havendo?

– É de manhã – disse Emily, meio grogue, olhando fixamente para a sala vazia. Ali parecera tão real. – E nada aconteceu.

Todas se olharam, piscando com força. *Nada aconteceu.* Era, na verdade, mais chocante do que Ali invadindo a casa.

– Talvez eles tenham capturado Ali – sussurrou Spencer.

O queixo de Aria caiu.

– Talvez isso tenha acabado.

– Talvez – disse Emily, trêmula. Mas ela não conseguia parar de pensar no que Ali, ou a Ali dos sonhos, tinha dito. "*Eu não machuquei você. Você me machucou.*"

Significava alguma coisa. Emily só não sabia o quê.

32

TUDO ESTÁ BEM QUANDO ACABA BEM

Hanna nunca se sentira tão cansada na vida. Ficar acordada na noite anterior, de olho na porta, certa de que Ali irromperia por ela a qualquer momento, foi mais exaustivo do que qualquer noite que ela já tivesse passado acordada. Pior do que a noite em que elas pensaram que tinham acidentalmente cegado Jenna Cavanaugh com fogos de artifício. Pior do que a noite da morte de Mona, quando ela ficou acordada a noite toda, perguntando-se como sua melhor amiga podia ser A. Pior do que a noite em que elas viram o cadáver de Ian Thomas – Hanna não conseguia tirar a visão ou o cheiro da cabeça. Hoje, seus membros pareciam ter corrido maratonas completas. Ela precisou de toda sua força de vontade para dirigir de volta para casa, trocar de roupa e chegar cedo para gravar seu novo papel como Hanna Marin.

Havia nós em seu estômago enquanto ela dirigia para o set. Por que mesmo ela estava *fazendo* isso? Ela conseguiu ser Hanna, mas a vitória tinha vindo a um custo muito alto; perdera

Hailey e Mike, e quem poderia dizer quantas outras pessoas no set a odiariam também, vendo-a apenas como alguém que apunhalava pelas costas, uma vaca ambiciosa? Além do mais, ela estava um lixo, certamente nem um pouco preparada para interpretar. Hank provavelmente a demitiria na hora. Será que ela deveria desistir e poupá-lo do constrangimento?

Hanna parou em um semáforo vermelho e conferiu seu celular. A página de um noticiário local de Ashland estava aberta na tela, mas ainda não havia nada a respeito da investigação policial na casa da piscina. Mas isso tinha que ser uma coisa boa, certo? Ela e as outras haviam conversado a respeito daquilo antes de deixarem a casa de Emily naquela manhã. A notícia de que Alison DiLaurentis ainda estava viva – e havia matado alguém *mais* – era um furo enorme. Um problema para o FBI, na verdade. É claro que a polícia manteria a imprensa ocupada tanto quanto pudesse até que a equipe de relações públicas decidisse como divulgar os fatos de forma positiva.

O semáforo ficou verde, ela passou por ele e fez o retorno para o set. O estacionamento estava praticamente vazio, e, enquanto ela dirigia pelos sets de gravação, espiou o ponto onde a mensagem *Quebre umA perna, Hanna* tinha sido escrita a giz no chão.

Hanna achou um lugar bem na frente de seu trailer. Suspirando, saiu do carro e se dirigiu aos degraus, tentando descobrir como diria a Hank que, depois de tudo, ela não queria o emprego. Nesse momento, percebeu alguém parado nos degraus, bloqueando sua passagem.

Hailey.

O coração de Hanna parou. Hailey parecia esgotada, seu cabelo escuro preso em um coque malfeito e com a maquiagem um pouco manchada. Quando examinou Hanna, estreitou os olhos e apertou os lábios. Hanna desejou poder dar meia-volta e fingir que não a tinha visto. Ela *não* conseguiria enfrentar um confronto naquele momento.

Mas Hailey estava bem ali, observando-a. Depois de um momento, acenou para Hanna, como se a cumprimentasse.

– Então. Meu agente me mandou os arquivos de filmagem ontem – começou ela. – Eu pude assistir minha performance como Hanna Marin bem detalhadamente.

– Ah – disse Hanna, incerta, perguntando-se onde essa conversa ia parar.

– E eu estava *horrível*.

Hanna levantou a cabeça num pulo. Os olhos de Hailey estavam bem abertos e ela parecia desolada, mas não com Hanna.

– Eu estava *horrenda*, Hanna. Usei essa voz estúpida, e eu ficava mastigando *chiclete* o tempo todo... nem sei por que eu fiz aquilo. Os meus movimentos estavam exagerados. O meu agente estava, tipo, *Graças a Deus você saiu* daquela *coisa. Você estava um desastre.*

– Não, você não estava! – gritou Hanna, automaticamente.

Hailey abaixou a cabeça.

– Não minta para mim *de novo,* Hanna. Eu estava horrível. Hank estava certo em se livrar de mim. E sabe o que mais? Eu meio que sabia que não estava indo bem. Nunca me senti bem interpretando você.

Hanna torceu as mãos de um jeito estranho.

– Bem, sinto ouvir isso – foi tudo o que ela pôde pensar em dizer.

– Ah, tanto faz. – Hailey sacudiu a mão. – Sabe quem eu *realmente* acho que seria boa interpretando Hanna Marin? *Você.*

Hanna deu uma risada nervosa. Mas não parecia que Hailey estava brincando. Na verdade, ela meio que estava... sorrindo.

– Na realidade, eu não acho que quero o papel – disse Hanna. – Não mais.

– Você está brincando? – explodiu Hailey. – Você vai ser *incrível* neste filme, Hanna! De um jeito que eu não estava. Então faça isso por mim. *Por favor.*

Hanna piscou com força, impressionada com o que estava acontecendo.

– Sinto muito ter agido nas suas costas e pedido a Hank o papel, mas eu realmente pensei que você não queria mais. Não quis ser má, ou...

– Eu sei. – Hailey apoiou as costas contra o trailer de Hanna. – Estamos bem. – Ela pareceu pensativa por um momento, então acrescentou: – E eu *sinto muito* ter enviado aquela foto para o TMZ. Foi muito sacana da minha parte. Espero que Mike não esteja muito triste.

Hanna olhou para o outro lado, as lágrimas brotando dos cantos de seus olhos.

– Para falar a verdade... acho que arruinou a minha relação com Mike para sempre.

Um canto da boca de Hailey se ergueu levemente.

– Não esteja tão certa disso.

Então ela se virou. A porta do trailer se abriu. Mike parou no vão da porta, vestido com um moletom de lacrosse e uma calça jeans. Tinha um olhar encabulado no rosto. A boca de Hanna se abriu.

– Ei – disse ele, tímido, para Hanna.

– E-ei – gaguejou ela, tão timidamente quanto Mike.

Hailey lançou olhares para os dois.

– Eu liguei para Mike hoje de manhã e expliquei tudo, especialmente como aquele beijo com Jared foi iniciativa dele *e* totalmente inofensivo. – Ela sorriu. – Você arranjou um belo namorado, Hanna. Eu queria ser *tão* sortuda.

– Obrigada – disse Hanna, incerta. Olhou para Mike. Ele ainda sorria. – Sinto muito não ter contado a você sobre aquele beijo – continuou num tom de voz baixinho.

– Sinto que *eu* não tenha dado uma oportunidade de você explicar – disse Mike. E abriu um sorriso malicioso. – No entanto, agora que você é uma grande estrela de cinema, você acha que pelo menos consegue que aquele tal de Jared seja despedido? Quero dizer, além de não querer que ele pense que pode ficar por aí beijando você, eu *realmente* não acho que ele tem minhas qualidades para me interpretar.

Hanna explodiu em risadas.

– Só se *você* se oferecer para o papel.

– Feito – disse Mike. – Agora, venha aqui e me abrace, para que possamos fazer as pazes pelas poucas horas que tenho antes de pegar o trem de volta para o acampamento de futebol.

Hanna correu até ele e caiu em seus braços, apertando-o tão forte quanto conseguiu. Era incrível. Em uma única tacada, tudo estava certo de novo. Não seria maravilhoso se as coisas simplesmente... *permanecessem* assim?

Uma nova sensação surgiu nela. Hanna deixou o sentimento desconhecido conquistá-la. Era tão desconhecido que, no começo, ela não conseguiu nem nomeá-lo.

Mas então ela descobriu o que era. *Esperança.*

33

FALEM BEM, FALEM MAL, MAS FALEM DE MIM

Aria estacionou em uma rua lateral em Old Hollis e olhou em volta. A mesma Mercedes amassada, o mesmo Jaguar antigo e a mesma Kombi da Volkswagen laranja brilhante a cercavam no meio-fio. As mesmas plantas envasadas estavam na frente da grande casa vitoriana que ficava do outro lado da rua, em frente à galeria, e a mesma bandeira do arco-íris do orgulho gay ondulava na varanda da frente da casa em estilo Tudor ao lado. A vizinhança não tinha mudado… Apenas *Aria* estava diferente.

Um casal mais velho caminhou para fora da galeria, de mãos dadas. Aria se agachou atrás de um arbusto, sem querer realmente que alguém lá de dentro a visse. Ela ainda não estava pronta para fazer isto.

Ela olhou para o telefone de novo. PRETTY LITTLE FRAUDE, dizia a página principal do *New York Post*. Frank Brenner, o repórter que havia ligado no dia anterior, tinha escrito sobre a falsa transação usando o nome de John

Carruthers como publicidade para Aria. "Minha mãe atendeu o telefonema, então precisei disfarçar minha voz", Brenner tinha usado como uma citação de Aria. Ele também tinha dito que Aria parecia muito "esgotada" no telefone quando ele tinha ligado, claramente porque "ela estava horrorizada por ter sido flagrada".

A matéria também reportava que uma instituição bancária estava rastreando a fonte destes fundos, sugerindo que Aria tinha usado aleatoriamente a conta de alguém. Em um mundo normal, aquilo seria uma coisa boa – a conta seria rastreada até Maxime Preptwill. Mas Aria sabia que Ali era esperta demais para ser desleixada; ela devia provavelmente ter usado o nome e o número do Seguro Social de Aria no banco. Porque afinal ela era *capaz desse tipo de desonestidade*.

Tudo estava uma bagunça. Patricia, a agente de Aria, tinha ligado para ela um zilhão de vezes, mas Aria não atendera, envergonhada demais para ter a conversa inevitável. Ela não conseguia se convencer nem mesmo a ouvir as mensagens de Patricia. Houve outras consequências também. Como isto afetaria Ella? Sua mãe havia se encarregado da negociação; e se a imprensa pensasse que ela estava envolvida no esquema "vou-ficar-famosa-rápido" de Aria? E se Carruthers a processasse? O chefe de Ella a demitiria? E se ela entrasse para a lista negra do mundo das artes? E se a *galeria* fechasse graças a esse escândalo falso – e inverídico?

E então houve as mensagens de Harrison. As da noite anterior estavam cheias de preocupação; ele parecia muito aflito com o desaparecimento de Aria. As que chegaram nesta manhã foram um pouco mais contidas: *Vi o post. Foi por isso que você fugiu na noite passada? Podemos conversar? Gosto de você, qualquer que seja a verdade.*

Ela olhou para a última que ele enviou. Era fofo da parte de Harrison dizer que ele ficaria ao lado dela, mas o problema era que Aria não queria que ele fosse seu namorado. Intimamente, ela sabia que não sentia nada por ele. Ela *queria* sentir. Seria tão mais fácil. Mas seus sentimentos eram seus sentimentos.

Suspirando, escreveu uma resposta. *Não é a verdade, mas não posso entrar em detalhes agora. Para ser honesta, eu meio que preciso de espaço. Sinto muito. Boa sorte com tudo.* Aria apertou o botão ENVIAR. Era irônico, ela percebeu, o quanto a mensagem dela se parecia com o discurso de Noel para ela há apenas duas semanas. Mas enviou a mensagem de qualquer maneira, precisando que aquilo terminasse.

Respirando fundo, Aria seguiu pela calçada. Cada passo que dava na direção da galeria era doloroso. Ela empurrou a porta, olhando para os sinos da porta que soavam animados. Sua mãe estava parada em sua mesa, olhando para alguns papéis. Ela levantou a cabeça, olhando para Aria, diretamente em seus olhos. O rosto de Aria se encheu de calor. *Aqui vai.*

Ella se dirigiu à filha:

– Adivinhe quem vendeu mais duas obras hoje? – cantarolou ela, animadamente. Ela balançou alguns papéis de fax perto do rosto de Aria. – Um comprador do Maine e alguém da Califórnia. Não pelo montante que o quadro de Ali foi vendido, mas ainda assim... Parabéns!

Aria piscou. A animação de sua mãe era de partir o coração. Era pior do que ela imaginava: sua mãe ainda não *sabia*.

Sem dar uma palavra, Aria entregou o telefone a ela e apertou o ícone para o navegador Safari. O artigo do *Post* ainda estava lá.

— Você deveria ler isto.

Ella deu uma espiada no telefone, então encolheu os ombros.

— Eu já li. — Ela arrumou os cabelos de Aria sobre seus ombros. — Sua agente me contou. Espero que esteja tudo bem... ela estava tentando falar com você, mas você não atende, e sua caixa postal estava cheia. Foi este o real motivo de você ter fugido ontem à noite? Você deveria ter me *contado,* Aria.

Aria piscou, depois concordou. Ela *havia* descoberto tudo na noite anterior. Pareceu uma boa desculpa, melhor do que ter de explicar seu desaparecimento misterioso.

Ella olhou para o telefone novamente.

— Seu primeiro artigo no *Post,* e na primeira página! Estou tão orgulhosa.

— Mamãe! — gritou Aria. Ela não conseguia acreditar no quanto sua mãe estava sendo obtusa. — A notícia é horrorosa. E falsa. Eu não me fiz passar pela assistente de Carruthers ou pedi a alguém que fizesse isso. Não tive nada a ver com esta venda, de maneira nenhuma e, para ser honesta, estou horrorizada que aquele quadro de Ali tenha sido vendido. Eu ia queimá-lo.

Ella olhou-a intensamente.

— Aria, é claro que eu sei que você não teve nada a ver com isto. — Ela colocou os papéis de volta na mesa. — Você está *preocupada* de verdade com essa notícia? Se você pretende ser uma artista, vai ter todos os tipos de coisas malucas escritas a seu respeito, muita crítica negativa, em grande parte mentiras. Minha opinião? Alguém usou o nome de Carruthers porque ele ou ela não queria admitir quem era. Talvez fosse alguém conhecido. Ou talvez seja uma celebridade!

Aria olhou a mãe fixamente. Bem, Ali era as duas coisas.

– Hum... então você não está brava? – Aria finalmente conseguiu articular.

Ella andou até um canto e endireitou uma paisagem do rio Brandywine que estava torta.

– A transação não tem nada a ver com você, querida. Todos sabemos disso. Além do mais, sua agente me disse que este escândalo, na verdade, provocou *mais* interesse nos seus quadros. O comprador do Maine comprou alguma coisa especificamente depois que aquele artigo do *Post* saiu. Sasha estava lá quando ele apareceu; disse que era um jovem, na casa dos trinta, superartístico. Seu nome era Gerald French.

Aria piscou com força. Então os planos de Ali de arruiná-la *não* funcionaram de verdade? Ela mal conseguia engolir essa ideia. Olhou em volta, esperando que a galeria explodisse ou que Ella caísse de joelhos, com uma intoxicação alimentar severa. *Alguma coisa assim.* Mas Ella simplesmente sorriu para ela calorosamente e foi para a sala dos fundos, onde eles mantinham o estoque.

Os sinos da porta tocaram novamente, e Aria se virou.

– Ah, meu Deus – explodiu ela, a boca agindo mais rápido que o cérebro. Parado na porta, com as mãos enfiadas nos bolsos, estava Noel.

Uma expressão nervosa atravessou o rosto de Noel. Aria sentiu o sangue subir para suas bochechas mais uma vez. A lembrança do beijo deles no banheiro pulsou na mente dela. Com tudo o que aconteceu com Ali e com a notícia sobre seus quadros, ela deixou o que houve de lado.

– Ah... oi – disse Noel. Ele lambeu os lábios. – Queria saber se você está, tipo, bem. Estavam procurando por você na festa ontem à noite. Ninguém conseguia achar você.

— Estou bem – disse Aria. Ela encarou o chão. – Obrigada por vir conferir.

— É claro que eu viria conferir.

Aria levantou a cabeça num gesto brusco, cheia de uma confusão súbita – e raiva.

— O que você quer dizer com é claro? Eu estava praticamente morta para você.

— Sim, bem, eu acho que aquilo foi um erro. – Os olhos dele estavam semicerrados e cheios de remorso. Ele parecia sério. Uma fresta se abriu nela. Ele a queria *de volta*?

Aria queria que aquilo fosse suficiente, mas de repente ela se sentiu tão exausta.

— Noel, você me colocou em uma montanha-russa nos últimos dias – disse ela. – Tive altos, depois baixos e cheguei no fundo do poço. Eu estava começando a me sentir melhor a respeito das coisas quando a noite passada aconteceu.

— Eu sei.

— Quero dizer, primeiro você queria ficar afastado, então você estava com Scarlett, então você me *beijou*, então você fugiu, e...

— Eu *sei* – interrompeu Noel. Ele deu um passo hesitante na direção dela. – Sem mencionar o que eu fiz a você *antes* de tudo isso.

— Você basicamente... me largou – disse Aria, sentindo-se engasgada.

— Eu nunca larguei você *de verdade* – disse Noel delicadamente. – E eu sinto muito, mesmo, por tudo.

— Mas e Scarlett?

— Nós terminamos. Ela simplesmente... não é você. – Ele passou a mão pelo cabelo. – Olhe, eu pensei que se eu colocasse alguma distância entre nós, teríamos tempo para...

pensar, talvez. Processar. Mas eu não consigo parar de pensar em você. Segui o sucesso de sua carreira artística, sabe. É *tão* incrível. E então aquela matéria que saiu hoje... eu sei sobre isso, também.

Aria olhou profundamente para ele.

– O que quer dizer com *eu sei*?

A boca de Noel se torceu.

– Eu acho que sei quem está por trás disso. Estou certo?

Aria lançou um olhar por sobre o ombro, mas Ella ainda estava nos fundos.

Ela deu a Noel o menor aceno de cabeça que conseguiu.

– Ela tem muitos fãs – foi tudo o que Aria disse.

Noel acenou de volta.

– Bem, espero que você saiba que *eu não sou* um deles.

Aria deu um suspiro. Aquilo nem mesmo tinha passado por sua cabeça... mas talvez devesse ter passado. Ele já tinha sido manipulado por Ali uma vez. Aria suspirou.

– Bem, só porque você sabe sobre isso não significa que você esteja envolvido.

– Espero que você não tenha se envolvido, também.

Aria deu de ombros. Não valia a pena explicar agora. Com um pouco de esperança, estava acabado.

Noel arrastou os pés.

– Mas tirando isso, eu *sinto a sua falta*. Não consigo parar de pensar em você.

Aria sentiu um nó na garganta.

– Não consigo parar de pensar em você, também. Mas, quero dizer...

Noel a interrompeu. Com a ponta de um dedo, ele ergueu o queixo dela para que olhasse para ele.

– Não é suficiente que nós tentemos de novo? – perguntou ele.

Aria mordeu o lábio inferior. A pele de Noel cheirava a sabonete de aveia que a mãe dele sempre colocava no lavabo da família. E quando olhou para os dedos de Noel, ainda no queixo dela, percebeu que conhecia cada centímetro das mãos dele de cor – a cicatriz na lateral do dedão, da vez em que ele se cortou esculpindo uma abóbora de Halloween, como as palmas ficavam rachadas no inverno, um calombo nas costas de uma das mãos, de uma queimadura antiga que ele não se lembrava de ter feito. Aria pensou que *o* conhecia totalmente – mas Noel a surpreendera. E não foram boas as surpresas. Como ele a surpreenderia no futuro?

Se ela apenas pudesse viver em um mundo sem surpresas – sem Ali voltando à vida, sem mensagens maldosas de A, sem segredos horríveis que um namorado mantivesse escondidos dela por anos. Mas aquilo significaria que ela deixaria as boas surpresas de lado, também? Como Noel Kahn, o Típico Garoto de Rosewood se transformando em um Garoto de Rosewood Não Tão Típico Assim. Como o mundo da arte aceitando-a de qualquer modo, a despeito dos melhores esforços de Ali.

Como Noel resgatando seus sentimentos e querendo acabar com o espaço entre eles.

Aria tirou os dedos dele de seu queixo. Depois de um fôlego, ela se inclinou para a frente, como já havia feito tantas vezes antes.

Sim, a mente dela falou enquanto eles se beijavam. Isso estava certo. Isto era estar em casa.

34

UMA VITÓRIA PARA SPENCER

Ping. Ping. Ping.

A caixa de e-mails de Spencer apitava sem parar a cada nova mensagem. Ela pegou o telefone pela sexta vez em um minuto e olhou a tela, ansiosa que alguma delas estivesse relacionada ao que quer que a polícia tivesse encontrado na casa da piscina. Ela havia programado alertas do Google para "Alison DiLaurentis", "Nicholas Maxwell" e até mesmo para o endereço da propriedade. Mas, a cada vez que olhava, era outro e-mail de alguém que enviara uma contribuição para o site de bullying ou parabenizando-a pelo vídeo antibullying. Na noite anterior, a organização tinha enviado um comunicado de imprensa que falava sobre o vídeo. O nome de Spencer aparecia nos créditos e tinha sido mencionado.

Ela clicou no comunicado, com um link para um vídeo do YouTube. *Abrindo o Jogo: Jovens Discutem o Bullying e Suas Consequências*, dizia o título. Spencer clicou PLAY, assistindo a cenas dela e dos outros respondendo a perguntas. A câmera passeou pela plateia, fazendo uma pausa em Greg. Seu coração deu um pulo no peito. Imagine o que os produtores fariam se soubessem que ele era um praticante de bullying, e dos bons, um verdadeiro Gato de Ali.

Ela digitou o nome dele, *Greg Messner,* no Google. A página do Facebook que ela vira diversas vezes apareceu; dizia que ele vivia em Delaware, mas não dizia em qual escola de ensino médio estudava e nem informava um endereço, claro. Spencer selecionou alguns garotos com quem ele mantinha amizade; Greg conhecia pessoas de Nova York, Massachusetts, Maine, Indiana, Califórnia e do Novo México. Nem uma única pessoa em sua lista de amigos era de Delaware – será que ele realmente vivera lá? Então, Spencer pensou em sua história sobre a madrasta criticando-o e ameaçando-o. Será que também tinha sido uma mentira?

Era possível que tudo o que ela sabia sobre ele fosse uma mentira, assim como ele criara Dominick. Ela podia apenas imaginar Greg e Ali tramando a coisa toda juntos, rindo de como Spencer provavelmente cairia de amores por ele. Mas aqui estava a pergunta de um milhão de dólares: Por que Greg se juntou a Ali para começo de conversa? Tinha sido levado a isso por algum desvio de personalidade psicótico? Será que Ali lhe prometera alguma coisa?

O toque que Spencer havia escolhido, o que soava como um sino de igreja, disparou, e ela pegou o telefone, ansiosa por respostas. O identificador de chamadas indicava um prefixo com 212. Spencer atendeu.

– Spencer! – uma voz familiar soou pelo celular. – É Alyssa Bloom. Como vai?

Spencer piscou. Levou um momento para lembrar que Alyssa era a editora da HarperCollins.

– Eu... estou bem – respondeu Spencer, sentando-se ereta. – Como vai *você*?

– Eu estou muito bem. – A srta. Bloom parecia estar sorrindo. – E parece que você vai muito bem, também. Eu vi que você fez parte de um vídeo antibullying. E que seu blog está indo incrivelmente bem.

– Obrigada – disse Spencer, trêmula. – Estou muito contente que você pense assim.

– Não é só isso que eu penso – disse Bloom. – Escute, eu falei com outras pessoas do escritório, e realmente achamos que o conceito que você criou em seu blog poderia ser transformado em um livro. Se você estiver interessada, eu gostaria de lhe oferecer um contrato para publicar dois livros.

– *O quê?* – As pernas de Spencer começaram a tremer. – Você está falando sério?

– Não sou o tipo de pessoa que faz piada com esse tipo de coisa. – Bloom deu uma risadinha. – É a hora certa de lançar alguma coisa assim, Spencer. E você é a pessoa certa para contar essas histórias. Agora, como adiantamento...

Ela soltou uma quantia impressionante de dinheiro, tão surpreendente que Spencer caiu sentada e ficou encarando a sala sem realmente vê-la. Estava acontecendo. *Realmente* acontecendo. Ela ia conseguir escrever um livro – *dois* livros, na verdade. Com esperança, eles seriam relevantes e ajudariam as pessoas, e alguma coisa de bom poderia vir de todo o abuso de A.

Mas, de repente, as imagens dos outros garotos no palco do vídeo antibullying nadaram por sua lembrança. Spencer pensou em todas as crianças que enviaram suas histórias. Alguns ainda em condições horríveis de sobrevivência. Muitos eram de classe baixa. Outros tantos queriam as roupas certas ou os sapatos ou os acessórios para se encaixarem, mas não podiam bancá-los – e *aquela* era a razão pela qual viraram alvos de abuso.

A confiança que eles colocaram nela. O apoio honesto que eles lhe deram quando descobriram que ela estaria naquele vídeo. Eles não precisavam, podiam ter tido inveja por *não* receberem atenção em seu lugar. O que a fez pensar nas palavras de Dominick, ou melhor, nas palavras de *Greg*: *Você só está fazendo isso para ganhar dinheiro com o que houve a você.*

E ela *estava*?

– Spencer? Você está aí?

Spencer pigarreou e apertou o telefone na orelha.

– Isso tudo parece maravilhoso – disse ela. – M-Mas eu estou pensando. Talvez todos que contribuíram possam ser coautores. Eu não posso aceitar toda essa quantidade de dinheiro sozinha.

Alyssa Bloom deu uma risadinha.

– Você pode dividir o dinheiro da maneira como quiser.

Ela deu a Spencer mais alguns detalhes, a maioria sobre prazos e datas de lançamento e possíveis viagens para divulgação. Spencer mal a ouviu, de tão forte que seu coração batia. Ela provavelmente disse "obrigada" um zilhão de vezes antes de desligar. Sentou-se quieta em sua cama, tentando respirar devagar. Já estava pensando nas histórias que gostaria de incluir no livro. Mal podia esperar para contar aos colaboradores que eles também contribuíram para aquilo. Depois de tudo que eles passaram, mereciam isso.

Engula essa, Ali, pensou ela, satisfeita. Ela achou que era tão esperta com seus comparsas e seus vídeos em looping e seus truques para fugas rápidas. Mas aqui estava algo maravilhoso que tinha acontecido, e Ali não tinha esmagado seu sonho. Talvez ela *estivesse* perdendo o jeito.

Ping.

Spencer olhou para o telefone outra vez, imaginando se a mensagem era da srta. Bloom – ela dissera que enviaria um e-mail em seguida. Mas era um alerta do Google para "Ashland, Pensilvânia".

Spencer deu um pulo e olhou mais atentamente. O Google não enviara um link para uma matéria sobre a casa da piscina. Em vez disso, havia uma manchete que dizia: JOVEM ENCONTRADO MORTO ATRÁS DO MINIMERCADO TURKEY HILL EM ASHLAND.

Com as mãos tremendo, Spencer abriu o link do site do jornal *Ashland Herald:* A POLÍCIA ENCONTROU O CORPO DE UM JOVEM, COM O ROSTO VIRADO PARA BAIXO, NO LEITO DE UM RIACHO ATRÁS DO MINIMERCADO TURKEY HILL NA REGIÃO SUDOESTE DE ASHLAND LOGO CEDO NESTA MANHÃ, DEPOIS DE TEREM RECEBIDO UMA LIGAÇÃO DE UM HOMEM QUE PASSEAVA COM SEU CÃO. A POLÍCIA DESCREVEU O FALECIDO COMO SENDO MORENO, VESTIDO COM UMA JAQUETA, UMA CAMISA E UMA GRAVATA, SAPATOS OXFORD, E COM UMA TATUAGEM DE UM PÁSSARO NAS COSTAS DA MÃO. UMA CARTEIRA DE MOTORISTA FOI ENCONTRADA JUNTO AO CORPO, MAS OS FAMILIARES NÃO PUDERAM SER ENCONTRADOS PARA RECONHECER O CORPO. A CAUSA DA MORTE É DESCONHECIDA.

Spencer ficou tão horrorizada que jogou o telefone longe, do outro lado do quarto. Camisa e gravata. Sapatos Oxford. *Uma tatuagem de um pássaro nas costas da mão.* Era Greg.

Ela ficou de pé e caminhou pelo quarto.

O que será que tinha acontecido depois que ele deixou Spencer? Talvez tivesse tentado ver Ali pessoalmente, no final das contas – e ele sabia onde ela estaria. Greg afirmou que estava apaixonado por Ali. Spencer parou de andar, percebendo algo imenso. Talvez fosse o sangue *de Greg* por toda aquela casa da piscina. Fazia todo sentido. Ali o matara porque Greg tinha quebrado uma das regras principais dos Gatos de Ali.

Nunca espalhe por aí o que você sabe.

35

UM PLANO DE MESTRE

Naquela manhã, Emily se sentou em seu quarto, a caixa com os pertences de Jordan na cama à sua frente. Ela passou as mãos pelas laterais macias do papelão, pensando no que estava prestes a fazer. Depois de olhar o que quer que houvesse lá dentro, ia fechar a caixa com fita e a enterraria no jardim dos fundos. Foi assim que ela e suas amigas tinham enterrado as coisas que as faziam se lembrar de Ali.

Não que Emily quisesse esquecer Jordan, de maneira nenhuma. Haveria um funeral de verdade para Jordan na próxima semana, em Nova Jersey, e Emily planejava comparecer. Mas o funeral seria estranho e impessoal: haveria outras pessoas no púlpito, fazendo discursos acerca de como eles pensavam que Jordan era. Nenhum dos membros da família dela conhecia Emily; nenhum deles tinha ideia do que uma significava para a outra. Emily simplesmente seria alguém lamentando pela morte de Jordan, uma estranha. Ela precisava honrar a memória de Jordan de seu próprio jeito, bem ali, sozinha, só ela. Enterrar a caixa parecia a coisa certa a se fazer.

Respirando fundo, ergueu a tampa e retirou o plástico bolha. Uma camiseta cuidadosamente dobrada estava por cima, seguida por um par de jeans. Emily os tirou da caixa e sentiu uma onda de dor, porque as peças ainda *cheiravam* como Jordan, mesmo que estivesse claro que tinham sido lavadas. Ela os pressionou contra o nariz, respirando fundo vez após vez. O tecido parecia tão suave contra a pele dela, tão macio quanto Jordan tinha sido. Ela passou os dedos pela costura do jeans, pelo botão no cós. Era quase demais para lidar.

Mas ela seguiu em frente. Por debaixo do jeans, Emily encontrou os brincos que temera achar, pequenos botões de diamante que Jordan tinha usado desde o primeiro dia em que se conheceram. Eles estavam em um saco plástico, e Emily estava engasgada demais para sequer tirá-los de lá. Embaixo havia uma pequena bolsinha que continha um pouco de dinheiro, um cartão-chave para um quarto no hotel Marriott e um recibo do McDonald's, da compra de uma caixa com seis nuggets de frango e uma Coca Diet pequena.

Mas o que realmente fez seu coração parar estava no fundo da caixa. Lá, dobrado várias vezes, os vincos rasgados, o papel amassado como se tivesse passado pela lavadora algumas vezes, havia um desenho que Emily dera para Jordan quando elas estavam no cruzeiro. Ela o havia feito no papel de carta do navio, ilustrando uma imagem dela mesma e de Jordan, como bonecos de palito, paradas em um barco e dando-se as mãos. *Nossa viagem,* ela havia descrito, em palavras e imagens, as aventuras delas na tirolesa, e o longo passeio que elas tinham dado na praia deserta, e a ocasião em que roubaram o barco em Porto Rico para um passeio em volta do porto.

Emily tinha desenhado as duas se beijando – seu primeiro beijo –, acrescentando *Incrível!* e desenhando um coraçãozinho em volta das duas em caneta vermelha.

Os olhos de Emily ficaram marejados. O pequeno desenho havia sobrevivido ao mergulho no porto. Sobrevivera às viagens de Jordan para o sul e a todos os seus esconderijos. E havia alguma coisa mais: um segundo coração em torno do vermelho, desenhado em azul. Jordan deve tê-lo desenhado depois que escapou do barco – a tinta não parecia desbotada. O que significava que, mesmo depois de achar que Emily a traíra, Jordan desenhara o coração. Tinha carregado o desenho consigo de qualquer jeito, sem jogá-lo fora. Talvez ela, como Emily, soubesse que algum dia resolveriam tudo.

As lágrimas correram pelo rosto de Emily, borrando sua visão. Ela chorou por muito tempo, os soluços convulsivos, mas também catárticos. Finalmente, uma vez esgotados, ela colocou tudo de volta na caixa, à exceção do desenho que Jordan tinha guardado. Ela fechou a tampa com fita adesiva, então a segurou nos braços e desceu as escadas.

Uma dor profunda a atingiu na metade do caminho. *Como* ela poderia dizer adeus? Como você deixa alguém como Jordan partir? Ela odiava Ali por ter feito isso. Mas ela esperava, de todo o coração, que a polícia tivesse realmente encontrado alguma evidência – ou Ali em pessoa. E, em breve, Ali estaria presa. Em algum lugar escuro. E miserável. E totalmente sem esperança.

Alguma coisa do lado de fora da janela capturou sua atenção. Aria estacionava junto ao meio-fio, o carro de Spencer logo atrás do dela. Hanna dirigia seu Prius e estacionava-o na entrada de carros de sua casa. Vagarosamente, as meninas saíram de seus carros e foram até a porta da frente de Emily com toda a sobriedade de oficiais do governo que chegam à porta de uma família para comunicar que seu filho morreu em uma batalha do outro lado do oceano.

Emily engoliu com dificuldade. Nenhuma delas havia avisado que viria. Elas tinham descoberto alguma coisa que ela não sabia? Será que eram notícias a respeito de *Ali*?

Ela colocou a caixa de Jordan nos degraus e abriu a porta da frente antes que elas conseguissem tocar a campainha.

– O que está acontecendo? – sibilou ela, saindo para a varanda e fechando a porta atrás dela. Seus pais estavam na sala de estar; a última coisa que Emily precisava era que eles ouvissem aquilo. Eles já haviam lhe feito um zilhão de perguntas sobre a barricada que elas haviam montado na sala. – O que houve? É a casa da piscina, não é? Eles encontraram a Ali?

– Devagar. – Spencer pegou o braço de Emily. – Não sabemos de nada. Pensamos que você talvez soubesse.

Emily parou e as encarou.

– *Nada?*

– Tirando o fato de Greg ter aparecido morto em um riacho – disse Spencer. – O que, provavelmente, foi obra de Ali. Ele me disse que a conhecia, e isso foi um grande erro. Por isso ela o matou.

O estômago de Emily deu voltas.

– Vocês acham que era o sangue dele na casa?

– Não sei. Talvez. – Spencer fixou o olhar na rua. Os vizinhos de porta de Emily, um casal mais velho com o sobrenome Gauls, estavam trabalhando duro arrumando regadores automáticos em seu gramado frontal. Quando viram as garotas, acenaram. Todas acenaram de volta, de um jeito menos entusiasmado que o deles.

— Mas não ouvimos nada a respeito da investigação da casa da piscina – continuou Aria. – Eu até mesmo tentei ligar para a delegacia de polícia local, mas, quando alguém perguntou meu nome, eu desliguei. – Então ela olhou para o saco plástico que tinha nas mãos. – Eu não sei o que fazer com isto. – Ela o abriu um pouquinho; Emily pôde ver o vestido amarrotado que elas tiraram da casa naquela noite. – Largar na delegacia de polícia anonimamente?

— Você acha que nós deveríamos ir até lá? – perguntou Emily. – E se eles estiverem com Ali? E se ela foi capturada e eles nem mesmo nos contaram? – *Seria como foi com a Fuji*, ela pensou, amargurada.

Spencer balançou a cabeça.

— O lugar provavelmente está lotado de policiais, se formos até lá vamos complicar as coisas. Vamos saber em breve. Mas eu me sinto bem positiva, sabem? Acho que chegamos ao final. E agora podemos continuar com nossas vidas de verdade.

Emily mordeu o lábio. As lágrimas subiram aos seus olhos. Ela estava prestes a *enterrar* a vida dela. Ela mal conseguia imaginar o que era continuar em frente.

Uma sirene ecoou pela rua, e todas olharam em sua direção. Segundos depois, um carro de polícia apareceu, dobrando a esquina e dirigindo-se para a casa de Emily. Estava sendo seguido por um segundo carro, e então um terceiro. Emily deu um passo trêmulo para trás, momentaneamente paralisada pelas luzes. Então, ela percebeu quem estava no banco da frente do primeiro carro.

Fuji.

Os carros da polícia pararam junto ao meio-fio na frente da casa de Emily e estacionaram. A agente Fuji, usando um vestido de tecido amassado e óculos escuros, pulou do carro e caminhou até elas. O rosto dela estava severo e duro, cada vez mais intenso à medida que ela se aproximava das garotas. Ela parou e as observou atentamente, uma por uma. Alguns momentos se passaram. Atrás de si, Emily ouviu a porta da frente se abrir. Ela sabia, sem olhar, que sua mãe estava parada lá, observando.

– Precisamos falar com vocês – disse Fuji em uma voz rouca.

– Claro – disse Spencer rapidamente. – Qualquer coisa que possamos fazer para ajudar.

– É sobre a casa da piscina, certo? – perguntou Hanna, animada. – O que vocês encontraram?

Fuji piscou. Ela enfiou a mão no bolso e tirou um saco fechado com a etiqueta EVIDÊNCIA e o enfiou nos rostos das meninas.

– Achamos isto.

O saco balançou na frente dos olhos de Emily. Vagarosamente, sua visão entrou em foco. Alguma coisa branco-perolada e com a ponta sangrenta estava no canto do saco. Emily franziu o rosto, depois se afastou. Um *dente*.

– De quem é isto? – gritou Aria.

Fuji tirou os óculos de sol e as encarou, dura. Não havia delicadeza em seus olhos, o que surpreendeu Emily. Fuji deveria estar grata, não deveria?

– Acho que vocês sabem de quem é isto, meninas. O que *eu* quero saber é: Onde está o resto do corpo?

Todas se encolheram. O coração de Emily disparou.

– O resto de *que* corpo? – perguntou Hanna.

– Não era o corpo de Greg no leito do riacho? – interrompeu Spencer.

Fuji apertou a mão na testa.

– Sabemos o que vocês têm feito em Ashland, meninas. Temos testemunhas que viram vocês de tocaia lá. Temos depoimentos sobre as perguntas que vocês fizeram aos vizinhos e às pessoas no minimercado. E então nós achamos as câmeras de vigilância. Vimos seu trabalho malfeito de limpeza com nossos próprios olhos. Achamos suas impressões digitais por toda a casa.

As palavras de Fuji fizeram sentido para Emily isoladamente, mas não como um todo. Ela não conseguia entender o que a agente estava dizendo.

– Espere! – explodiu ela. – Nosso *trabalho de limpeza*? O que isso quer dizer?

– Vocês obviamente fizeram alguma coisa na noite passada, então tentaram limpar tudo. Mal, devo acrescentar. – Fuji riu. – Jogar alvejante de qualquer maneira no chão não limpa o sangue, moças.

– *Alvejante?* – O coração de Emily parou.

– *Nós* não limpamos aquilo! – explodiu Spencer, entendendo o que ela queria dizer. – Alguém fez tudo isso! Estávamos lá, na casa, no segundo andar. Ouvimos tudo, mas estávamos muito amedrontadas para tentar ver quem era.

– É verdade – disse Emily. – Era nosso equipamento de vigilância... estávamos espionando, mas era na esperança de pegarmos Ali. Não fizemos *nada* naquela casa. Não machucamos ninguém; não limpamos nada. Só aconteceu de *estarmos* ali.

– Você tem certeza disso, Emily? – O olhar de Fuji não hesitou. – Então você não foi lá sozinha e destruiu o lugar há alguns dias, e fez uma ameaça que *mataria* alguém se ela algum dia voltasse?

Emily podia sentir as amigas olhando fixamente para ela. Seu rosto começou a queimar.

– Do que ela está falando? – quis saber Spencer.

– Quando você disse isso? – disse Aria entredentes.

– Emily, o que está havendo? – perguntou a mãe de Emily atrás dela.

– As câmeras de segurança mantêm as gravações dos últimos sete dias – disse Fuji, um traço de sorriso no rosto. – Encontramos três delas esmagadas, mas a quarta, a que mostrava o interior da casa, ainda estava intacta, embora não mais gravasse. Vimos o seu vídeo, Emily. Vimos você arrancar as coisas da parede, quebrar as janelas. Suas impressões digitais estão em todas as câmeras, também. Sabíamos que eram suas, antes de vocês nos contarem.

– Eu... – divagou Emily. Ela não tinha ideia do que dizer. Ela *havia* quebrado a casa. Naquele dia horrível, depois da morte de Jordan, quando foi até lá, disse todos os *tipos* de coisas. Mas...

Ela balançou a cabeça.

– Certo. *Certo.* Mas nós não *matamos* ninguém. Foi *Alison*. Eu juro.

– É impossível! – gritou Fuji. Seu rosto estava vermelho-brilhante. – Os vizinhos disseram que eles ouviram gritos. Então houve aquela ligação... vinda de *vocês*. E o que tem a ver esse garoto no leito do riacho? – Ela estreitou os olhos. – Como vocês sabiam disso?

O queixo de Spencer tremeu.

– Eu... eu vi em um site de notícias.

Mas Fuji estava enfurecida. A mente de Emily não parava de girar. Que diabos estava acontecendo? Por que, de repente, ela estava se sentindo tão... acusada?

— E então, meninas, achamos o diário – continuou Fuji. – De todas as coisas que vocês fizeram a ela. Toda a *tortura*. Achamos tudo listado lá. As facas. As correntes. As cordas. Os alicates e as outras ferramentas. – Ela balançou a cabeça, repentinamente instável. – E vocês pensaram que iam se safar?

— Do que você está falando? – Hanna chorou.

Fuji rangeu os dentes.

— Sim, vocês estavam certas sobre uma coisa: Alison *estava* viva. Ela deve ter sobrevivido ao incêndio em Poconos, bem como vocês disseram. Mas não se façam de idiotas a respeito de tudo mais. Estou *cansada* disso, certo?

— O que você quer dizer com *estava* viva? – perguntou Aria em uma voz apavorada, com lágrimas correndo pelo rosto. E então, vagarosamente, ela olhou para baixo, para o saco plástico que carregava. Fuji seguiu seu olhar. O saco estava meio aberto e o sangue tinha se espalhado no plástico. Os olhos de Fuji se arregalaram.

Aria fechou o saco com força, mas já era tarde. Fuji tinha visto. E agora, Emily sabia, a agente estava supondo todo tipo de coisas. Coisas que não eram verdadeiras.

As veias saltaram do pescoço de Fuji. Ela espiou por cima do ombro, indicando para os outros agentes fecharem o cerco.

— Porque era o sangue *dela* por toda a casa da piscina. E este é o dente dela. E sabemos que vocês são responsáveis.

— Nós? – O queixo de Emily tremeu. – P-pelo quê? – Ela já sabia a resposta uma fração de segundo antes de ser formulada. Os métodos eram claros, a estratégia tão precisa, habilidosa e sutil que a deixava sem fôlego. A casa da piscina. A câmera em looping. Levá-las a Ashland no momento preciso, esperando até que subissem as escadas aterrorizadas. Limpar tudo de uma forma desleixada com o alvejante, o balde, o esfregão. E então aquele *dente*.

Ali havia armado para elas. *Espetacularmente*.

Fuji revirou os olhos e disse exatamente o que Emily temia:

– Você *sabe*, srta. Fields. Pelo assassinato de Alison.

AGRADECIMENTOS

Muito obrigada, como sempre, à minha equipe estelar na Alloy, incluindo Josh Bank, Les Morgenstein, Sara Shandler, Lanie Davis e Katie McGee – sem vocês este livro não seria tão bacana (e nem eu descobriria o que significa "dar cabo de alguém"). Obrigada a Kristin Marang e Theodora Guliadis na Alloy Digital por todas as suas ideias inteligentes para conquistar ainda mais fãs para a série PLL. Obrigada também a Kari Sutherland, Sarah Landis e Alice Jerman da Harper por seus insights inteligentes e apoio interminável. Minha gratidão de sempre aos surpreendentes roteiristas, produtores e atores de *Pretty Little Liars* no canal ABC Family: Vocês todos me inspiram, e às vezes é incrivelmente frustrante NÃO usar os enredos de vocês nos livros!

Agradecimentos também aos meus pais, Bob e Mindy Shepard; para Ali e Caron, que abriram para nós sua bela casa no Upper East Side várias vezes durante o processo de brainstorming para este livro (e que disputaram um certo Bumby durante as reuniões!); e amor para Michael, por muitos motivos, incluindo ser paciente e compreensivo sobre sorvete.

Obrigada aos muitos fãs no Twitter e para todos aqueles que respondem às minhas perguntas aleatórias no Twitterverse. E, claro, um grande abraço para Kristian, melhor homenzinho que já existiu. *Choo Choo!*

Além disso, este livro é dedicado a Volvo, meu amigo leal. Por babar em cima de mim ao longo de mudanças de casa pelo país, pelo estado e pela cidade; por ser meu parceiro de corrida há tanto tempo, um aspirador de confiança e um guardião constante. Sempre cheirando mal, sempre escavando nas camas, sempre o mais amado em festas, você é o melhor cão que qualquer um pode querer. Agora vá lá fora e pegue alguns esquilos.

Este livro foi impresso na Gráfica JPA Ltda., Rio de Janeiro – RJ.